住んだ家、住んだ土地から見えてくる文豪たちの人生と文学

文豪たちの住宅事情

田村景子 編著
小堀洋平 著
田部知季 著
吉野泰平 著

はじめに――みんな「文豪」を渇望している

ここには、三〇人の文豪が登場する。

病床から見えるごく狭い風物をしかし鮮烈に切り取り、吐血とともに詠んだ、正岡子規。

首都東京の貧しい借家から世の中へ小説で戦を仕掛けた、明治の清少納言、樋口一葉。

田畑に囲まれた館林に育ち、東京で出会った仲間と文学史を鮮やかに画した、田山花袋。

向島から出発し、『風立ちぬ』の舞台浅間山麓で軽井沢文壇のホストとなった、堀辰雄。

小倉での苦しい半生と未知の土地へのあこがれから、社会派推理小説の開拓者となった、松本清張。そして――。

ここには、文学史でお馴染みの「文豪」三〇人が、それぞれの住宅事情の只中から、生活のにおいをぞんぶんに漂わせて登場する。

「文豪」が巷《ちまた》を闊歩《かっぽ》して久しい。二〇一二年の暮れから「ヤングエース」に連載が開始されたマンガ『文豪ストレイドッグス』をきっかけとしたこの流れは、稀有《けう》な作品をのこした特筆すべき書き手たちを魅力的なキャラクターへと転生させた。サブカルチャーを席巻した作家のキャラクター化は、二〇一六年にはなんと、「文豪」を育成強化して戦う育成シミュレーションゲーム『文豪とアルケミスト』にまで至る。

じつはその頃、わたしも「文豪」と格闘し共闘していた。『文豪の家』(エクスナレッジ、二〇一三年四月)にまとまる監修と執筆の仕事だった。もろもろの作業に手間どり、結果として出版は半年以上遅れたものの、『文豪の風景』、『文豪の素顔』と続いたわたしたちの試みは、『文豪ストレイドッグス』と並び「文豪」ブームを手繰り寄せるきっかけの一つとなった。その後の「文豪」本の楽しい乱立——文豪の恋愛、文豪の友情、文豪の猫、文豪の悪口、もしも文豪たちがカップ焼きそばの作り方を書いたら……。

「文豪」ブームとは、わたしの見るところ、生きて暮らして悩み苦しみ、書いて書いて書き続けたひとりの人間の再発見である。もちろん、優れた作家を意味する「文豪」という言葉は古くからあった。けれども戦後には文豪という勇ましげな呼称は忌避された。しかも、「作者の死」(ロラン・バルト、一九六八年)宣言以後は、書かれたものを「書き手・作家」の意図から解放し、「読み手・読者」による豊饒《ほうじょう》な読みを言祝《ことほ》ぐ文学理論が、「文豪」を容赦なく退けてきた。

ではなぜ、わたしたちはあの頃から、「文豪」を渇望し始めたのだろう。今おもえばそれは、自らが投げ入れられた未知の状況に表現を与えたい、与えなければいられないという切実な欲求ではなかったか。三・一一東日本大震災・原発震災のカタストロフがまだ目の前にあり、既存の生活スタイルも考え方もご破算になったかに思えたあの頃、わたしたちは、初めて遭遇する了解不能な出来事をなんとかとらえ新しい表現を与えようと、すでに持っていたそれぞれのイメージや言葉を必死に寄せ集め組みなおしていた。一億総作家時代などともいわれるツイッターによる膨大な表現もまた、東日本大震災・原発震災の中からたちあがってきたのではないか。

そこに「文豪」が出現する。

わたしたちが表現したくとも容易に表現できないことに、鮮烈な表現をあたえる「文豪」が渇望されたのだ。

ただし、「文豪」は並外れた表現能力だけに特化されない。招きよせられた「文豪」すなわち、至上のイメージと言葉を自由自在にあやつる表現者たちは、わたしたちと同じように生きて暮らし、悩み悦び苦しむひとりの生活者だった。だから表現する「文豪」への関心は、同時に、表現者の日々の生活へと向かわないわけにはいかない。そのとき、真っ先に思いうかべるのは、暮らしと執筆の場いいかえれば住宅をめぐる個々の事情である。それぞれの住宅事情にこそ、「文豪」の表現の源があるに違いない。

「文豪」それぞれの住宅事情に接近するわたしたちは、わたしたち自身の住宅事情に接近している。今この時この環境において、どこで誰とどのように暮らし、なにを考えいかに生き、そこからどのような表現が新たに出現するのか——。

よく知られた「文豪」をつうじてわたしたちは、普段は見えにくい感じにくいわたしたち自身と出会うのである。

二〇二一年、またしても既存の生活スタイルと考え方をご破算にしてしまうコロナ禍の只中で、本書『文豪たちの住宅事情』を親しい仲間たちと編んだ。それぞれの住宅事情から「文豪」の生活や文学を考える本書で、三〇人の作家たち一人ひとりに親しく寄り添った今、ようやくわたしは、わたしたちがなぜ「文豪」を渇望するのか了解したように思う。

ここに登場する三〇人の文豪たちは、わたしであり、あなた、なのだ。

田村景子

文豪たちの住宅事情・目次

はじめに ― 002

第1部 ふるさとへの愛憎

No.1 島崎藤村
「家」との格闘、旅人の「宿」 ― 010

No.2 萩原朔太郎
「永遠の漂泊者」は家郷を憎み愛した ― 020

No.3 宮沢賢治
田園・生活・芸術を総合する拠点として ― 033

No.4 太宰治
家など、どうでもいいことではないか ― 041

No.5 寺山修司
「母」の呪縛から逃れながら ― 050

第2部 放浪しながら書く

No.6 与謝野晶子
貧しくも、歌と家族と暮らす家 ― 066

No.7 石川啄木
東京と故郷、憧れに生きた貧しい暮らし ― 079

No.8 江戸川乱歩
夢幻の世界へ通じる「幻影城」 ― 091

No.9 小林多喜二
壁と壁と壁と壁に囲まれた「アパアト」 ― 101

No.10 林芙美子
家を建てることは、旅をしているようなもの ― 110

No.11 中原中也
あてどない詩心の居場所 ― 117

No.12 中島敦
放浪と横浜の家、そして放浪 —— 130

第3部 執筆の場を定めて

No.13 森鷗外
「普請中」の日本に住む —— 140
No.14 夏目漱石
借家住まいの書斎から —— 150
No.15 島村抱月
書斎の頽廃、劇場への情熱 —— 161
No.16 樋口一葉
首都東京の借屋から
世の中へ戦を仕掛ける —— 172
No.17 田山花袋
「東京」と「野」のあいだの家 —— 185
No.18 永井荷風
夢を生きる家、冒険への出発点 —— 195
No.19 志賀直哉
「実用」を極めた先にある居心地よい家 —— 206
No.20 谷崎潤一郎
転居を繰り返した家道楽 —— 216
No.21 芥川龍之介
激動する時代の流れに臨む書斎 —— 226
No.22 佐藤春夫
書斎から「異形の花」を咲かせる —— 236
No.23 川端康成
鎌倉で聞いた
「山の音」から遠くはなれて —— 246
No.24 松本清張
ナメクジのはうバラックから
浜田山の豪邸へ —— 262

第4部 終の棲家へ

No.25 正岡子規
転々とした学生時代と根岸の病床―― 272

No.26 泉鏡花
玄関番としての青春、
文人町での安住―― 283

No.27 斎藤茂吉
歌人として、精神科医として―― 296

No.28 室生犀星
人と交わり、庭と語らう―― 310

No.29 堀辰雄
母のいた向島から、
第二のふるさと軽井沢へ―― 324

No.30 水上勉
闇のなか、郷里の竹の音が聞こえる―― 338

おわりに―― 357

column.01
田端、馬込、阿佐ヶ谷、三鷹…
文士村ができた理由―― 063

column.02
円本ブームにみる家とお金の関係―― 138

column.03
軽井沢文壇には文豪しかいない？―― 270

第1部 ふるさとへの愛憎

島崎藤村
Toson Shimazaki

萩原朔太郎
Sakutaro Hagiwara

宮沢賢治
Kenji Miyazawa

太宰治
Osamu Dazai

寺山修司
Shuji Terayama

No.01

Toson Shimazaki

島崎藤村の住宅事情
「家」との格闘、旅人の「宿」

一八七二年筑摩県馬籠村(現岐阜県中津川市)生まれ。詩人、小説家。明治学院卒。北村透谷らと雑誌『文学界』を創刊。代表作に浪漫主義詩集『若菜集』、自然主義小説『破戒』『春』『家』『新生』『夜明け前』。一九四三年没。

「山の中」の旧家

近代日本の文豪のなかで、もっとも粘り強く「家」というテーマに取り組み続けた作家が、島崎藤村である。藤村の代表作は、その名も『家』(一九一〇~一九一一)。このタイトルには、家長を中心とする制度としての家、いわゆる家父長制という意味も含まれるが、住宅としての家という側面も、それに劣らず重要だ。『『家』を書いた時に、私は文章で建築でもするようにあの長い小説を作ることを心掛けた。それには屋外で起ったことを一切ぬきにして、すべてを屋内の光景にのみ限ろうとした」（『折にふれて』一九三〇）と藤村は言っている。

『家』のモデルは、藤村が生まれた島崎家と、姉そのが嫁いだ木曽福島の薬種問屋の高瀬家。島崎家は、木曽街道馬籠宿《まごめじゅく》（現岐阜県中津川市馬籠）で代々、本陣・問屋・庄屋を兼ねた名家だった。江戸時代以来のその家屋は、一八九五年に馬籠の大火に遭って焼失するが、それ以前の様子が『家』のなかに書かれている。藤村自身をモデルとする小泉三吉が、幼い頃の「旧《ふる》い旧い記憶」をたどりながら思い出す光景だ。

門の内には古い椿《つばき》の樹が有って、よくその実で油を絞ったものだ。大名を泊めるために設けたとかいう玄関の次には、母や嫂《あによめ》の機《はた》を織る場所に使用《つか》った板の間もあった。広い部屋がいくつか有って、そこから美濃《みの》の平野が遠く絵のように眺められた。阿爺《おやじ》の書院の前には松、牡丹《ぼたん》なども有った。

ここで「阿爺」と呼ばれている父正樹の姿は、藤村晩年の長編小説『夜明け前』（一九二九

〜一九三五）にも写し出された。「木曽路はすべて山の中である」という書き出しからもわかるように、『夜明け前』では奥深い山の中を走る木曽街道を背景に、正樹をモデルとした青山半蔵の姿が描かれる。王政復古を目指して明治維新のために奔走した半蔵は、維新後の現実に不満を募らせ、心を病んでゆく。そんな半蔵は、青山家の一角に設けられた座敷牢で晩年を過ごすことになる。

その座敷牢は、屋敷の裏手にあった木小屋（材木などを積んでおく小屋）を改修して作られた。「急ごしらえの高い窓、湿気を防ぐための床張りから、その部屋に続いて看護するものが寝泊まりする別室の設備まで」を村の大工が作り、特に大柄で腕力もある半蔵が脱走できないように、「障子を立てる部分には特にその外側に堅牢な荒い格子を造りつけることにした」という。『夜明け前』では、その座敷牢の中から、父親が「熊」という字を紙に書いて娘に見せたエピソードが語られている。座敷牢に閉じこめられた自分の姿を、自虐的に檻《おり》の中の熊にたとえたのである。

家族との距離、青春の終焉

藤村は、一八八一年、九歳の時に勉学のため上京した。はじめ、姉そのの嫁ぎ先、京橋

区鎗屋町《やりやまち》（現中央区）の高瀬薫の家に寄宿するが、翌年には高瀬家が木曽福島に帰郷したため、その後に住んだ高瀬薫の母方の親戚、力丸元長に預けられる。さらにその翌年には、高瀬家と同郷の実業家、吉村忠道の銀座四丁目の家に移っている。

このように幼い頃から家族と離れ、親戚やその知人の家で暮らしたことは、藤村の文学のあり方にも影響を与えた。物事を直線的に表現しない、曲線的で含みのある藤村の文体は、常に寄宿先の人々に気を遣わなければならなかった少年時代の経験と無関係ではない。藤村はたとえば、鯉のぼりを「鱗《うろこ》を画《か》いた魚の形」と描写し、娼妓《しょうぎ》を「煙草《たばこ》を勧める婦女《おんな》」と表現する。

吉村家での生活は、藤村が二一歳になる一八九三年まで、約一〇年間続いた。その間、吉村家の転居につれて、藤村も日本橋浜町三丁目、同じく二丁目へと移っている。当時の藤村は、英語の学習を通じて、徐々に新しい西洋文化の世界に惹かれていった。国粋的な思想を持つ父正樹が、息子の西洋かぶれを心配して上京したこともあったが、藤村の眼はキリスト教を基盤とする西洋の世界に向けられていた。正樹が座敷牢で亡くなった次の年、一八八七年に藤村はミッション・スクール明治学院に入学し、さらにその翌年には洗礼を受けてキリスト教に入信することになる。

明治学院卒業後、藤村は吉村が横浜伊勢佐木町に開いた雑貨店マカラズヤを手伝うことになるが、なかなか仕事に身が入らなかった。学校で同級だった戸川秋骨や馬場孤蝶《こちょう》といった仲間との交流をとおして、藤村の関心は文学に向かっていたのだ。実業の世界から距離をとった藤村は、教員としての生活を選ぶ。一八九二年、二〇歳の若さで、藤村は麴町《こうじ》区下六番町（現千代田区）の明治女学校の英語教師になった。

明治女学校での教員生活は、藤村に大きな転機をもたらした。それは、許婚《いいなずけ》のある教え子、佐藤輔子《すけこ》との恋愛である。就職の翌年、藤村は自ら明治女学校を退職し、教会からも離れて、ひとり旅に出る。行き詰まった自分の生活を変えたいとき、東京の家を離れて旅に出る、というその後も繰り返される藤村の行動パターンの原型が、この時の関西や東北方面への放浪だった。

だが、この旅でも藤村は自分の進むべき道を発見できなかった。帰京後、藤村は吉村家を離れ、上京した長兄秀雄一家と下谷《したや》区三輪町（現台東区）で同居することになる。つづいて、一家とともに本郷区湯島新花町《しんはなちょう》（通称大根畠、現文京区）、同区森川町へと転居が続く。この頃を境に、藤村の生活は、若々しい恋愛と芸術の『春』（後の長編小説の題名、一九〇八）の世界から、一族の人々との重苦しい関係に縛られる『家』の世界へと移っていく。この時期には、文学上の先輩北村透谷の自殺や、かつて愛した輔子の病死など、青春の終焉《しゅうえん》を感じさせる出来事が、藤村の周りで相次いで生じた。

仙台、小諸、そしてパリの「宿」

一八九六年九月、藤村は東京を離れ、仙台の東北学院に作文教師として赴任した。翌年七月には帰京したため、一年足らずの仙台在住だったが、それは藤村にとって大きな意味をもつものだった。仙台時代に、近代詩の展開にとって画期的な詩集『若菜集』(一八九七)に収められた数多くの作品が生み出されたのだ。仙台に着くと、藤村は初め駅前の旅館針九に泊まっていたが、やがて広瀬川に近い家を借りて同僚の画家布施淡《ふせあわし》としばらく同居し、後に宿屋兼下宿の三浦屋に移って一人暮らしを始める。

その頃の藤村の詩『草枕』(一八九七)に、「道なき今の身なればか/われは道なき野を慕ひ/思ひ乱れてみちのくの/宮城野にまで迷ひきぬ」とある。進むべき道を見失った自分は、かえって道のない広々とした野を求めて、東北の仙台の地にたどりついたのだろうか。——そう歌う藤村は、「心の宿の宮城野よ/乱れて熱き吾身には/日影も薄く草枯れて/荒れたる野こそうれしけれ」と続ける。心乱れて情熱に燃えるような自分の身には、日差しも薄い草枯れの荒野がかえって嬉しく思える。そんな「心の宿」が、東京から遠く離れた「宮城野」すなわち東北仙台の地だったのだ。

仙台から帰京すると、藤村は第二詩集『一葉舟《ひとはぶね》』（一八九八）、第三詩集『夏草』（同年）を次々に刊行し、その間、東京音楽学校選科に入学してピアノを習うなど、活動的な日々を送る。だが、一八九九年四月、藤村は再び東京を離れ、長野県の小諸《こもろ》義塾に英語と国語の教師として赴任することになる。それまでに数々の詩を作ってきた藤村だったが、現実との複雑な葛藤の心情を表現するためには、詩の形式では限界があると感じるようになっていた。そのためには、散文、とりわけ小説の新しい形式を創り出さなければならない。そのような散文の研究と実践の場として藤村が選んだのが、信州の自然とそこで暮らす人々の生活だったのだ。

ちょうどその頃、藤村は明治女学校の卒業生秦《はた》フユと結婚し、小諸町馬場裏に新居を構える。その家は、かつての小諸藩士の住宅で、木造茅葺《かやぶ》き平屋建て。だが、小諸での新婚生活を始めても、藤村から「身は一旅客」、自分は旅人だという思いは消えなかった。その地で文章によるスケッチを積み重ね、小説形式の探究を続けた藤村は、一九〇五年四月、最初の長編小説『破戒』（一九〇六）の草稿を手に、再び東京に戻るのである。

その後、着実に小説家としての地位を確立した藤村は、一九一三年まで、相対的に安定した東京での一時期を送ることになる。だが、その間、一九一〇年に妻フユが産後の出血のため亡くなり、姪《めい》のこま子が家事手伝いのため来訪するようになったのを機に、藤村の

生活は思いがけない大きな危機へ向かい始める。こま子との恋愛、そしてこま子の妊娠——。藤村は姪との関係を断ち切るべく、東京を離れ、日本も離れて、フランス、パリへと旅立つ。一九一三年三月のことだった。

パリに着くと、藤村は画家有島生馬《ありしまいくま》の紹介で、ポール・ロワイヤル街八六番地の貸間に入った。七階建ての三階の五間を借りて、マダム・シモネエが営んでいた下宿である。藤村は初め食堂の隣室に住んだが、数か月後には居心地の好い角部屋に移っている。翌年、第一次大戦が勃発すると、藤村は一時オート・ヴィエンヌ州リモージュに避難するが、危険が去るとパリに戻る。一九一六年三月には、シモネエの下宿からソルボンヌ礼拝堂前のセレクト・ホテルに移って帰国準備を始め、五月にパリを発って船旅の末、七月に日本に帰国している。妊娠したこま子との関係を素材にした小説『新生』（一九一九）のタイトルからもうかがえるように、危機に陥った自身の生の復活を意図したこのパリでの下宿暮らしのあいだ、偶然にも藤村の部屋の窓からは、街路樹ごしに産科病院の建物が見えていた。

新片町と飯倉の住まい

藤村の随筆集には、執筆当時住んでいた土地の名を冠したタイトルが多い。『新片町《しんかたまち》より』(一九〇九)と『後の新片町より』(一九一三)、そして『飯倉《いいくら》だより』(一九二二)。『新片町より』に収められた『書斎と光線』(一九〇六)には、「ある人の話に、西洋人は大抵北向《きたむき》の部屋を書斎にしている、と聞いた。私も多年経験してみて、書斎は北向が一番好いように思う」とある。一九〇六年から住んだ新片町の家は、「東西が全く閉塞《ふさが》って、南北の開いた家」だったが、この点は小諸の家も同じだった。「偶然とは言いながら、妙に私は南か北かのうちの一つを択《えら》ぶような家にばかり遭遇《でくわ》す」と藤村は言う。「部屋が北で、光線を左の方から受けて机に対《むか》うように出来れば、申し分ないかと思う」ともあるように、藤村は引っ越しのたび、書斎の光線の具合にまで細かく気を配る作家だった。

　一九一八年から住んだ飯倉の家は都心から離れた、坂道の多い地区の谷底のような位置にあった。郵便局や煙草屋まで二町、銭湯まで三町、床屋までは五、六町もある、決して便利とはいえない立地だ。間取りは、一階が八畳と四畳半に土間と台所、二階も八畳と四畳半。こま子との『新生』事件の後、藤村はこの飯倉の家に自ら謹慎して身を隠す気持ちで住んだといわれている。

　飯倉の家は簡素な借家だったが、同じように簡素でも藤村がこだわったのが、息子たちの家だ。藤村は、人手に渡っていた馬籠の生家の土地を買い戻して、農業に志す長男楠雄《くすお》と画家を志す次男鶏二のために、新築の家を建てた。一九二六年春、この家を訪ねた時の

ことを、藤村は小説『嵐』（一九二六）で、「かつてその父の旧い家から望んだ山々を今は自分の子の新しい家から望んだ」と書いている。「子のために建てたあの永住の家と、旅にも等しい自分の仮の借家住居の間には、虹のような橋が掛ったように思われて来た」。

このように、旅人の心で暮らす東京の仮の「宿」と、郷里の子供たちの「家」との関係を図式化したとき、藤村の心には、「父の旧い家」の歴史を振り返る、あの『夜明け前』の構想が生まれてきた。その頃から、藤村はおもむろに大作『夜明け前』の準備にとりかかるのである。

【出典・参考】

『藤村全集』全一六巻・別巻二、筑摩書房、一九六七年一一月〜一九七一年五月
三好行雄編『新潮文学アルバム4　島崎藤村』新潮社、一九八四年八月
伊東一夫・青木正美編著『島崎藤村コレクション』全四巻、国書刊行会、一九九八年八月〜一二月
十川信介『島崎藤村—「一筋の街道」を進む』（ミネルヴァ日本評伝選）ミネルヴァ書房、二〇一二年八月

No.02

Sakutaro Hagiwara

「永遠の漂泊者」は家郷を憎み愛した

萩原朔太郎の住宅事情

一八八六年群馬県東群馬郡前橋（現前橋市）生まれ。詩人。六高中退。室生犀星と詩誌『感情』を創刊。『月に吠える』で口語の自由律詩を開拓した。代表作に『青猫』『純情小曲集』『氷島』や評論『詩の原理』など。一九四二年没。

家郷と漂泊

郷土の詩人と称《たた》えられる萩原朔太郎は、ふるさと前橋で満たされず、ふるさと前橋を憎んだ詩人である。

日本近代詩の父と呼ばれた萩原朔太郎は、文壇の中心東京を愛しながら、東京でも満たされなかった詩人である。

詩集『氷島《ひょうとう》』（一九三四）の自序文にはこうある。

著者の過去の生活は、北海の極地を漂ひ流れる、侘《わび》しい氷山の生活だつた。その氷山の嶋嶋から、幻像《まぼろし》のやうなオーロラを見て、著者はあこがれ、悩み、悦《よろこ》び、悲しみ、且《か》つ自ら怒りつつ、空しく潮流のままに漂泊して来た。著者は「永遠の漂泊者」であり、何所に宿るべき家郷も持たない。著者の心の上には、常に極地の侘しい曇天があり、魂を切り裂く氷島の風が鳴り叫んで居る。さうした痛ましい人生と、その実生活の日記とを、著者はすべて此等《これら》の詩篇に書いたのである。

四七年の人生を、宿るべき家郷を持たない「永遠の漂泊」と語る文豪。

いつどこにいても空しくさびしい、「永遠の漂泊者」。

萩原朔太郎は、一八八六年一一月、群馬県東群馬郡前橋北曲輪《くるわ》町六九番地（現千代田町二丁目一番地）の開業医の家に長男として生まれる。父密蔵は大阪の医者一族の出で、前橋県立病院へ赴任後に前橋藩士の娘ケイと結婚し、萩原病院を開業していた。経済的に恵まれた生家であり、萩原朔太郎の詩や周囲の証言から愛情深く育てられたことも明らかである。

しかし、朔太郎は「身辺雑記」（『読売新聞』一九二五年五月一八日）に、「肉親の慈愛といふものが何《ど》れだけ私を無気力な卑怯《ひきょう》者にするのでせう」と書く。萩原朔太郎にとって、郷土の生家は暖かく頼りがいがありすぎ、それは理想とする家郷ではなかったということか。朔太郎少年は実際の家郷を否定するかのように、自ら人生の漂泊を選ぶ。

中学在学中から『明星』誌に短歌を掲載された萩原朔太郎は、熊本の第五高等学校、岡山の第六高等学校、慶応大学予科と各地の学校を転々とし、すべての学校を中途で退学してしまう。そして故郷へ帰るでもなく、そのまま、三年間の貧しい東京放浪生活に突入する。

遅咲きの詩人の創作の場

創作を始め中央文壇から認められたのは早かったものの、芸術を自身の捨てがたい仕事と自認するのが遅かったという点で、萩原朔太郎は遅咲きの詩人である。

三〇歳で初めての詩集『月に吠《ほ》える』（一九一七）を出した萩原朔太郎は、その年の一一月末、同郷の詩人仲間・高橋元吉《もときち》へ宛てた手紙にこう綴る。

「何でもいいから目的を立てろ」父はこう言って絶えず私を責めました。実際、私にはその目的が見つからなかったのです、友人たちは私のために芸術家という見立てをしてくれました、併《しか》し私の考えでは芸術は人間の目的ではなかったのです、「人間として為《な》すべき仕事」（特に男子として）それを私は求めました、そして遂《つい》に何物をも発見することができませんでした。

実学志向の両親は、長男である朔太郎が医院を継がないことに、失望していた。にもかかわらず、実り少ない東京放浪から戻った二八歳の息子を受け止め、激励し応援し続ける。生家敷地内の物置（味噌蔵であったとも）を改築して与え、自由な創作の場までもしつらえた。純和風八畳間の新しい書斎は、朔太郎の趣味から西洋風の調度品で整えられ、水屋と渡り廊下によって母屋とつながっていた。ガラス張りの向こうには築山《つきやま》と池が見えるのだから、若き詩人にはもったいないほどの創作の場であり、住宅である。

研ぎ澄まされた言葉で、むき出しの神経の繊細と不安を象徴詩につらねた――詩集『月に吠える』。ここに収録された作品の多くが、温室のような住空間で成立したのは皮肉である。「『おわあ、こんばんは』／『おわあ、こんばんは』／『おぎやあ、おぎやあ、おぎやあ』／『おわああ、ここの家の主人は病気です』」でよく知られる詩「猫」も、両親にしつらえられた書斎なしには語れない。

そんな手厚すぎる庇護《ひご》が、「人間として為すべき仕事」を何もなし得ないとの極端な卑下をまねき、朔太郎の葛藤を病と死のイメージへと昇華させたのかもしれない。だとすれば、自分の才と天分を信じ切れずに長く苦悩した口語自由詩の確立者は、たしかに萩原家が育て上げたのであろうし、萩原家が在したふるさと前橋が育んだのだろう。

にもかかわらずではなく、だからこそ朔太郎は、温かな出自に背く。

郷土望景詩集であるはずの『純情小曲集』(一九二五)の出版に際する言葉は、そこで育った自らまでをも振り捨てたいかのように激しい。

郷土！　いま遠く郷土を望景すれば、万感胸に迫つてくる。かなしき郷土よ。人人は私に情《つれ》なくして、いつも白い眼でにらんでゐた。単に私が無職であり、もしくは変人であるといふ理由をもつて、あはれな詩人を嘲辱《ちょうじょく》し、私の背後《うしろ》から唾《つばき》をかけた。「あすこに白痴《ばか》が歩いて行く。」さう言つて人人が舌を出した。

少年の時から、この長い時日の間、私は環境の中に忍んでゐた。さうして世と人と自然を憎み、いつさいに叛《そむ》いて行かうとする、卓抜なる超俗思想と、叛逆《はんぎゃく》を好む烈《はげ》しい思惟《しい》とが、いつしか私の心の隅に、鼠《ねずみ》のやうに巣を食つていつた。

反逆は、確かな対象があるときにしか有効ではない。この文章が明かすのは、詩人の郷土への愛憎とともに、詩人の心の隅に巣くった通俗を超えた思惟が、ふるさとの堅固な日常性によって養われたということに他ならない。

都会に絶望し、都会を夢見る

両親の膝下《しっか》にあった三六歳の萩原朔太郎は、詩集『青猫』(一九二三)の表題詩をこう始める。「この美しい都会を愛するのはよいことだ／この美しい都会の建築を愛するのはよいことだ」。優しい女性や、高貴な生活を求めてにぎやかな街路を歩けば、桜並木が広がっており、無数の雀《すずめ》がさえずっているのだ、と。二連目はこうなる。

ああ　このおほきな都会の夜にねむれるものは
ただ一疋の青い猫のかげだ
かなしい人類の歴史を語る猫のかげだ
われの求めてやまざる幸福の青い影だ。

いかならん影をもとめて
みぞれふる日にもわれは東京を恋しと思ひしに
そこの裏町の壁にさむくもたれてゐる
このひとのごとき乞食はなにの夢を夢みて居るのか。

華やかに美しい東京の夜を領する、青い猫の影。「かなしい人類の歴史」を詰め込んだかのような都会の闇こそ、求めてやまぬ幸福なのだ。

この詩集『青猫』の序に、「詩を作ること久しくして、益々《ますます》詩に自信を持ち得ない。私の如《ごと》きものは、みじめなる青猫の夢魔にすぎない。／利根川に近き田舎の小都市にて／著者」とあることとかつての東京放浪歴とを考えあわせるなら、東京を恋しがるのは朔太郎自身で間違いない。「かなしい人類の歴史を語る猫のかげ」を「われの求めてやまざる幸福の青い影だ」と歌った詩人は、東京を単純な幸せの場ではなく、通俗的な日常を超えた人間の本質と捉え、影を抱え込んだ美にこそ幸福をみている。

しかし、この都会へ向けられた超俗のイメージは、幻想にすぎなかった。

三八歳を迎え、萩原朔太郎はついに、妻子を伴って憧れと悲哀の詰まった幸福の地、東京へ舞い戻る。大井町六一七〇番地に仮寓《かぐう》したのち、親友の室生犀星《むろうさいせい》や芥川龍之介らの住

まいの近く、田端三一一番地へと越し、東京府荏原《えばら》郡馬込《まごめ》村平張《ひらはり》へ移る。いずれも文士村で名高い場所である。文壇の友人に囲まれ、蓄音機で音楽を流して自宅二階で夜な夜なダンスパーティーを開いた詩人の私生活は、しかし、前橋時代とは比べ物にならないほど危機に瀕《ひん》していた。奔放な妻・上田稲子との衝突、家を空けがちな夫人が見逃した次女明子の不可逆の病、そして離婚。朔太郎には、二人の娘を育てることはできなかった。かなしくいとおしい「青い猫のかげ」に焦がれ、田舎にあって東京を夢見た朔太郎の想いは、むしろ大都会ゆえに起きた通俗的な夫婦の破綻によって潰《つい》えたのである。

帰郷

昭和四年の冬、妻と離別し二児を抱へて故郷に帰る

わが故郷に帰れる日
汽車は烈風の中を突き行けり。
ひとり車窓に目醒むれば
汽笛は闇に吠え叫び
火焔《ほのほ》は平野を明るくせり。

まだ上州の山は見えずや。
夜汽車の仄暗《ほのぐら》き車燈の影に
母なき子供等は眠り泣き
ひそかに皆わが憂愁を探《さぐ》れるなり。
嗚呼《ああ》また都を逃れ来て
何所《いづこ》の家郷に行かむとするぞ。
過去は寂寥の谷に連なり
未来は絶望の岸に向へり。
砂礫《されき》のごとき人生かな！
われ既に勇気おとろへ
暗憺《あんたん》として長《とこし》なへに生きるに倦《う》みたり。
いかんぞ故郷に独り帰り
さびしくまた利根川の岸に立たんや。
汽車は曠野を走り行き
自然の荒寥たる意志の彼岸《ひがん》に
人の憤怒《いきどほり》を烈しくせり。

（『氷島』所収）

絶叫する朔太郎を、またしても家郷は迎え入れた。絶望しつくしてもなお包み込んでくる故郷に、詩人はさらに憤る。そんな甘えがかくまでに許されるふるさとをもった文豪は、おそらく二人といない。

何度でも出郷し何度でも帰郷する

「砂礫のごとき人生かな！／われ既に勇気おとろへ／暗憺として長なへに生きるに倦みたり」と歌った朔太郎は、家督を引き継いだ翌年、またしても東京へ向かう。脱出することが難しかった生家の影響力から、父なき今こそ飛び出し得たと信じたに違いない。

まずは妹愛子を伴って東北沢から世田谷区下北沢新屋敷へ。その後、家相学にこだわって、世田谷区代田一丁目六三五番（現世田谷区代田二—四—一〇）に自ら設計した住宅を建てた。長女萩原葉子の記す『父・萩原朔太郎』にはこうある。

家を新築したばかりの時は、父はベッドの方が好きだといって、二階の南側の書斎の明るい窓辺にベッドを置いて寝ていたが、いつのまにかやめてしまい、暗い穴倉のような三

畳に寝るようになっていた。
屋根が高く、その屋根裏の二階は父の書斎だが、広い書斎にくらべてこの部屋は家じゅうでも一番質素な和室だった。それに風通しはまったく悪く、たった一つの高窓は東向きなので、夏は早くから朝日が射し込み、冬は陽が射さないで寒く、一日中日の目を見ない牢のような感じの部屋だった。それでも父は、この部屋がとても気に入っているらしく、書斎で書き物をしない時や身体の悪い時は階下にも降りてこないで一日中ここで寝ていることがあった。

素焼きの灰皿、囲碁記事の切り抜き、立体写真、雑誌、睡眠薬……それらをごちゃごちゃに置いた穴倉のような三畳間で、朔太郎は寝起きした。

幸か不幸か、この世田谷の家には母ケイも同居する。日本近代詩の父と呼ばれほとんど絶対的な地位を固めていたはずの萩原朔太郎は、幼児じみた食べこぼしに酒の量、風呂の入り方まで母親の小言を浴びながら、四六歳からの一〇年間を暮らす。新しく迎えた年下の妻が母に追い出される事件も起きたが、朔太郎は表立って母に逆らわなかった。萩原葉子の回想する神経質で気弱な父親は、祖父の残した遺産を食いつぶす道楽者と母親にあてこすられながら、しかし金に無頓着に生き得た、放蕩《ほうとう》の人であった。

生家跡および記念館と、ふるさと前橋市街。前橋市北曲輪町69にあった生家のうち、土蔵が1974年に敷島公園ばら園内に移築され、後に書斎と離れ座敷も移されて保管展示が行われた。2017年、前橋文学館と広瀬川の河畔へこれらは再度移築され、現在は萩原朔太郎記念館（群馬県前橋市城東町1-2-19）として一般公開されている。前橋市街には多くの詩人の碑があるが、とりわけ萩原朔太郎ゆかりの場所に点在する望景詩が目につく。地図中の新前橋駅、広瀬川、才川公園を含め8か所を数える。

「肉親の慈愛といふものが何れだけ私を無気力な卑怯者にするのでせう」。文豪も、実生活においては肉親との卑俗な日常生活から逃れることはできないということか。

五五歳にして肺炎で亡くなった萩原朔太郎は、萩原家代々の墓が置かれる群馬県前橋市田口七五四番地四の政淳寺《しょうじゅんじ》に帰った。現在では、「萩原朔太郎墓所」と看板が掲げられ、観光客を集めている。

郷土の詩人と称えられる萩原朔太郎は、ふるさと前橋を憎みつつ、ふるさとを愛し寄りかかり、故郷に愛された詩人であった。

【出典・参考】

萩原葉子『父・萩原朔太郎』角川文庫、一九六一年一〇月
『日本現代文学全集60　萩原朔太郎集』講談社、一九六五年八月
『鑑賞日本現代文学12　萩原朔太郎』角川書店、一九八一年三月
久保忠夫編『新潮日本文学アルバム15　萩原朔太郎』新潮社、一九八四年五月

No.03

Kenji Miyazawa

宮沢賢治の住宅事情

田園・生活・芸術を総合する拠点として

一八九六年岩手県稗貫郡里川口町（現花巻市豊沢町）生まれ。盛岡高等農林学校卒。独自に創作を続ける一方、農民芸術と農村生活向上を模索し羅須地人協会を設立した。代表作に『春と修羅』『注文の多い料理店』『銀河鉄道の夜』など。一九三三年没。

近代化する岩手

『雨ニモマケズ』に代表される清貧イメージの強い宮沢賢治だが、生まれた家は裕福な商家であった。一八九六年、岩手県稗貫《ひえぬき》郡里川口町（現花巻市）で質・古着商を営む父政次郎と母イチとの間の長男として生まれている。宮沢家は経済的に恵まれた家だったが、このことが賢治に自らの生活は貧農たちの搾取の上に成り立っているのではないかという罪の意識を抱かせることになった。後年、「何分にも私はこの郷里では財ばつといわれるもの、社会的被告のつながりにはいっているので、目立ったことがあるといつでも反感の方が多く、じつにいやなのです」（一九三二年六月二一日母木光宛て書簡）という心情を吐露している。

花城小学校を卒業した後、盛岡中学校、盛岡高等農林学校農学科と進む。中学時代は岩手山に登るなど山野に親しみ、高等農林では卒業まで優秀な成績を続けた。賢治が高等農林学校に入学した一九一五年は、銀河鉄道イメージの源泉として知られる岩手軽便《けいべん》鉄道（現釜石線）が全線開業した年でもある。岩手に近代化の波が押し寄せる時代を生きたことは、賢治の作品にも生かされた。東北本線のシグナルと軽便線のシグナレスという身分違いの信号機同士の恋の物語である『シグナルとシグナレス』にも軽便鉄道は登場する。作中には、二人を応援してくれる「倉庫の屋根」も「赤いうわぐすりをかけた瓦を、まるで鎧《よろい》のようにキラキラ着込んで、じろっとあたりを見まわしている」と、岩手でよく使われた赤い釉薬瓦《ゆうやくがわら》も描かれていた。

他にも、建築設計士が登場する『革トランク』などがあるものの、作品のなかで建築が題材となったものは多くない。ただ、それは賢治が住むということに無関心であったとい

うことを意味しない。「おお朋《とも》だちよ　いっしょに正しい力を併せ　われらのすべての田園とわれらのすべての生活を一つの巨《おお》きな第四次元の芸術に創りあげようでないか」（『農民芸術概論綱要』）という呼びかけからもわかるように、宮沢賢治の構想は、単独の住居のみにはとどまらない、周囲の街や農村、自然環境を包括する暮らし・生活すべての設計であった。人工物と自然との間に隔たりを設けず、自然・科学・芸術が渾然《こんぜん》となったイメージはその作品や思想のいたるところに見ることができる。

黒く巨きな松倉山のこつちに
一点のダアリア複合体
その電燈の企画《プラン》なら
じつに九月の宝石である
その電燈の献策者に
わたくしは青い蕃茄《トマト》を贈る
どんなにこれらのぬれたみちや
クレオソートを塗つたばかりのらんかんや
電線も二本にせものの虚無《きょむ》のなかから光つてゐるし

風景が深く透明にされたかわからない

（『風景とオルゴール』）

これは、花巻と豊沢川上流の諸温泉を結んだ花巻電鉄鉛線の「電燈」に照らされることで初めて現出した沿線の夜景である。鉛線は東北初の電化された鉄道でもあった。こうして近代化と自然の交差する風景のなかに、透明な空間が見出されていったのだ。

二一年、賢治は花巻農学校の教員となり、担任した生徒たちから「アルパカ」の愛称で親しまれるなど、充実した時を過ごす。授業では花巻の諸条件と異なるとして教科書を使用せず、徹底して自らが調べた資料に基づく実践的な農業技術を指導した。特に、土壌改良、肥料設計については盛岡高等農林の研究生時代に「稗貫郡土性調査図」を作成した実力が発揮された。賢治の生涯の中でもっとも旺盛な創作活動が展開されたのもこの時期であり、二四年四月には詩集『春と修羅』、同年一二月にはイーハトヴ童話『注文の多い料理店』が刊行される。賢治の生前に出版された書籍はこの二冊のみであった。

音楽のある花壇工作

宮沢賢治が生きた時代に、花巻の温泉は伝統的・地域的な「湯治場」から全国的な「温

泉リゾート」に変貌を遂げている。一九二三年に新設された花巻温泉は、私鉄の沿線開発によって生まれた新しい娯楽施設であり、二七年には日本新八景コンテストで第一位となるなど広く注目されていた。そして、この場所で土壌改良、並木整備、造園を担ったのが賢治だったのである。

賢治は花巻温泉遊園地の依頼を受け、園内の樹木の種類や土の肥沃度などを調査した。ここには花巻農学校を卒業した冨手一《とみてはじめ》も勤務しており、二人で仕事を進めている。後に依頼を受けて賢治が設計した日時計花壇、シンメトリカル花壇、蔓草《つるくさ》花壇は縦二七メートル、横一八メートルという大きさの花壇であり、温泉遊園地北側の傾斜地に作った「南斜花壇」は、蔓草が這《は》うような曲がりくねった道と、その先々に果実風の円形花壇を二〇個余り組ませるという大規模な構想であった。

こうした草花への深い造詣は作中の家にも生かされることになる。『銀河鉄道の夜』のジョバンニの家は「ある裏町の小さな家でした。その三つならんだ入口の一番左側には空箱に紫いろのケールやアスパラガスが植えてあって小さな二つの窓には日覆いが下りたままになっていました」というものだった。賢治が花壇の設計図を書き記した「MEMO FLORA」ノートを見ると「Kale purple」が用いられている。

また、花巻共立病院の花壇を設計した経験が記された『花壇工作』には、「おれはおれの創造力に充分な自信があった。けだし音楽を図形に直すことは自由であるし、おれはそこへ花でBeethovenのFantasyを描くこともできる。そう考えた」とあり、文学と農芸とともに音楽も結びついていることがうかがえる。賢治は花巻一のレコードコレクターであり、農学校の給料のほとんどはレコードの購入にあてられた。

賢治自身は音楽を詩や童話といった文学の詞《ことば》の根底になるものと捉えている。二六年に行ったベートーヴェン記念コンサートは街の人々も多数参加し盛大だった。そして、花巻農学校で行われたこのコンサートは賢治の教員生活に終わりを告げるものでもあった。「わたくしもいつまでも中ぶらりんの教師など生温《なまぬる》いことをしているわけに行きませんから多分は来春はやめてもう本統の百姓になります」（一九二五年四月一三日杉山芳松宛て書簡）という言葉どおり、翌年から農村での実践に入る。

新しい農村の建設

一九二六年三月、花巻農学校を辞した賢治は宮沢家別宅に住み、羅須地人《らすちじん》協会を設立した。この建物は現在花巻農業高校内（岩手県花巻市葛一－六八）に移築復元されており、一階が教室と居間、二階が書斎になっている。教室の北側には黒板があり、講義のほか、レコ

ードコンサートもここで開かれた。居間は八畳に床の間と押入れが付いた部屋、二階の書斎も同様の八畳の部屋で、主な活動は肥料の講義や相談などの農芸化学、それに加えて演劇、童話の読み聞かせ、エスペラントの講習などの文化芸術活動であった。こうした活動を通じて、明るくいきいきとした農村生活を目指したのである。

賢治は農業指導だけでなく、崖下の荒地を自ら開墾し、実際に作物を栽培している。作られた野菜はキャベツ、トマト、トウモロコシ、玉ねぎ、雪菜（小松菜の仲間）、アスパラガスなどで、その他にも造園材料として相当な種類の草花、連作障害に備えて燕麦《えんばく》なども育てた。特に、キャベツ（甘藍）、トマトなどは岩手県の気候条件に適した野菜として当時将来的な可能性が注目されていた商品作物である。こうした取り組みは、『グスコーブドリの伝記』において「赤い甘藍《かんらん》」を栽培する「赤ひげ」が成功する先駆的な農民として描かれることにもつながった。

しかし、羅須地人協会の活動は二年四か月ほどで幕を閉じる。二八年夏、賢治は天候不順・干ばつ対策に奔走して過労を重ねた末、両側肺湿潤に倒れた。一二月には急性肺炎を発病して重篤な状態となり、協会の継続は困難となる。一度は快方に向かい東北砕石工場の技師として土壌改良に携わるも、三一年九月、製品を売るため上京した際に倒れた。帰郷した賢治は長い病床につく。「生きてる間に昔の立願を一段落つけようと毎日やっきとなっている所で我ながら浅間《あさま》しい姿です」（一九二三年八月二〇日伊藤与蔵宛て書簡）とあるように、三三年九月に亡くなるまで、童話や文語詩の推敲《すいこう》・改稿を行い続けた。

こうして賢治の思想は、その作品群に結実した。冒頭に「前十七等官　レオーノキュースト誌　宮沢賢治　訳述」と記される『ポラーノの広場』では、「三年の後にはとうとうファゼーロたちは立派な一つの産業組合をつくり、ハムと皮類と醋酸《さくさん》とオートミルはモリーオの市やセンダードの市はもちろん広くどこへも出るようになりました」と、羅須地人協会では未完に終わった共同体の可能性が語られる。キューストに「ポラーノの広場のうた」が届けられ、語り始められた物語は、キューストから「宮沢賢治」へ、「宮沢賢治」から読む者へとこれからも伝えられていくのである。

【出典・参考】

『新校本　宮澤賢治全集』全一六巻・別巻一、筑摩書房、一九九五年五月〜二〇〇九年三月
栗原敦『宮沢賢治　透明な軌道の上から』新宿書房、一九九二年八月
天沢退二郎・栗原敦・杉浦静編『図説　宮澤賢治』ちくま学芸文庫、二〇一一年五月
天沢退二郎・金子務・鈴木貞美編『宮澤賢治イーハトヴ学事典』弘文堂、二〇一〇年一二月
伊藤光弥『イーハトーヴの植物学』洋々社、二〇〇一年三月
岡村民夫『イーハトーブ温泉学』みすず書房、二〇〇八年七月
大島丈志『宮沢賢治の農業と文学』蒼丘書林、二〇一三年六月
安藤恭子「『ポラーノの広場』論―流動する「広場」」（『解釈と鑑賞』一九八八年二月）

No.04

Osamu Dazai

太宰治の住宅事情

家など、どうでもいいことではないか

一九〇九年青森県北津軽郡金木村（現五所川原市）生まれ。東京帝国大学（現東大）中退。左翼運動に挫折後、自殺、情死未遂を繰り返し、麻薬中毒にもなる。代表作に『富嶽百景』『斜陽』『人間失格』など。一九四八年入水心中により死去。

風情も何もないただ大きい家

太宰治は、生涯自らの家を建てることはなかった。

「どこに住んでも同じことである。格別の感慨も無い。（中略）どうでも、いい事ではないか。私は、衣食住に就いては、全く趣味が無い。大いに衣食住に凝って得意顔の人は、私には、どうしてだか、ひどく滑稽に見えて仕様が無いのである」(『無趣味』)。

衣食住に「無趣味」の太宰が住んだ生涯でもっとも贅沢《ぜいたく》な住宅は生家である。太宰治(本名:津島修治)は一九〇九年、青森県北津軽郡金木《かなぎ》村大字金木字朝日山四一四番地、津島家の和室十畳間で生まれた。当時、完成してから二年ほどとまだ新しい豪邸は、一階が一一室二七八坪、二階が八室一一六坪、庭園などを含めた宅地は約六八〇坪、建築費は約四万円だったという。公務員の初任給が五〇円という時代であるから、ケタ違いの大金である。父津島源右衛門は一九〇四年に青森県内の多額納税者番付で四位となっており、金融業を営む津島家は青森屈指の富豪であった。

しかし、太宰の実家に対する見方は冷淡である。「私の家系には、ひとりの思想家もいない。ひとりの学者もいない。ひとりの芸術家もいない。役人、将軍さえいない。実に凡俗の、ただの田舎の大地主というだけのものであった。(中略)この父は、ひどく大きい家を建てた。風情も何も無い、ただ大きいのである。間数が三十ちかくもあるであろう。それも十畳二十畳という部屋が多い。おそろしく頑丈なつくりの家ではあるが、しかし、何の趣きも無い」(『苦悩の年鑑』)。この家は、現在太宰治記念館「斜陽館」として知られ、二〇〇四年には近代和風建築の代表例として国の重要文化財にも指定されている。そうし

た壮麗な造りも太宰にとってはとりたてて注目すべきことではなかった。

ただ、父親の生家である松木家を訪ねた際には、新たな面を発見してもいる。「この家の間取りは、金木の家の間取りとたいへん似ている。金木のいまの家は、私の父が金木へ養子に来て間もなく自身の設計で大改築したものだという話を聞いているが、何の事は無い、父は金木へ来て自分の木造の生家と同じ間取りに作り直しただけの事なのだ。（中略）私はそんなつまらぬ一事を発見しただけでも、死んだ父の『人間』に触れたような気がして、このMさんのお家へ立寄った甲斐があったと思った」（『津軽』）。

このように、太宰が見ていたのは住宅そのものではなく、そこに住む「人間」であった。そうした意味で、自らの理解者のいない津島家を「何の趣きも無い」ものと感じていたのだろう。金木第一尋常小学校、明治高等小学校を卒業した後、一九二三年、青森中学校入学を機に実家から離れ、遠縁にあたる青森市寺町一四番地の豊田家に寄宿した。この年の夏休みに井伏鱒二《いぶせますじ》の『幽閉』を読み、座っていられないくらい興奮したという。この井伏鱒二こそが太宰のよき理解者となる人物であった。弘前高校時代には同人誌『細胞文芸』をつくり、井伏に原稿を依頼している。三〇年、東京帝大仏文科に入学すると同年五月に井伏鱒二と面会し、師事した。こうして終生にわたる二人の関係が始まった。

頽廃から再生の新居へ

上京した太宰は共産党のシンパ活動にのめりこんでいく。主な役割は自らの住居をアジトや連絡拠点として提供することであった。三年ほどは戸塚町諏訪《すわ》、神田区岩本町、大崎町五反田、神田区同朋町《どうぼうちょう》、神田区和泉町、淀橋町柏木《かしわぎ》、八丁堀、芝区白金《しろかね》三光町などを転々としており、刑事の訪問を受けてその日の夜に引っ越すこともあった。この間に、小山初代との仮祝言をあげており、その生活は次のように記されている。「学校へもやはり、ほとんど出なかった。すべての努力を嫌い、のほほん顔でHを眺めて暮していた。馬鹿である。何も、しなかった。（中略）遊民の虚無。それが、東京の一隅にはじめて家を持った時の、私の姿だ」（『東京八景』）。

一九三三年一月三日、袴《はかま》をつけて井伏鱒二宅を訪問。筆名を太宰治と決め、同月に運動との関わりを断った。翌二月には杉並区天沼《あまぬま》三丁目七四一番地に転居している。この家は杉並区清水町二四番地に住んでいた井伏の近所であった。次に住むのも天沼一丁目一三六の借家二階の四畳半と八畳であり、井伏が住む荻窪《おぎくぼ》の地で、第一創作集『晩年』に収録される作品を書き進めていった。

しかし、平穏な日々は長く続かない。三五年三月に自殺未遂騒動を起こすと、四月に急性虫垂炎で入院。温暖な千葉県船橋町五日市本宿一九二八へ転居する。八畳、六畳、四畳半の三部屋で家賃一七円、門のところに夾竹桃《きょうちくとう》が植わった家であった。ここで太宰はパビナール（麻薬）の中毒に陥る。きっかけは虫垂炎の手術の際に鎮痛剤として乱用されたことである。当時、パビナールは一本三〇～五〇銭ほどで手に入った。カレーライス並一皿が一五～二〇銭（一九三六年）という時代であり、それほど高いものではない。最終的には一日十数本注射するというありさまで、身体は限界だった。「井伏さん、私、死にます」（一九三六年九月一五日井伏鱒二宛て書簡）という状況に至り、井伏らの説得で東京武蔵野病院の閉鎖病棟に収容される。薬物中毒から回復して退院すると、入院中に起きていた初代の不倫が発覚、初代と谷川岳で心中未遂を起こした後、離別する。この後、杉並区天沼一丁目二一三番地鎌滝方に移転するが、井伏の勧めで山梨県河口村御坂《みさか》峠天下茶屋の二階端八畳の部屋で執筆に専念することになる。

転機は、井伏の紹介で県立都留《つる》高等女学校に勤務していた石原美知子と見合い結婚をしたことであった。この美知子夫人は太宰のよき理解者となり、生活を支え、太宰の死後にはあらゆる資料を収集して太宰の文業を後世に伝えた聡明な人物である。この結婚式で媒酌人を務めたのも井伏夫妻であった。太宰は井伏に「結婚は、家庭は、努力であると思います。厳粛な、努力であると信じます。浮いた気持は、ございません。貧しくとも、一生大事に努めます。ふたたび私が、破婚を繰りかえしたときには、私を、完全の狂人として、棄《す》てて下さい」（一九三八年一〇月二五日井伏鱒二宛て書簡）という誓約書を書き送っている。これを機に太宰は一年弱の間、甲府で暮らした。

沼の底、なぞというと、甲府もなんだか陰気なまちのように思われるだろうが、事実は、派手に、小さく、活気のあるまちである。よく人は、甲府を、「擂鉢《すりばち》の底」と評しているが、当っていない。甲府は、もっとハイカラである。シルクハットを倒《さか》さまにして、その帽子の底に、小さい小さい旗を立てた、それが甲府だと思えば、間違いない。きれいに文化の、しみとおっているまちである。

（『新樹の言葉』）

新居は甲府市御崎町五六番地の借家で、八畳と三畳、三畳は障子で二畳の茶の間と一畳の取次とにしきってあった。この家について太宰は「何よりも値が安く、六円五十銭なので、それが嬉しかった」（『当選の日』）と語っている。一方、美知子夫人はガスも水道も通っておらず、トタン屋根で夏は畳まで熱くなったということに触れて家賃相応の家だったと見ている。ただ、太宰にとってこうした住宅の不便はあまり問題ではなかった。芸術や学

問に理解のある石原家の人々に囲まれた甲府時代を「私のこれまでの生涯を追想して、幽《かす》かにでも休養のゆとりを感じた一時期」（『十五年間』）と振り返っている。

師友との語らいと終焉への加速

一九三九年九月、東京府北多摩郡三鷹村下連雀《しもれんじゃく》一一三（現三鷹市下連雀二―一四）に転居する。六畳、四畳半、三畳の三部屋に、玄関、縁側、風呂場がついた一二坪半ほどの小さな借家で、日当たりのよい新築の家だった。近隣には作家が多く住み、中央線沿線の文士たちが集った阿佐ヶ谷将棋会に参加するなど、楽しい日々を過ごしている。「先日、井伏さんと多摩川へ、ハヤを釣りにまいりました。（中略）あの日の成績は、井伏氏三十、文藝春秋の下島氏は五十、濱野修氏は四十、私は、三匹でありましたが、それでも私は皆にほめられました。ただいまは、私も親子三人ですから、一人に一匹づつで、ちょうどよかったわけであります」（一九四一年一〇月二三日竹村坦宛て書簡）。ここには四一年に長女園子が誕生した喜びもあらわれているだろう。

戦中は甲府、青森に疎開し、四六年一一月に帰京すると流行作家の仲間入りを果たす。戦後には『ヴィヨンの妻』、『斜陽』（一九四七）、『人間失格』（一九四八）といった代表作を次々に書きあげていった。しかし、その一方で「太宰のような人はもっと都心を離れた、気候のよい、暮らしやすい土地に住んでゆっくり書いてゆく方がよかった」と美知子夫人が言うように、三鷹の地は人との関わりが多すぎた。太宰の生活は急速に乱れていく。

この時期の太宰は仕事部屋をいくつかもっていたが、その一つが行きつけの小料理屋「千草」（三鷹町下連雀二一二番地）の二階六畳間だった。そして、その筋向かいの家の二階を借りていたのが、ともに玉川上水に入水《じゅすい》することになる山崎富栄《とみえ》である。井伏が訪れ忠告をしたこともあったようだが、戦後の太宰は井伏を避けるようになっていった。太田静子や山崎富栄と関係をもち、「破婚を繰りかえしたときには、私を、完全の狂人として、棄てて下さい」とまで言って結婚に尽力してもらった井伏とは顔を合わせづらかった。こうして太宰は、人間関係に押し流されるがまま、最期の時へと突き進んでいく。

そこで考え出したのは、道化でした。

それは、自分の、人間に対する最後の求愛でした。自分は、人間を極度に恐れていながら、それでいて、人間を、どうしても思い切れなかったらしいのです。そうして自分は、この道化の一線でわずかに人間につながる事が出来たのでした。おもてでは、絶えず笑顔をつくりながらも、内心は必死の、それこそ千番に一番の兼ね合いとでもいうべき危機一髪の、

油汗流してのサーヴィスでした。

（『人間失格』）

「千草」の増田静江は「先生はいいかたでしたけれどほんとに怖がりんぼでした」と言う。人間を恐れるからこそ関わらずにはいられないという性格が心身を消耗させていった。こうした太宰の危機に周囲も気づいていないわけではない。『人間失格』の連載や『井伏鱒二選集』編纂《へんさん》などで関係の深かった筑摩書房の古田晁《あきら》は、太宰を御坂峠《みさか》で静養させる計画をたて、井伏に太宰と御坂峠へ滞在することを依頼している。ただ、戦後の食糧難の時期、食糧を持たずに旅をするわけにはいかない。古田は郷里の長野に食糧調達に赴き、帰ってきたのが六月一四日。太宰の遺書が発見された日であったという。太宰の遺体が見つかった六月一九日は桜桃忌《おうとうき》と名づけられ、現在も、三鷹の禅林寺に多くの人々が集っている。

【出典・参考】

『太宰治全集』全一三巻、筑摩書房、一九九八年五月～一九九九年四月

井伏鱒二『太宰治』筑摩書房、一九八九年一一月

津島美知子『回想の太宰治』講談社文芸文庫、二〇〇八年三月

相馬正一『評伝太宰治　上・下』津軽書房、一九九五年二月

東郷克美『太宰治の手紙』大修館書店、二〇〇九年七月

山内祥史『太宰治の年譜』大修館書店、二〇一二年一二月

週刊朝日編『値段の明治・大正・昭和風俗史（上・下）』朝日新聞社、一九八七年三月

No.05

Shuji Terayama

寺山修司の住宅事情

「母」の呪縛から逃れながら

一九三五年青森県弘前市生まれ。歌人、詩人、劇作家。早稲田大学中退。俳句や短歌から出発し、「演劇実験室　天井桟敷」を主宰、アングラ演劇を牽引した。代表作に評論集『書を捨てよ、町へ出よう』、歌集『田園に死す』、小説『あゝ、荒野』など。一九八三年没。

青森を転々とした日々

「地方の若者たちはすべて家出すべきです。／そして、自分自身を独創的に『作りあげてゆく』ことに賭けてみなければいけない」（『家出のすすめ』）。劇団「天井桟敷」を率い、演劇や映画など多方面で独創的な世界を作り上げた寺山修司。幼い頃に父を亡くした彼は、

「愛情」で子を「家」に縛りつける「母」から逃れるように、「母殺し」の物語を描き続けた――「だが、たかが映画の中でさえ、たった一人の母も殺せない私自身とは、いったい誰なのだ？」（映画『田園に死す』）。

一九四一年、寺山が五歳の時に父の八郎が出征する。残された母子は実家のある青森市へ移り、知人の伝手《つて》で浦町駅裏の下宿屋に転居した。一九四五年七月の空襲で二人は住む家を失うが、その後八郎の兄である義人に引き取られ、彼が古間木《ふるまき》駅前で経営する寺山食堂に身を寄せる。一階は半分が食堂、もう半分が土産売り場で、奥に居室がある。二階には八畳二間と一二畳一間があり、母子は真中の八畳間を間借りした。そしてこの年の暮れ、八郎が出征先で病死したことを知る。

はつは生計を立てるため米軍ベースキャンプの図書館で働き、米軍将校のハウスメイドとして雇われるようになる。だが終戦間もない当時、米兵のジープで送られて帰宅する彼女は周囲の反感を買い、ついには寺山食堂から追い出されてしまう。その後、母子は八郎の姉の計らいで新町二丁目にある平屋で暮らし始める。遊郭の前に建つこの家は、もともと待合として使われたもので、四坪ほどの広さしかないため「スモールハウス」と呼ばれた。一九四九年にははつが福岡の芦屋《あしや》基地に転勤することになり、中学生の寺山は青森市松原町にいる大叔父夫婦の元に預けられる。野脇中学校に転校した彼は同級の京武久美《きょうぶひさよし》と知り合い、学級新聞などに短歌や俳句を載せて文芸への関心を深めていった。

この時期、寺山は映画館の一室で暮らしていたことがある。彼を預かった大叔父の坂本勇三が映画館「歌舞伎座」（青森市青柳二丁目）を経営しており、その一角を居室としていたのだ。初めは映写室の隣にある屋根裏部屋を使い、その後スクリーン裏手の細長い二〇畳ほどの楽屋に移った。かつて芝居小屋だった歌舞伎座では稀《まれ》に娘義太夫《むすめぎだゆう》や説経浄瑠璃《じょうるり》の興行を打っていたため、ドサ回りの一座が楽屋を使うと寺山は館の裏手にある坂本家で過ごしたという。「青森といえば、まず思い出すのは歌舞伎座のおばさんである」（『青森と私』）と語るように、勇三の妻、きゑは、実母と離れて暮らす寺山にとって心の拠《よ》り所だった。その後、坂本家が松原町の甲田橋近くに木造平屋建ての新居を建てると、寺山も一緒にそちらへ移ることとなる。

一九五一年、県立青森高校に進学した寺山は文芸部と新聞部に所属した。ほどなくして京武の俳句が新聞の投句欄に掲載され、寺山もそれに触発されて俳句にのめり込んでいく。「ラグビーの頬傷ほてる海見ては」、「十五歳抱かれて花粉吹き散らす」、「わが夏帽どこまで転べども故郷」――この頃の寺山は「他のどんな文学形式よりも十七音の俳句に熱中していた」（『花粉航海』）。実際、在学中から全国学生俳句会議を組織して高校生向けの俳句大会を開催し、一〇代の若者たちによる俳句雑誌『牧羊神』を創刊している。そして、そうし

た全国的な活動を通じ、彼自身もいつしか東京への憧れを抱くようになる。

私は人知れず、「東京」という字を落書するようになった。仏壇のうらや、学校の机の蓋《ふた》、そして馬小屋にまで「東京」と書くことが私のまじないになったのだ。（『誰か故郷を想はざる』）

入院生活を経て、母子は再び一つ屋根の下に

一九五四年四月、早稲田大学教育学部に入学した寺山は、川口市幸町《さいわいちょう》に住む叔父の家（彼が勤める福禄ストーブの社宅）に下宿し、そこから大学に通い始める。一階に四間、二階に三間ある大きな家だ。彼の部屋は二階の八畳間で、裏手には鋳物《いもの》工場があったという。この家で暮らす間、『短歌研究』の第二回五〇首応募で寺山の『チエホフ祭』（原題は『父還せ』）が特選に選ばれる――「チエホフ祭のビラの貼られし林檎《りんご》の木かすかに揺る、汽車通るたび」、「向日葵《ひまわり》の下に饒舌《じょうぜつ》高きかな人を訪《と》わずば自己なき男」。ところが、同作に対しては中村草《くさ》田男《たお》らの俳句との類似が指摘され、盗作問題として取りざたされてしまう。

翌年、寺山は混合性腎臓炎を患い二か月ほど入院、退院後は高田南町に下宿する。しかし、一か月ほどでネフローゼを発症すると、社会保険中央病院（新宿区西大久保二の二七）に

入院することとなる。入院生活は三年に及んだが、この間、山田太一ら友人たちと文通し、競馬やカード賭博を覚え、多種多様な本を濫読《らんどく》した。また、すでに詩人として活躍していた谷川俊太郎が見舞いに訪れ、生涯にわたる交流が始まる。第一歌集『空には本』が刊行されたのもこの頃である。

一九五八年夏、退院した寺山は学生援護会の紹介で新宿区諏訪《すわ》町のアパート、幸荘に入居する。六畳一間の彼の部屋はいつも綺麗《きれい》に整頓されていた。大学は中退し、ノミ屋の電話番やポーカーのディーラーを経験した後、一九五九年に谷川の勧めでラジオドラマの脚本を執筆、『中村一郎』で民放祭大賞を受賞する。また、翌年二月放送の『大人狩り』は革命を煽動《せんどう》するとして物議を醸《かも》し、福岡県議会でも取り上げられた。さらに同年夏には篠《しの》田正浩《だまさひろ》の依頼で映画『乾いた湖』のシナリオを担当すると、執筆のため監督の篠田と神楽坂の旅館に籠り、彼を介して松竹の女優、九條映子（後年、今日子と改称）を紹介してもらう。寺山は彼女が松竹歌劇団の舞台に立っていた頃からのファンで、その後、『乾いた湖』に出演した彼女と交際に発展することとなる。

仕事も軌道に乗り始めた一九六〇年末、寺山は米軍立川基地に住み込みで働いていた母、はつと暮らすため、新宿区左門町の山口荘に居を移す。静かな住宅街に建つ木造二階建てのアパートだ。各階に二戸ずつあるうち、寺山は一階の2LDKを借りた。翌年二月には

つも入居し、母子はおよそ一〇年ぶりに一つ屋根の下で暮らし始める。寺山が二四歳のことである。

だが、長らく別々に暮らしてきたはつにとって、我が子はいつまでも幼い「修ちゃん」のままだった。寺山が外出すればハンカチを持たせ、道草せず帰るよう釘を刺す。夕食を家で食べないだけで、怒り、悲しんだ。そうした母の束縛から逃れるように、寺山は映子が妹と暮らすアパート、松風荘（渋谷区神南町二一－四）に入り浸る。二人はすでに婚約していたが、はつは溺愛《できあい》する「修ちゃん」を奪われまいと、彼らの結婚を頑《かたく》なに拒み続けた。

「ねえ、どこかに二人で部屋を借りようよ。あの人を説得するには、僕が家出するしかない」――結婚を認めない母を「あの人」と呼ぶ寺山は「家出」を提案する（九條今日子『回想・寺山修司―百年たったら帰っておいで』）。これを受け、映子は週刊誌の掲示板欄に部屋探しの記事を出してみた。「できれば三部屋程度で電話が自由に使える所。場所は少々遠くても静かな所でしたらうれしいのです。予算は二万円以内でイヌが飼えることが条件です」。

新婚時代を過ごした家

記事に対して多くの反響が寄せられるなか、一通の手紙が映子の目に留まった。杉並に家を持っているのだが、地方転勤のため空き家にしており、そちらを使ってほしいというのだ。家賃は二万円。一〇畳のリビング、一二畳の書斎と寝室、六畳の和室を備え、リビングの前には小さな庭がある。井の頭線永福町駅から徒歩一〇分程度で、谷川俊太郎の家の近所でもあった。内見した日のうちに転居を決めると、寺山も映子もそれぞれのアパートを引き払い、一九六一年一〇月、この和泉《いずみ》三丁目の一軒家で暮らし始める。一方、寺山の転居に伴い、はつは家賃の安い四谷の若葉町に移った。転居から半年ほど経ち、寺山と映子は谷川俊太郎夫妻を仲人として結婚式を挙げるが、結婚を認めないはつは出席しなかったという。

ともあれ、新婚生活を始めたこの家には友人たちが集まり、芸術論を戦わせ、ポーカーに興じた。当時の寺山はラジオドラマの台本執筆を主な収入源としていたが、一九六三年にはエッセイ集『現代の青春論　家族たち・けだものたち』を刊行する。『家出のすすめ』と改題されるこの本に影響を受け、以後多くの家出人が寺山家を訪れるようになった。

そんなある日、詩人の藤森安和《やすかず》が訪ねてきた。彼は「進歩的文学者に内在している小市民性についての悪口」（『消しゴム』）を言いながら、洟《はな》をかんだ塵紙《ちりがみ》を絨毯《じゅうたん》の上に捨て、煙草《たばこ》の灰をテーブルの上に直《じか》に落とした。寺山はそうした藤森の粗暴な振る舞いから無言の批判を読み取った。「あらゆる既成の価値に反抗」してきた寺山修司が「マイホームの中に

退行しているという現実」。この出来事を機に、寺山は自らの「家庭」を見直し始める。

一九六五年末、大家一家が転勤先から帰ってくることになり、翌年の春過ぎまでに新居を探さなければならなくなった。もっとも、寺山としては近所に本屋があり、膨大な蔵書を収納できるスペースがあれば十分だった。映子はこう語る――「どんな家に住むかというよりも、与えられた家という未知の空間を、自分の好みに演出することに寺山は熱中していたのだ」。何軒か見て回り、東横線祐天寺駅から徒歩一〇分ほど、閑静な住宅街のなかの一軒家に決めた。希望どおりの家賃や広さで、坂の上のため日当たりも眺めも良い。何より、壁に大きな本棚が備え付けられていた。

この転居と前後して、寺山の戯曲を上演したいという早稲田大学の劇団「仲間」に協力、主宰の東由多加《ひがしゆたか》から劇団の創設を勧められる。当時寺山の仕事仲間だった横尾忠則もそれに賛同し、劇団の設立に向けて動き始める。ちょうどその頃、寺山の家の向かいで工事が行われていた。聞けばアメリカ人が設計した三階建ての建物が建つという。鉄筋コンクリート造りで各階には二〇畳ほどのスペースがあり、ボイラー室や駐車場も付いている。家賃は一二万円と当時としては高額だったが、寺山はここで劇団を抱えながら暮らすことに決めた。

一九六六年末にはこの新居に移り、旗揚げの準備が進められた。一階は居間兼応接間で、

東京都世田谷区下馬町2-5-7 和田レヂデンス

天井桟敷の家 La maison de TENJO-SAJIKI 1966〜69

作画◉榎本了壱 ©R.ENOMOTO 2005.08

寺山修司 31歳 Shuji Terayama

この家から天井桟敷は始まった。

昭和38年（1963）寺山修司は、女優の九條映子（今日子）と結婚。41年に新居先、世田谷区下馬町の向いに建った和田レヂデンスにさらに転居。ここを演劇活動の拠点にしようと考えた。やがて《演劇実験室・天井桟敷》が誕生していく。

マホガニー製の本棚には、蔵書がきちんと並べられ、下の開き戸の中はレコード類。特注の大きな仕事机にはいつも連載などの原稿が3、4本並んでいた。

書斎＆寝室

3F

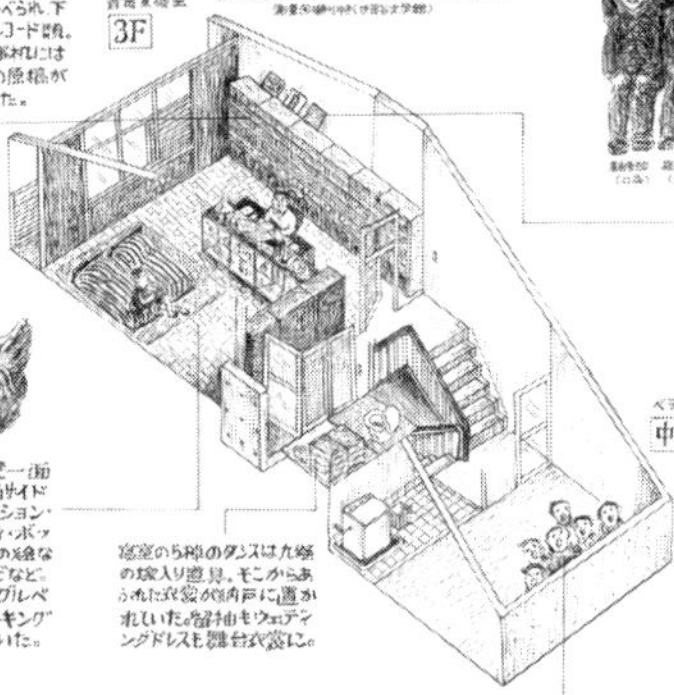

3階だけは唯一、寺山と九條のプライベート・スペース。壁一面の本棚の前に、特注の大きな仕事机。その前には両サイドがガラス貼りの飾り棚。そこに贈り物の壺や、コレクション・グッズが並ぶ。特に猫グッズが多く、アンティークのキャンディ・ボックスや水さし、猫の絵のついたカン、レオノール・フィニの猫の絵などどれも趣味の悪い顔をしている。棚の上には白黒テレビなど。ブルーグリンの毛足の長いじゅうたんの上に、木製のシングルベッドが2台。カバーは黄色の縞模様。寺山はベッドメーキングもよくした。部屋には、コルトレーンのレコードがよくかかっていた。

寝室の5棹のダンスは九條の嫁入り道具。そこからあふれた衣装が納戸に置かれていた。留袖もウェディングドレスも舞台衣裳に。

ベランダ

中3F

「アエイウエオアオ!!」劇団員の発声練習に近所から苦情が。『毛皮のマリー』の時はコシノジュンコから仮縫い用のペーパーをもらって、このベランダで染めた。主演の丸山（美輪）明宏は、ジバンシーの28万円のドレスを自前で買って登場！『青森県のせむし男』で使うねずみ100匹をここで蛍光ピンクに染めたが全部即死！

半大の劇団『仲間』を主宰していた東由多加が、『ねむりは立ったまま眠っている』を、大隈講堂で上演。その打ち上げの席で、東は寺山に劇団作りを提案。丁度その頃下馬の借家の前に、コンクリート造りのモダンなマンションが建ちだった……

和田誠から贈られた12枚のシルクスクリーンのセットは、ベッドサイドに飾った。ジンセバーグ、バルドオ、ヘプバーン等。和田は『大山デブコの犯罪』で音楽も担当。

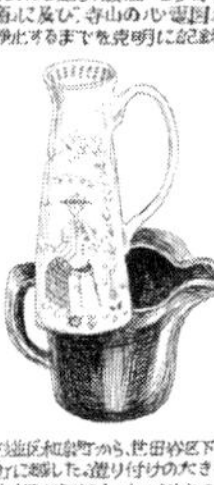

媒酌人を務めた谷川俊太郎から贈られたペイネの花瓶。谷川との交友は、最後「ビデオ書簡」に及び、寺山の心電図が静止するまでを克明に記録。

ココ

杉並区和泉町から、世田谷区下馬町に越した。造り付けの大きな本棚が気に入ったのだ。その借家の向かいにコンクリート造りのマンションが建った。折しも、劇団創設の話が起きていた。

この建物は図書館か美術館のように見えた。3階建のメゾネットタイプの洋館。家賃は月12万円、2万円で一家が住める家が借りられた。ボイラー室もあるセントラル・ヒーティング。しかし光熱費が月5万円もかかり、石油ストーブにかえた。

東横線祐天寺駅から徒歩10分。寺山に憧れる文学・演劇の少年少女たちが家を出て、夜となく昼となくここを訪ねて来た。駅までの道は、さしずめ家出通りとなった。

和田誠、横尾忠則、東由多加らが、このマンションに集まり劇団名を考えた。はじめ劇団『魔笛』に決まりそうになったが見世物小屋みたいなイメージということで、《演劇実験室・天井桟敷》になる。昭和41年の暮れのことだった。

奇優怪優侏儒巨人美少女等募集

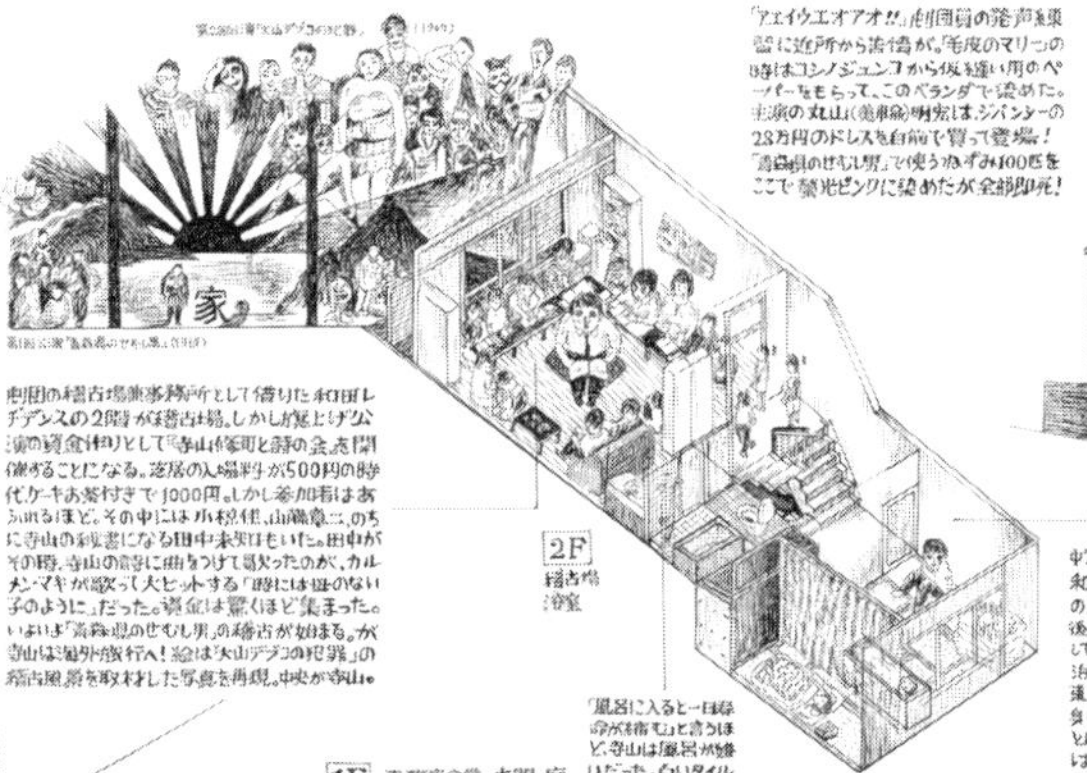

劇団の稽古場兼事務所として借りた和田レヂデンスの2階が稽古場。しかし旗上げ公演の資金作りとして『寺山修司と詩の会』を開催することになる。落語の入場料が500円の時代ケーキお茶付きで1000円。しかし参加者はあふれるほど。その中には小椋佳、山藤章二、のちに寺山の秘書になる田中未知もいた。田中がその時、寺山の詩に曲をつけて歌ったのが、カルメン・マキが歌って大ヒットする「時には母のない子のように」だった。資金は驚くほど集まった。いよいよ『青森県のせむし男』の稽古が始まる。が寺山は海外旅行へ！絵は『大山デブコの犯罪』の稽古風景を取材した写真を再現。中央が寺山。

2F

稽古場・浴室

「風呂に入ると一日寿命が縮む」と言うほど、寺山は風呂が嫌いだった。白いタイルのバスルーム。

中2F

長崎和室

中2階にある12畳の和室には居候1号の東由多加、東の後輩の前田律子そして長崎偏陸が寝泊りしていた。ここは東・前田が長崎出身なので『長崎和室』と呼ばれた。偏陸は『花札伝綺』で使った棺桶に寝た。前田は入場料の千円札の束を握りしめて寝ていたことも。

1F

事務室食堂・玄関・庭

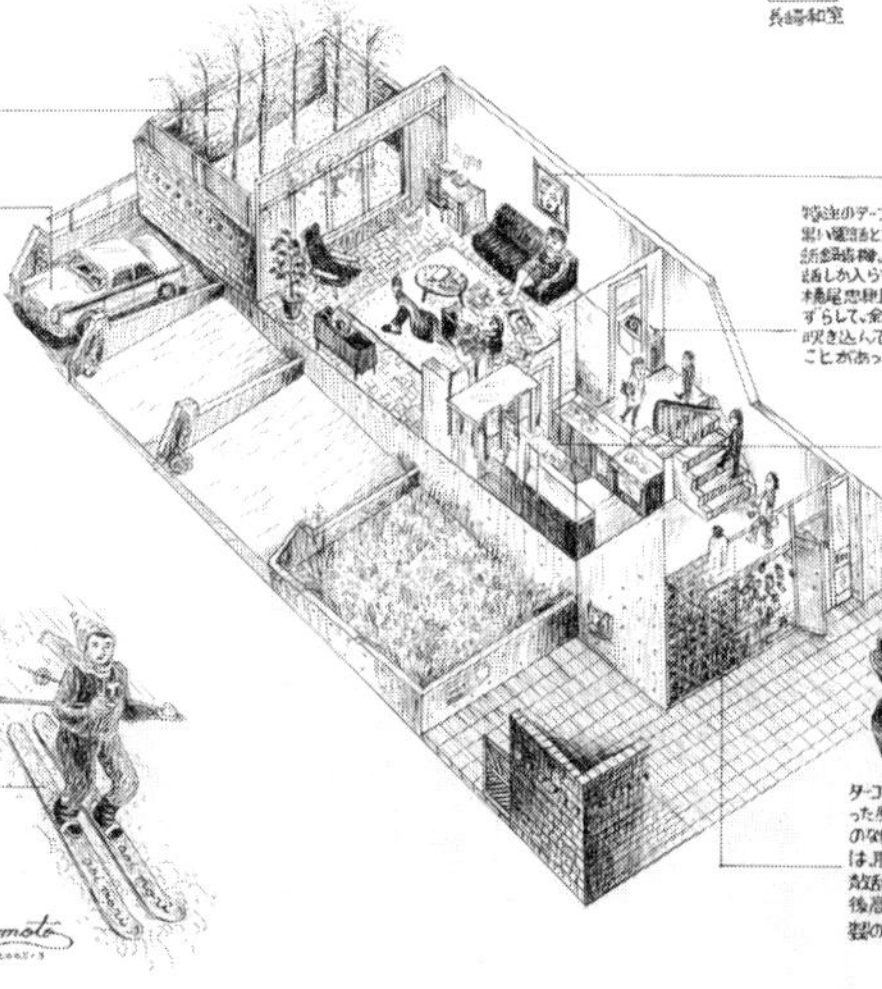

ンガの壁の内側は、竹の植えた庭。白い鉄製のテーブルと子のセットが置いてあったが、しくて誰も座わらなかった。

に越してきて車がイギリス製のイアンフ・スポーツVIに変わった。ボディに黒いラインの入ったモダンタイル。この車で芝居に使う大を大騒ぎして運んだこともある。

特注のテーブルの上に黒い電話と留守番電話録音機。1日44通話しか入らないのに横尾忠則がいたずらして、全部吹き込んでしまったこともあった。

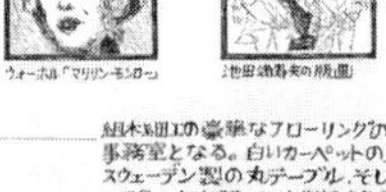

ウォーホル「マリリン・モンロー」

池田満寿夫の版画

組木細工の豪華なフローリングのここが事務室となる。白いカーペットの上にはスウェーデン製の丸テーブル、そしてオレンジ色の布を張った木製の椅子。黒革の大きなソファ。ここに寺山が座って、モルモットが窒息死したことも。寺山がここに寝ころがっての読書や執筆している写真は全て取材用のポーズ。ソファのうしろには、ニューヨークに行った時ウォーホルのスタジオで手に入れたモンローのシルクスクリーンと、向い側には池田満寿夫の『ヴィーナスから来た女』のリトグラフ作品。事務用の木製の机やステレオセット、ダイニングセット、新婚の時からの大きくなったゴムの鉢植。キッチンは食器洗い機も付いた最新型。劇団員の旺盛な食欲をフォローした。

ターコイズブルーのタイルを貼った壁、鍵のかけられたことのないブルーのドアの内側には、脱ぎすてられた靴が散乱していた。寺山はその後高さ10センチのジーンズ製のサンダルを愛用する。

時代、2階から一をはいて学校行ったという寺山雪の降ったある家の前の坂を、木の棒を足につ、見事に滑った。

Ryoichi Enomoto

現住所は 東京都世田谷区下馬5-38
2005年9月現在、現存する。
（文中は全て敬称略）

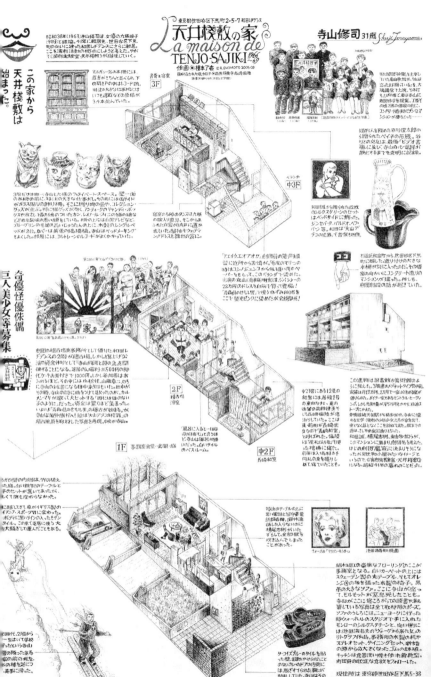

組木細工のフローリングには白い絨毯が敷かれ、ソファと丸テーブルが置かれている。かたわらにはダイニングテーブルがあり、入居当初は寺山も併設されたキッチンで料理を作ったという。事務所兼稽古場の二階では、資金確保の目的で、寺山を囲んだ詩の朗読会や映画の上映会を開いたこともある。中二階にある六畳の和室は東の個室。後に前田律子と森崎偏陸《へんりつく》もここで寝泊まりするようになる。さらに三階が寺山夫婦の暮らすプライベートルームで、前の家と同様に壁一面に備え付けの本棚が設置されていた。

天井桟敷との暮らし

一九六七年一月、「演劇実験室　天井桟敷」が誕生する。四月には丸山明宏（美輪明宏）主演の第一回公演『青森県のせむし男』が成功を収め、六月の第二回公演『大山デブコの犯罪』からは看板女優となる新高恵子も参加する。第三回公演『毛皮のマリー』以降も多忙な日々が続き、次第に夫婦の生活は「家庭」よりも劇団が中心になっていった。さらにこの頃、多くの仕事を抱える寺山は自宅とは別に仕事部屋を借りるようになる。場所は、映子がかつて妹と住んでいた松風荘の二階、六畳二間の部屋である。昼はそこで執筆活動を行い、夜は下馬《しもうま》の自宅で劇団の仕事を行った。

右　天井桟敷の家（作画：榎本了壱、世田谷文学館蔵）。3階にプライベートスペースを確保してはいたものの、同じ屋根の下で暮らす劇団が徐々に生活の中心を占めるようになった。

劇団旗揚げから一年ほど経ち、ニューヨークの前衛演劇を視察してきた寺山は、現地の小劇場に着想を得て、自分たちの劇場を持ちたいと考え始める。手頃な土地を探すなか、映子が利用していた自動車修理工場の移転に伴い、地下スペースのある物件が空くとわかった。場所は、明治通りを宮益坂下から並木橋に向かって五〇〇メートルほどのところ。NHK裏にある松風荘からは徒歩約二〇分の距離である。敷地面積はおよそ二〇坪で、地下と地上二階に屋根裏部屋も備わっている。多額の改装費は寺山夫婦の貯蓄だけでは賄《まかな》いきれなかったが、一階部分ではつが喫茶店を開くことになっており、彼女の資金援助で何とかこの場所を確保できた。

劇場の開設に合わせて下馬の家を引き払うと、寺山は私物を松風荘に移動させ、映子も千駄ヶ谷に借りたアパートへと移った。「家庭」と劇団の両立は難しく、二人は一晩中話し合った結果、離婚することに決めた。正式な離婚は一九七〇年だが、その後も二人は劇団運営のパートナーとして歩みをともにすることになる。一方この頃、はつが松風荘の一階に入居し、再び母子は同じ屋根の下で暮らし始める。

一九六九年三月、いよいよ劇場「天井桟敷館」が完成した。内外装のデザインは粟津潔《あわづきよし》。通りに面した外壁には巨大なピエロの顔があしらわれ、周囲にマネキンがちりばめられている。地下が劇場で、一階がはつの営む喫茶店。事務所と楽屋のある二階には団員の寝室

やシャワー室、キッチンも備わっていた。七〇年代に入ってからの天井桟敷は、劇場の空間から解放された市街劇にも力を入れ、海外公演の機会も増えていく。さらに、演劇以外の活動を行うために株式会社「人力飛行機舎」を設立、一九七一年には寺山が脚本、監督を務めた映画『書を捨てよ、町へ出よう』が公開される。また、恐山《おそれざん》の山麓を舞台とした虚構的な自伝映画『田園に死す』は一九七五年度のカンヌ国際映画祭にも出品された。

一九七六年、渋谷の天井桟敷館は土地の契約期限が切れたため麻布に移転し、一階にあったはつの喫茶店も閉店する。母子は依然として松風荘で暮らしていたが、時間を持て余したはつは寺山の部屋の鍵を預かり、それまで以上に彼の生活に口を出すようになる。肝臓に持病を抱える寺山は多忙な生活の中で体調を崩し始めていたが、はつの過剰な干渉が妨げとなり、秘書兼マネージャーの田中未知さえも彼の身の回りの世話をしにくくなってしまう。

そうした状況もあって、晩年の寺山は人力飛行機舎のある三田で過ごす時間が増えた。事務所は願海寺《がんかいじ》敷地内の洋館に構えていたが、一九八〇年末からその隣の家に田中が住んでいた。寺山は激務のなか、はつには仕事でホテルに滞在していると伝え、実際には三田の家で母や仕事を離れたプライベートな時間を過ごしたという。肝臓を患いながらも仕事を続けた寺山だったが、一九八三年四月二二日、この三田の家から病院に緊急搬送され、二週間ほどで息を引き取った。後年、高尾霊園にある彼の墓にははつの遺骨も納められ、母子は死後もまた同じ場所で眠ることとなる。ただ、生前の寺山はこう綴っていた——「私は墓は、私のことばであれば、充分」（『墓場まで何マイル？』）。俳句や短歌、演劇、映画の世界で多彩な才能を発揮した彼の魂はその言葉の中に刻まれている。

【出典・参考】

『寺山修司著作集』全五巻、クインテッセンス出版、二〇〇九年一月〜六月
井上裕務編『寺山修司の迷宮世界』洋泉社、二〇一三年五月
小川太郎『寺山修司　その知られざる青春—歌の源流をさぐって』三一書房、一九九七年一月
九條今日子『ムッシュウ・寺山修司』ちくま文庫、一九九三年二月
九條今日子『回想・寺山修司—百年たったら帰っておいで』角川文庫、二〇一三年四月
杉山正樹『寺山修司・遊戯の人』新潮社、二〇〇〇年一一月
田中未知『寺山修司と生きて』新書館、二〇〇七年五月
萩原朔美『思い出のなかの寺山修司』筑摩書房、一九九二年一二月
堀江秀史『寺山修司の一九六〇年代　不可分の精神』白水社、二〇二〇年三月
前田律子『居候としての寺山体験』深夜叢書社、一九九八年三月
松井牧歌『寺山修司の「牧羊神」時代　青春俳句の日々』朝日新聞出版、二〇一一年八月

田端、馬込、阿佐ヶ谷、三鷹…文士村ができた理由

明治末から昭和初頭にかけ、一部の文豪たちは土地柄やそこに住む人々を慕って集まり、「文士村」を形成した。

土地の開けた田端は東京美術学校のある上野と台地続きで、早くは洋画家の小杉放庵や陶芸家の板谷波山《いたやはざん》らが移り住んだ。一九一四年に芥川龍之介が居を構えると、室生犀星《むろうさいせい》が同郷の吉田三郎（波山の弟子）を慕い転居、芸術家を交えた「道閑会《どうかんかい》」で親睦を深めた。

一九二三年の関東大震災は、文士村が活性化する大きな転機となった。下町や都心に甚大な被害が及ぶと、交通網の発達を背景に、田畑の広がる郊外でも宅地化が進んでいく。田端には菊池寛や堀辰雄が移り住み、犀星の誘いで萩原朔太郎もやってくる。堀や中野重治らの同人誌『驢馬《ろば》』が生まれ、カフェで女給として働く佐多稲子もその輪に加わった。

他方、南郊の馬込《まごめ》村近辺では以前から日夏《ひなつ》耿之介《こうのすけ》や画家の川端龍子《りゅうし》らが「大森丘の会」を開いており、尾崎士郎・宇野千代夫婦の下にも人々が集った。震災後は広津和郎《ひろつかずお》や朔太郎、三好達治、犀星らが転居し、自由気儘な気風のなかで芸術談議や麻雀、ダンスに興じた。

電化の早かった中央線の沿線も、住宅が密集しておらず、地価や家賃が比較的安かった。震災前年に開設した阿佐ヶ谷駅を中心に、葉山嘉樹《よしき》や小林多喜二らプロレタリア系の作家が暮らし、荻窪に住む井伏鱒二らの「阿佐ヶ谷会」には彼を師と仰ぐ太宰治も参加した。

荻窪より西の三鷹には一九二八年から詩人の三木露風が暮らし、二年後の駅開設以降は山本有三や武者小路実篤、評論家の亀井勝一郎が移り住んだ。一九三九年には太宰も居を構え、亀井らとの親交を深めることとなる。

第2部 放浪しながら書く

与謝野晶子 Akiko Yosano
石川啄木 Takuboku Ishikawa
江戸川乱歩 Rampo Edogawa
小林多喜二 Takiji Kobayashi
林芙美子 Fumiko Hayashi
中原中也 Chuya Nakahara
中島敦 Atsushi Nakajima

No.06

Akiko Yosano

与謝野晶子の住宅事情
貧しくも、歌と家族と暮らす家

一八七八年堺県馬甲斐町（現大阪府堺市）生まれ。歌人、詩人。堺女学校卒。与謝野鉄幹を慕い上京、情熱と官能を詠う浪漫主義的な歌風で脚光を浴びる。評論も多数執筆し、『源氏物語』の現代語訳も行った。代表作に歌集『みだれ髪』『舞姫』など。一九四二年没。

「父母の家」を後にして

「海恋し潮の遠鳴りかぞへては少女となりし父母《ちちはは》の家」（『恋衣』）——与謝野晶子は堺《さかい》にある老舗和菓子屋、駿河屋（堺県堺区甲斐町四六番屋敷）の三女として生まれた。堺は大阪湾に面した古くからの商業地。晶子の幼い頃には「既に頽廃《たいはい》した寂しい町」だったが、立派な寺が並ぶ寺町通りのように、「豊臣氏以前の派手な町の面影」(『故郷と父母』)も残っていた。そうした堺の街角にある駿河屋は、「二階だけが西洋づくりで、土でこしらへた時計が屋根の上にあつて、下には紺のれんの一杯吊《つ》つてある家」(『をさなき日』)だった。

目にこそ浮べ、ふるさとの／堺の街の角の家、／帳場づくゑと、水いろの
電気のほやのかがやきと、／店のあちこち積み箱の／かげに居睡《ねむ》る二三人。(『親の家』)

一八九〇年、堺女学校に在学していた一一歳の晶子は、店の帳面付けや店番を手伝うようになり、そのかたわら、父の蔵書や貸本を通じて『源氏物語』などの古典文学に親しみ始める。昼は帳場格子のなかで仕事の合間に本を読み、「夜なかの十二時に消える電灯の下で両親《ふたおや》に隠れながら纔《わづ》かに一時間か三十分の明りを頼りに清少納言や紫式部の筆の跡を偸《ぬす》み読みして育つた」(『清少納言の事ども』)。封建的な家庭だったため一人で外出することは滅多になく、海を見に行くのも三年に一度程度だったという。

一九〇〇年、前年に創刊した『明星』の宣伝を兼ね、新詩社の与謝野寛(号は鉄幹)が来阪する。歌を嗜《たしな》むようになっていた晶子は浜寺での歓迎歌会に参加、寛と親交を深め、山

千駄ヶ谷町
道玄坂
宮益坂
❶
与謝野寛・晶子居宅
❷
与謝野寛・晶子居宅
渋谷停車場

川登美子《とみこ》も交えて京都にも遊んだ。そして翌年六月、家出同然で上京すると、道玄坂にほど近い寛の家（豊多摩郡中渋谷村字中渋谷二七二番地）に身を寄せる。当時は寛の妻、瀧野《たきの》が離婚のため実家に戻っており、彼もまた四月にこの家に移ってきたばかりだった。

品川線の渋谷駅は早くから開業していたものの、当時の渋谷村はまだ田畑が広がっており、民家も少ないため夜には提灯《ちょうちん》を持って歩かねばならなかったという。鉄幹の家は道玄坂を脇に入った東京憲兵第二分隊の分遣所裏手にあった。四、五メートル間隔で並ぶ三軒の真中の一軒で、各棟の敷地は一〇〇坪。三畳の玄関間と八畳一間、六畳二間、三畳一間を備えている。家賃は当初一二円だったが、近接する隣家が埋まると一一円に下がったという。晶子はこの家で第一歌集『みだれ髪』を世に送り出し、浪漫主義的な歌風で一時代を築くことになる。

同棲《どうせい》を始めてから三か月が経ち、二人は同じ中渋谷の三八二番地へと居を移す。新居は駅から二〇〇メートルほど離れた小高い丘の上に建ち、裏手の蕎麦《そば》畑からは宮益坂や青山の街並みが遠望できた。栗《くり》や樫《かし》の木立に囲まれたこの家で二人は結婚、転居の翌年一一月には長男の光《ひかる》を出産する。しかし、定職のない一家の生活は楽ではなく、実家から送られた簞笥《たんす》や着物を道玄坂にある質屋で金に換えて糊口《ここう》をしのいだ。その一方で、『明星』は晶子の活躍とともに好評を博し、一九〇四年五月には門人たちの出入りも多くなったため

右　明治末頃の渋谷の様子（「番地界入り豊多摩郡渋谷町」1911年、提供：こちずライブラリ）。灰色の所は畑であり、現在の都会のイメージとはかけ離れている。晶子が寛と暮らし始めた家は❶の辺り。その後、❷の辺りにある丘の家へと転居している。

同じ町内の三四一番地に移り住み、七月に次男の秀《しげる》を産んでいる。

新詩社の全盛から、ヨーロッパ旅行まで

それから四か月ほど経ち、晶子一家は渋谷を離れることにした。懇意にしていた明治書院の社長が与謝野家を訪問した際、あまりの貧しい暮らしぶりに驚き、転居を勧めてくれたのだ。ちょうどその頃、千駄ヶ谷村にある明治書院所有の耕地に借家を建築中で、晶子たちは二〇〇〇坪の敷地に建つ三軒のうち一軒を安く借りられることになった。当時は甲武鉄道の信濃《しなの》町駅からかなりの距離を歩いたというが、飯田町 - 中野区間が電化したばかりで終電が早く、門人たちと徹夜の一夜百首会を開催することもあった。

新居の部屋は八畳、六畳、四畳半、三畳の四間で、家賃は八円。一九〇七年三月には八峰《やつお》と七瀬《ななせ》の双子を出産し、女中も二人いたため生活に余裕はなかった。この千駄ヶ谷時代には晶子の歌集『舞姫』、『夢之華』、『常夏』が続々と刊行され、新詩社は全盛期を迎えるが、月々九〇円ほどの生活費は彼女の奮闘でなんとか賄《まかな》っていた。しかし、『明星』の売れ行きは徐々に悪化していき、毎月三〇~五〇円の赤字を出すようになる。さらに一九〇八年には新詩社を支えてきた北原白秋や木下杢太郎《もくたろう》、吉井勇らが脱退、その打撃は大きく、同

年一一月、『明星』は一〇〇号を以《もっ》て終刊を迎えることとなる。

失意のなか、一家は翌年一月に神田区駿河台東紅梅町二番地へと居を移す。この場所に決めたのは、交通の便がよく、長男の光が暁星《ぎょうせい》小学校に通うのに好都合だったからだという。同年三月には三男の麟《りん》が生まれて、依然として家計は厳しかったが、月謝三円の学校に光と秀の二人を通わせていた。

この家は駿河台にあるニコライ堂の東に位置し、二階の二間には日が当たるものの、一階の四間はいつも薄暗かった。一階にある六畳二間が親子の寝室で、梯子段《はしごだん》を上った二階には四畳半の書斎と客間の座敷がある。『明星』を失った晶子はこの座敷で『源氏物語』や歌の講習会を開いたが、その参加者の中には若き日の佐藤春夫や堀口大学もいた。

その後麴《こうじ》町区中六番町三番地に転居し、さらに約一年が経った一九一一年一一月、寛が予《かね》てより計画していた欧州旅行に出発した。彼が不在の間、広すぎる家では不用心なため、晶子と子供たちは佐藤春夫らの勧めもあり、元の宅と同じ通り沿い、徒歩三、四分の距離にある一〇番地へと居を移した――「子等《こら》を率《ゐ》て家うつりすれ君なくてさすらひ人となりにけるかな」、「海こえし旅人の文《ふみ》時をりになげきの家の窓あけに来る」(『青海波』)。

寛の渡欧から半年が経ち、晶子は子供たちを寛の妹、静子に預けて欧州へと旅立った。二週間の旅路を経て二人は合流するが、旅先で妊娠が判明、晶子は四か月ほどで単身帰途に就き、翌月には子供たちが待つ中六番町の家に戻ってきた。翌年一月に寛も帰国すると、晶子は旅費を工面してくれた朝日新聞社のため、自身初の連載長編小説『明るみへ』の執筆に取り掛かった。

崖に挟まれた暗い家

一九一五年八月、出入りの酒屋の持ち家が空いたため、一家は麴町区富士見町五丁目九番地に引っ越す。同年四月に寛が京都府から衆議院議員選挙に立候補するも落選し、鬱々《うつうつ》とした日々を送っていた。一方、晶子は帰国してからというもの、言論活動にも力を入れ、『人及び女として』や『愛、理性及び勇気』、『激動の中を行く』、『女人創造』など、数々の評論集をこの富士見町の家から世に送り出すこととなる。

大正デモクラシーの時流のなか、華々しい活躍を見せた晶子。しかし、その生活環境は決して明るいものではなかった。富士見町の家は神楽坂下の牛込《うしごめ》停車場から外濠《そとぼり》の土手沿いに少し歩き、二度左に曲がった場所にある。崖下にあたる家の前には狭い通りを挟んで石垣が聳《そび》えており、日光を遮っていた。また家自体も表通りより低く、門から玄関に向かってなだらかに下ることになる。さらに東隣とは高さ三メートルほどの分厚い煉瓦塀《れんがべい》で隔

てられており、風通しも悪い。そのうえ、隣家の木立から藪蚊《やぶか》が容赦なく入り込んでくる。快適とは言えないこの家の様子を、『我家』（『心頭雑草』）と題した詩ではこう詠《うた》っている。

崖の上にも街、／崖の下にも街、
尺蠖虫《しやくとりむし》の如《ごと》く／その間を這《は》ふ細き小路《こうぢ》は／坑道《かうだう》よりも薄暗し。
我家は小路に沿ひて、／更に一段低き窪《くぼみ》にあり。
門を覗《のぞ》きて斜めに／人も、我も／横穴の悒鬱《ゆううつ》を思ふ。

同じ詩の一節では家の中について、「常に太陽を見ず、／陰湿の空気壁に沁《し》みて／菊の香の如く苦《にが》し」と詠んでいる。この家も二階には朝日が射すものの、一階は半地下のように暗い。玄関を入って右手の八畳間は南向きだが日当たりが悪いため夫婦の寝室とし、二階の八畳間を書斎とした。また、問題は日当たりだけではなく、雨が降るたびに雨戸を閉め、雨漏りを受ける桶《おけ》やバケツを用意しなければならなかったという。加えて、近くの外濠沿いを走る線路も悩みの種だった。『家』と題した詩にはこうある。

崖に沿ひたる我が家は、／その崖下を大貨車の／過ぎゆく度に打震ふ。
四とせ五とせ住みながら、／慣れぬ心の悲しさに、／また地震かと驚きぬ。
船をば家とする人も／かかる恐怖《おびえ》を知らざらん、／我れは家をば船とする。

車両が通過するたび、家は波間を漂う船のように揺れる。当時の晶子は「私達のやうな無産者は借家住居をするやうに運命づけられてゐるのだ」と諦観《ていかん》しつつ、持ち家に縛られない「自由」な生活様式を肯定し、「家に就《つい》ての私は漂泊者である」（『家のこと』）と語っていた。「古い汚い半朽ちた家ではあるが、此処《ここ》にも一つの楽しい人間の巣がある」（『郊外散歩』）――この家で暮らす間、寛が森鷗外の紹介で慶応義塾大学の教授に就任し、『明星』も復刊、以前よりも暮らし向きは良くなってきた。また、一九二一年には建築家の西村伊作を校長として文化学院が開校する。与謝野夫婦も画家の石井柏亭《はくてい》らと創設に携わっており、晶子自身、毎週二回、晩年まで教壇に立ち続けることとなる。

関東大震災と荻窪への転居

一九二三年九月一日、東京を大地震が襲った。富士見町の晶子宅は類焼を免れたものの、

神田区では大規模な火災が発生、駿河台の文化学院は焼け落ちてしまう。当時、晶子は二度目の『源氏物語』現代語訳を完成させつつあったが、その草稿も校舎とともに灰となった――「十余年わが書きためし草稿の跡あるべしや学院の灰」(『瑠璃光』)。

しかし、「人間は命のある限り、時と処《ところ》とに適応し、その身構へを敏捷《びんしょう》に転換して、飽くまでも都合よく生きようと努めねばならぬ」(『大震後の生活』)。震災の翌年、晶子一家は戸川秋骨の誘いで荻窪《おぎくぼ》(現杉並区南荻窪四―三―一二。与謝野公園)に土地を借り、初めての持ち家となる新居を建てることにした。晶子は言う、「人間は何処へ行つても安住は無い。さりとて漂泊者となる事は更に困難な時代である」(『郊外より』)。震災後、交通網の発達や都市開発計画の進展を背景に、郊外への移住者が急増、古い武蔵野の風情が残る荻窪にも新たな住居が増えつつあった。

与謝野一家ははじめ、地主の農家から七〇〇坪の土地を借り、その後二〇〇坪を秋骨に譲った。当時の借料は一坪当たり月々四銭で、一九三一年には五銭に値上げしたが、近隣の貸地は一坪八~一〇銭だったという。またこの頃、夫婦は国文学者の正宗敦夫《まさむねあつお》(小説家、正宗白鳥の弟)と『日本古典全集』を編纂《へんさん》しており、その収入で以前よりも経済的に余裕があった。

この土地にまずは二間しかない小さな家を建て、長男の光と次男の秀が自炊生活を始める。光と秀が苗木を植え、花を育てたこの家は「采花《さいか》荘」と名付けられた。もともと敷地近辺は麦畑だったが、その後も人から庭木を寄贈されたりするうちに林のように木が生い茂り、桜やアカシア、枇杷《びわ》、梅、躑躅《つつじ》などさまざまな草木で彩られるようになる。また、竹の四ツ目垣を隔てた隣に秋骨の家が建つ頃には、日本間と浴室を増築し、晶子も週末に富士見町から電車に揺られて通ったという。

一九二七年、母屋の洋館が完成すると、晶子らも一家で荻窪に移り住んだ。この母屋は晶子が図面を引き、文化学院の西村伊作が設計したもので、晴れた日には秩父連山や富士山の青い山影が遥か遠くに望めることから「遥青書屋《ようせいしょおく》」と名付けられた。一階は約五〇坪で食堂なども含めて洋室が七室あり、渡り廊下で采花荘ともつながっている。前に住んでいた家は日当たりの悪さが悩みの種だったが、今度は夫婦の書斎と応接間に隣接してサンルームも設けられた。また、およそ四〇坪の二階は八畳、六畳、五畳、四畳半、三畳の部屋があり、子供たちの個室に割り当てられた。さらに屋根の上には二坪半ほどの物見台がある。これは四男のアウギュスト（後に昱《いく》と改名）と健《けん》が海に行く費用を一夏分節約して拵《こしら》えてもらったもの。一九三五年に寛が没すると、末娘の藤子の部屋だった一階東端の一室を日本間に改装し、文机《ふづくえ》や仏壇を置いて晶子の居間とした。

加えて、一九二九年には門人たちが晶子の五〇の賀を祝って五坪ほどの離れ、「冬柏《とうはく》

亭《てい》」を建ててくれた。六畳と三畳の二間で、棟の南側には紅白の椿《つばき》を植えた。もともとは囲炉裏の切られた茶室であり、ここで歌会なども開かれたが、後年は晶子と寛の居室兼書斎として使われた。

寛の死後、晶子は遥青書屋に移ったが、一九四〇年に脳出血がもとで半身不随になる。一一人いる子供たちの多くはこの家から巣立っていたが、看病のため次男の秀夫婦が戻り、一九四二年に六三歳で没するまで身の回りの世話をしてくれたという。実家を飛び出して

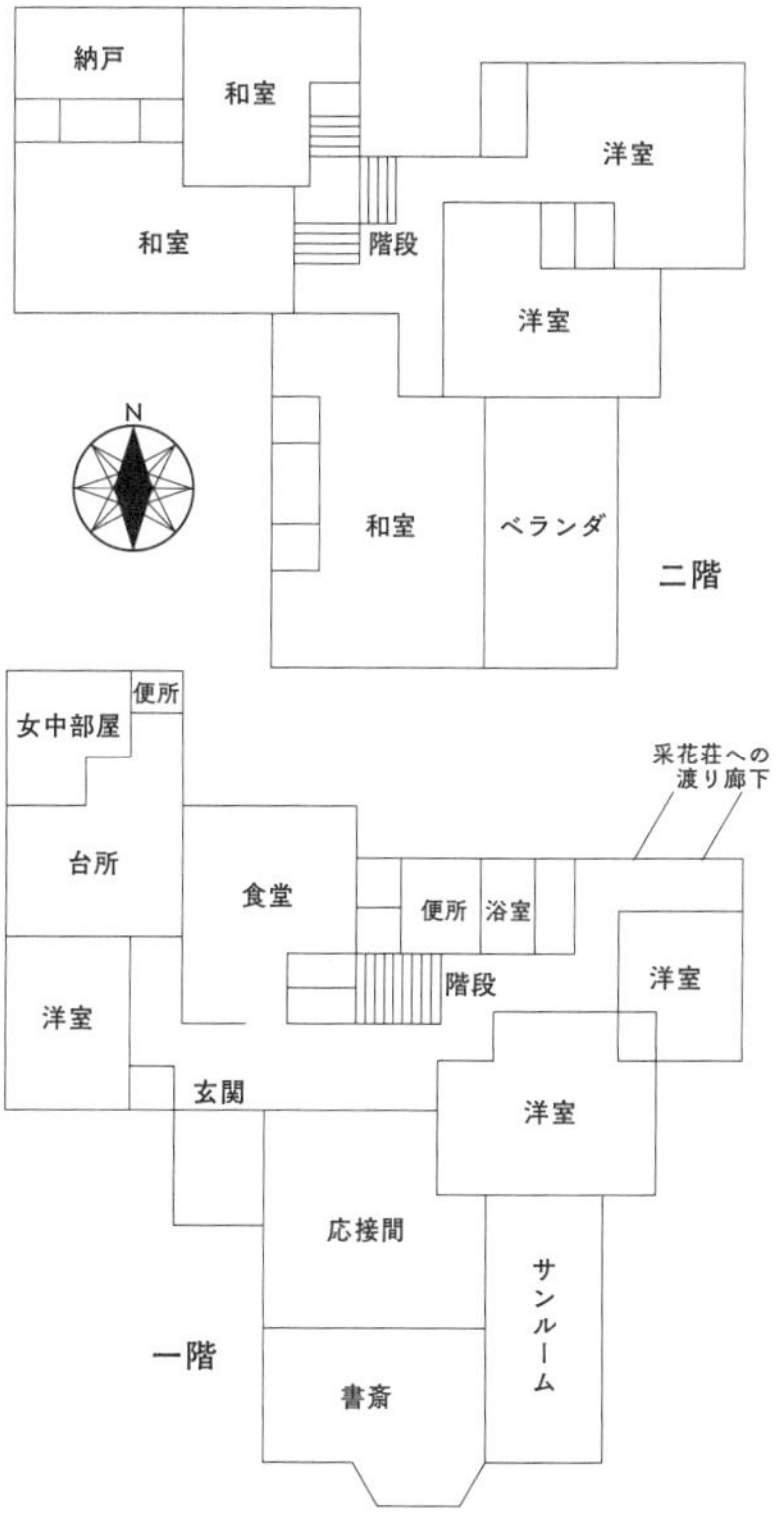

遥青書屋の間取り（田中修司『西村伊作の楽しき住家――大正デモクラシーの住い』をもとに作成）。一階渡り廊下に近い一室が晩年の晶子の居室。

恋と歌とに身を投じ、激動の時代の中で漂泊を続けた晶子にとって、閑静な荻窪の住まいこそが最期まで羽を休められるささやかな休息の地であった。

【出典・参考】

『鉄幹晶子全集』全三二巻・別巻八、勉誠出版、二〇〇一年一二月〜二〇二一年二月
『与謝野晶子評論著作集　第一六〜二二巻』龍溪書舎、二〇〇二年一一月
有島行光ほか『父の書斎』筑摩書房、一九八九年六月
逸見久美『新版　評伝　与謝野寛晶子　明治篇』八木書店、二〇〇七年八月
逸見久美『新版　評伝　与謝野寛晶子　大正篇』八木書店、二〇〇九年八月
逸見久美『新版　評伝　与謝野寛晶子　昭和篇』八木書店、二〇一二年八月
公益財団法人神奈川文学振興会編『生誕１４０年　与謝野晶子展　こよひ逢ふ人みなうつくしき』県立神奈川近代文学館、二〇一八年三月
田中修司『西村伊作の楽しき住家―大正デモクラシーの住い』はる書房、二〇〇一年一〇月
正富汪洋『明治の青春』北辰堂、一九五五年九月
森藤子『みだれ髪　母・与謝野晶子の全生涯を追想して』ルック社、一九六七年九月
与謝野宇智子『むらさきぐさ』新塔社、一九六七年一一月
与謝野光『晶子と寛の思い出』思文閣出版、一九九一年九月
与謝野道子『どっきり花嫁の記』主婦の友社、一九六七年三月

No.07

Takuboku Ishikawa

石川啄木の住宅事情
東京と故郷、憧れに生きた貧しい暮らし

一八八六年岩手県日戸村（現盛岡市）生まれ。歌人、詩人。盛岡中学校中退。雑誌『明星』の詩歌に影響を受け、後に小説も執筆。代用教員や新聞の校正係を務め、晩年は社会主義に接近した。代表作に歌集『一握の砂』、詩集『呼子と口笛』。一九一二年没。

故郷を追われて

石川啄木にとっての故郷は、幼くして移り住んだ岩手県北岩手郡の渋民《しぶたみ》村だった。北上川のほとりにある静かな農村で、東西にはそれぞれ姫神山と岩手山が遠く望める。若き日の啄木はこの村の外れ、父の一禎《いってい》が住職を務める宝徳寺で暮らした。杉や檜《ひのき》の古木に囲まれた法堂には庫裡《くり》が隣接しており、啄木らの居間である奥の間や一二畳の食堂、囲炉裏のある板の間、父の書斎など、両親と姉二人、妹一人の六人が暮らせるだけの広さがあった――「閑古鳥《かんこどり》――／渋民村の山荘をめぐる林の／あかつきなつかし」（『悲しき玩具』）。

一九〇二年一〇月、一六歳の啄木は盛岡中学校を退学すると、文学で身を立てるため上京した。滞京中には与謝野鉄幹、晶子夫婦ら新詩社の人々と親交を持ったものの、下宿を渡り歩くなかで病を得、半年も経たずに帰郷する。二年後の上京時も借金を重ねながら下宿を転々としたが、その間に詩集『あこがれ』を刊行して詩人として名を上げた。

ところが啄木不在のなか、渋民村では一禎が宗費《しゅうひ》の滞納を理由に住職を罷免され、宝徳寺から退去せざるを得なくなる。東京で奮闘する啄木は苦悩した。また、予《かね》てより郷里で婚約していた堀合《ほりあい》節子と早く世帯を持たなければならなかった。結局啄木は東京を引き上げ、両親と妹の光子、そして新妻の節子が身を寄せる盛岡市帷子《かたびら》小路八番戸の家で暮らし始める。一九〇五年六月、啄木一九歳のことである。

茅葺《かやぶ》きのこの家はもともと武家屋敷であり、周囲は黒い板塀《いたべい》で囲われ、裏手はすぐに田圃《たんぼ》と接する。棟の北半分は土間で、表通りに近い東寄りの三間には別の家族が暮らしていた。啄木一家は裏玄関に通じる四畳半と八畳の二間を間借りし、小さな爐《ろ》がある四畳半

を夫婦と光子の居室とした。西向きの障子は煤《すす》け、畳は茶色に変色し、紙天井は一部が破けたまま。啄木にとってこの部屋は「天下の最も雑然、尤《もっと》もむさくるしき室」だったが、同時に、そこで過ごした三週間余りの日々は「半生に於《お》ける最大の安慰と幸福を与へ」てくれたという（『閑天地』）。

その後、一家は市内の加賀野磧町《かがのかわらちょう》四番戸の借家に移る。家賃は五円。玄関の間が二畳で、八畳、六畳、四畳半のほかに四畳の女中部屋もある。中津川のほとりに建つ閑静な住まいだ。風は涼しく、前の家のように蛙《かえる》の声や蚊に煩わされることもない。「畳も襖《ふすま》も障紙《しょうじ》も壁も皆新し」い（『閑天地』）。広い庭には伽羅《きゃら》の老樹や柿の木が生え、薔《ば》薇《ら》や紫陽花《あじさい》が花を咲かせた。この家で啄木

東京から戻った啄木が初めて節子と暮らした新婚の家。盛岡市内に現存する唯一の武家屋敷として公開されている。

は雑誌『小天地』を刊行すると（一号で廃刊）、文壇の好評を博した。しかし、定職のない一家の家計は次第に逼迫《ひっぱく》していき、父は単身青森に退いてしまう。

そして一九〇六年三月、啄木は母と妻を連れて渋民村に帰郷する。生活苦の軽減など転居の理由はいくつもあったが、何よりも「「故郷」の一語に含む甘美比《たぐ》ひなき魔力」（『渋民日記』三月四日）に抗《あらが》えず、宝徳寺の近くにある農家（渋民三四番地斎藤福方）に間借りすることとなる。この二階屋は東西に細長く、一階の南側には幅一間ほどの通り土間があり、そこから北側の各部屋に上がれるようになっている。啄木たちはまずその西端、縁側のある六畳間で暮らしたが、畳も障子も黒ずんでおり、赤土塗りの壁も煤けてひびが入っていた。ほどなくして一禎も合流すると、この部屋は両親が使い、啄木夫婦は二階の板の間に移ったという。渋民村での啄木は母校の渋民尋常高等小学校で代用教員として働き始める。月給は八円。この頃、休暇中に一〇日ほど上京すると、島崎藤村や夏目漱石らの小説に感化され、帰京後は『雲は天才である』や『面影』といった小説を書き進めた。年末には長女京子が生まれるが、父の復職は叶わず、啄木頼みの一家の生活はいよいよ危機を迎える。

北海道での放浪生活

復職の道が断たれた一禎は失意のなか再び出奔してしまう。啄木は窮状を打開するため、母を渋民村の知人宅に、妻子を盛岡の実家に残し、妹の光子とともに北海道に渡った。小樽《おたる》に向かう光子とは函館で別れ、啄木は以前から文通していた同地の文学結社、苜蓿社《ぼくしゅくしゃ》の面々、松岡蕗堂《ろどう》や宮崎郁雨《いくう》らに迎えられる。まず啄木が転がり込んだのは、蕗堂が友人と自炊生活を送る下宿先、和賀峰雪方（青柳町四五番地）二階の八畳間だった。故郷を去った啄木は苜蓿社の青年たちと文学を語り、政治や宗教を語り、恋を語ってささやかな青春を謳歌《おうか》する――「函館の青柳町《あおやぎちやう》こそかなしけれ／友の恋歌／矢ぐるまの花」（『一握の砂』）。

ひとまず同地に落ち着いた啄木は小学校の代用教員として一二円の月給を得ることになり、妻子を呼び寄せて青柳町内の三軒長屋（一八番地ラの四号）の六畳二間に移り住んだ。一週間ほどして同じ番地の別の長屋（むの八号）に転居すると、当時青森にいた母を迎え入れ、転地療養中の光子も合流する。台所と六畳二間しかないが、東向きの窓は明るく、家賃は三円九〇銭と安い。さらにこの頃、宮崎郁雨の紹介で『函館日日新聞』の遊軍記者も引き受け、一五円の月給を得ることに決まった。

ところがその矢先、八月二五日夜、函館を大火が襲う。市内の三分の二が炎に飲まれ、啄木の勤め先である小学校も新聞社も焼けてしまった。家こそ残ったが職場がなくては仕事どころではない。再び家族は離散することとなり、啄木は新たな生活拠点を求めて旅立った――「函館のかの焼跡を去りし夜《よ》の／こころ残りを／今も残しつ」(『一握の砂』)。

独り函館を後にした啄木は、札幌市北七条の下宿で二週間ほど暮らし、小樽に移った。札幌で世話になった小国露堂が小樽日報社への就職を斡旋《あっせん》してくれたためだ。小樽には次姉夫婦が住んでおり(稲穂町畑一五番地)、函館で別れた母と妻子、妹も身を寄せていた。

啄木によると、当時の小樽は北海道の中でも「家賃と徴税率の最も高く、且《か》つ人気の頗《すこぶ》る悪き処《ところ》」(『胃弱通信』)だった。姉夫婦のもとにしばらく滞在した啄木は、母と妻子を引き取り、花園町の南部煎餅《せんべい》屋、西沢善次郎方の二階を間借りする。一家は六畳と四畳半の二間で暮らしたが、隣室にも入居者がおり、襖一つ隔てて生活をともにせねばならなかった。

窮状を見かねた宮崎郁雨の援助を受け、一家は同じ花園町内、畑一四番地の借り家に移り住む。狭い路地を入った坂の下にある二軒続きの平屋である。部屋は八畳と六畳の二間だが奥の六畳間には畳を用意できず、冷たい床板の上を下駄履きで歩かねばならなかったという。その後、小樽に赴任した沢田天峰母子が畳や建具を携えて六畳間を間借りし、家賃は折半することになった。そうした爪に火を灯《とも》すような暮らしのなか、一家の大黒柱で

ある啄木は東京への熱烈な憧れ、「東京病」に苛《さいな》まれていた。

起《た》て、起て、と心が喚《わめ》く。東京に行きたい、無暗に東京に行きたい。怎《どう》せ貧乏するにも北海道まで来て貧乏してるよりは東京で貧乏した方がよい。東京だ、東京だ、東京に限ると滅茶苦茶に考へる。

（『明治四十一年日誌』一月七日）

こう日記に綴った数日後、小樽日報社社長の白石義郎から釧路新聞社への就職を紹介され、啄木は家族を小樽に残して釧路に移る。しかし、新天地でも「東京病」が癒えることはなく、家族の世話は郁雨に任せて上京、約一年に及ぶ北海道での漂泊生活は幕を閉じた。

金田一京助との下宿屋暮らし

単身上京した啄木は、千駄ヶ谷の与謝野夫婦のもとに一週間ほど滞在し、その後は高等小学校時代からの先輩である金田一京助が暮らす下宿、赤心館《せきしん》（本郷区菊坂町八二番地）に身を置いた。本妙寺構内にある二階建て、一四室ほどの建物で、宿泊者は大学生ばかりだったという。啄木は二階の端の六畳間に入ったが、一階玄関近くの金田一とは頻繁に部屋を行き来し、取り留めのないことを語り合った。啄木はこの部屋で創作活動に打ち込み、一晩に百首以上の歌を詠んだ日もあるが、小説の引き取り手は見つからない。転居当初から家賃を払えず、女中からは連日厳しく取り立てられ、次第に神経を擦り減らせていく。

そうした状況を見かねた金田一がある日突然下宿替えを提案する。赤心館に来ておよそ四か月、一九〇八年九月初めのことである。引っ越し先は金田一がその日の朝に探し回って見つけてきたという。場所は赤心館からほど近い蓋平館《がいへいかん》別荘（森川町一番地新坂三五九）。東京帝国大学に近いこのあたりには下宿が多かった。滞納していた下宿代は金田一が蔵書を売って肩代わりしてくれ、引っ越し費用も宮崎郁雨から送られた一五円で賄《まかな》えた。

新たな下宿先は三階建ての立派な建物だった。門柱は花崗岩《かこうがん》で、玄関まで石畳《いしだたみ》が敷かれている。啄木が入居したのは、三階の梯子段《はしごだん》を上ってすぐ横、西向きの三畳半一間。建物自体が本郷通りから菊坂下方面へ下る坂の上に建つため、彼の部屋は見晴らしがよい。遠く小石川の高台と向かい合い、左手には小石川にある砲兵工廠《こうしょう》の煙突が、晴れた日には真向かいに富士山が見える。眼下には西片町の屋根屋根が広がっており、三階まで聞こえる秋の虫の音が郷愁を誘った――「雨後の月／ほどよく濡《ぬ》れし屋根瓦の／そのところどころ光るかなしさ」（『一握の砂』）。

部屋代四円、食費七円と前の下宿より一円ほど高かったが、連日の取り立てからは解放

された。実際、その年の下宿代は『東京毎日新聞』に連載した小説『鳥影』の原稿料二〇円で年末にまとめって払っている。とはいえ、原稿料だけを当てにしていては食べていけない。転居の翌年三月から東京朝日新聞社の校正係として勤務し始めた――「京橋の滝山《たきやま》町《ちょう》の／新聞社／灯《ひ》ともる頃のいそがしさかな」（『一握の砂』）。

当初の月給は二五円。代用教員時代に比べれば厚遇だが、北海道に置いてきた家族への仕送りがある。重なった借金もある。給料はいつも前借りし、金田一ら友人にも借金を重ねた。そのくせ原稿の執筆などを理由にしばしば欠勤し、相変わらず金田一の部屋で時間をつぶした。下宿代も滞り、三、四人いた女中たちの態度も段々と冷たくなっていく。

家族とのつましい生活

上京から一年が経った頃、東京で職を得た啄木のもとに、函館に残してきた母と妻子が急遽《きゅうきょ》やってくることになる。家族を迎えるため、啄木は新居を探さねばならなくなった。宮崎郁雨から一五円の支援があり、滞納が続いていた蓋平館の賃料一一九円は金田一を保証人として月賦払いにしてもらった。

そして一九〇九年六月、春日《かすが》通りに面した床屋、喜之床《きのどこ》（本郷区弓町二丁目一八番）に移り住む。

築二年ほどの木造二階建てで、啄木一家は二階の六畳二間を間借りした。家賃は六円。転居翌年の一〇月には三日に一度夜勤をするようになった――「二晩おきに、／夜《よ》の一時頃に切通《きりどほし》の坂を上りしも――／勤めなればかな。」(『悲しき玩具』)。

切通坂は湯島天神と岩崎邸の敷地に挟まれた坂。滝山町の朝日新聞社から弓町の喜之床へ帰るには、銀座で路面電車に乗って本郷三丁目駅で下車すると近いのだが、夜勤で乗り換えの最終電車がなくなると上野広小路から一キロほどの距離を徒歩で帰らなければならない。一回の夜勤で一円の手当を得られたが、虚弱な啄木では長続きしなかった。

夜勤を始めた頃、長男真一が生まれる。啄木は出産費用を得るため、第一歌集『一握の砂』の出版契約を結んだ。ところが、真一は生後三週間ほどで命を落としてしまう――「夜おそく／つとめ先よりかへり来て／今死にしてふ児《こ》を抱けるかな」(『一握の砂』)。

喜之床(提供：博物館明治村)。啄木が東京で初めて家族と暮らした喜之床は明治村(愛知県犬山市字内山1)に移築、展示されている。

歌集の出版で得た二〇円は亡児の葬儀に充《あ》てた。当時の収入は基本給二五円に夜勤手当と朝日歌壇の選歌料を併せて月四三円。一二月になって基本給は二八円に上がったが夜勤は辞めたため、年明けからは月収三六円となる算段だった。これに原稿料や賞与も加わるが、父が上京して五人暮らしとなっており、借金を返して生活の安定を得るには至らなかった――「はたらけど／はたらけど猶《なほ》わが生活《くらし》楽にならざり／ぢつと手を見る」（『一握の砂』）、「月に三十円もあれば、田舎にては、／楽に暮せると――／ひよつと思へる」（『悲しき玩具』）。

翌一九一一年二月、啄木は慢性腹膜炎のため青山の病院に入院することになった。一か月半で自宅療養に移るも肺結核を発症、七月には妻節子が肺カタルで床に臥《ふ》せ、一階で床屋を営む家主からは移転を促されるようになる。病み衰えた一家としても、二階に上がる急な階段は大きな負担となっていた。

そして八月、平屋建ての貸家を探して小石川区久堅町《ひさかたちょう》七四番地四六号（現文京区小石川五―一一―七）に行き着く。喜之床の家賃や引っ越しの諸費は郁雨からの援助四〇円と高利貸しから借りた二〇円で工面した。新居の家賃は九円。転居当時の日記にはこうある。「門構へ、玄関の三畳、八畳、六畳、外に勝手。庭あり、附近に木多し。夜は立木の上にまともに月出でたり」。日当たりもよい南向きのこの家が啄木の終《つい》の棲家《すみか》となる。転居後まもなく肺を病んだ母が喀血《かっけつ》、九月に父が家出すると、郁雨との絶縁を経て、翌年の三月には母が死去、病床に臥せる啄木には薬代も捻出できなくなっていた。そして四月一三日、啄木は二七歳の若さで永眠する。

晩年の詩『家』には、「わが家と呼ぶべき家」を夢想した、こんな一節がある。「場所は、鉄道に遠からぬ、／心おきなき故郷の村のはづれに選びてむ」。東京に恋い焦がれ続けた啄木だが、楽にならぬ生活の中で思い描いたのは、追われるように去った渋民村に建つ「西洋風の木造のさつぱりとした」家だった。

【出典・参考】

『石川啄木全集』全八巻、筑摩書房、一九七八年四月〜一九八〇年三月
天野仁『啄木の風景』洋々社、一九九五年九月
大岡敏昭『三人の詩人たちと家　牧水・白秋・啄木―その暮らしの風景』里文出版、二〇一八年二月
岩城之徳『石川啄木伝』東宝書房、一九五五年一一月
岩城之徳編『回想の石川啄木』八木書店、一九六七年六月
金田一京助『新編　石川啄木』講談社文芸文庫、二〇〇三年三月
岩城之徳編『新潮日本文学アルバム6　石川啄木』新潮社、一九八四年二月
福地順一『石川啄木と北海道―その人生・文学・時代』鳥影社、二〇一三年五月
野田宇太郎『定本文学散歩全集　第四巻』雪華社、一九六五年八月
宮崎郁雨『函館の砂―啄木の歌と私と』東峰書院、一九六〇年一一月
三浦光子『兄啄木の思い出』理論社、一九六四年一〇月
水野信太郎「歌人・石川啄木ゆかりの建築物と啄木ゆかりの地における歴史的環境」(『北翔大学北方圏学術情報センター年報』一〇号、二〇一八年一一月)
吉田孤羊『新編　啄木写真帖』画文堂、一九七三年九月

No.08

Ranpo Edogawa

江戸川乱歩の住宅事情
夢幻の世界へ通じる「幻影城」

一八九四年三重県生まれ、名古屋育ち。作家、探偵小説評論家。早稲田大学卒。日本の探偵小説創作を牽引し、戦後は『宝石』の編集に尽力、ミステリの発展に寄与した。代表作に『人間椅子』『鏡地獄』『陰獣』など。九六五年没。

D坂のはずれの古本屋

江戸川乱歩は、本人が数えたところによると四六か所の家に住んでいる。三重県名張町で生まれた後、前近代的空間とモダニズムとが同居する名古屋で三歳から一八歳までを過ごした。進学し上京、早大在学時に住んだ家だけでも一一か所という。大学卒業後は一年ほどで会社を辞めた後、衣類などを売りながら、一日五、六〇銭の生活費で当てのない日を送ることもあった。その後も職を転々としていたが、母方の祖母の形見分けで弟が一〇〇〇円を受け取り、これを元手に一九一九年、東京都本郷区駒込《こまごめ》林町六番地、団子坂上に文学書専門の古本屋「三人書房」を二人の弟とともに開業する。ちなみにここは乱歩二八か所目の家であった。

日本家屋における密室殺人の可能性を示そうとした『D坂の殺人事件』の背景は、団子坂で開いたこの古本屋の店構えや近所の様子を念頭に置いて書かれている。「古本屋はよくある型で、店全体土間になっていて、正面と左右に天井まで届く様な本棚を取付け、その腰の所が本を並べる為《ため》の台になっている。土間の中央には、島の様に、これも本を並べたり積上げたりする為の、長方形の台が置いてある。そして、正面の本棚の右の方が三尺許《ばか》りあいていて奥の部屋との通路になり、先に云った一枚の障子が立ててある」(『D坂の殺人事件』)。

この建物は店舗部分のほか一階に四畳半の部屋、二階に六畳の部屋があり、乱歩の部屋は二階の六畳だった。この部屋には、鳥羽造船所に勤務していた頃の同僚である井上勝喜が転がり込んできており、二人で探偵小説の筋を考えたり、未読の探偵小説を一方が朗読

し、データが出そろったところで犯人を推理したりしたという。同好の士とともに、探偵小説で夜が明け、探偵小説で日が暮れる時代だった。乱歩のデビュー作となる『二銭銅貨』の筋は、このころ考えられたもので、その冒頭は次のように始まる。

「あの泥坊が羨《うらや》ましい」二人の間にこんな言葉が交される程、其頃は窮迫していた。場末の貧弱な下駄屋の二階の、ただ一間しかない六畳に、一閑張《いっかんば》りの破れ机を二つ並べて、松村武とこの私とが、変な空想ばかり逞《たくま》しゅうして、ゴロゴロしていた頃のお話である。もう何もかも行詰って了って、動きの取れなかった二人は、丁度《ちょうど》その頃世間を騒がせた大泥坊の、巧みなやり口を羨む様な、さもしい心持になっていた。

（『二銭銅貨』）

古本屋は全くの営業不振であり、乱歩はチャルメラを吹いてラーメン屋台を引くこともあった。うまくいくと一晩に一〇円以上の売り上げがあって純益が七円ほど、悪くいっても純益三、四円を下ることはなかったという。売れ行きは悪くなかったようだが、これは半月ほどで止めてしまったらしい。というのもこの時期に村山隆《りゅう》と結婚をしており、乱歩は屋台を引いている場合ではないと考えたようだ。しかし、貧窮生活は一向に改善されず、隆の持って来た衣類も次々と質入れされ、生真面目な隆は新婚早々驚愕《きょうがく》することになる。

『二銭銅貨』を執筆した時の乱歩は、大阪府北河内郡守口町の父親の家に居候の身となっていた。三人書房を売却した後も職を転々とするが続かず、無職となって妻と幼い息子の三人で父親の家に住んでいたのである。この家には四畳半三部屋と六畳一部屋の計四部屋しかなかったが、そこに乱歩の家族三人に加えて父母、弟二人、妹一人が居た。この肩身の狭さと窮乏の中で書き上げたのが『二銭銅貨』だったのだ。ただ、この時期に貧困にあえいでいたのは乱歩だけではない。大正の大恐慌は第一次大戦による急激な経済成長とインフレから一転しての不況であった。「玩具」の貨幣が重要な役割を果たすこの小説の背景には、同時代の貨幣価値の不安定さと貧困の広がりがある。

また、この守口の家は『屋根裏の散歩者』とも関わりが深い。この小説の屋根裏の描写は、実際にこの家の屋根裏を覗《のぞ》き込んでその眺めを楽しんだ経験が生かされている。

それは丁度朝の事で、屋根の上にはもう陽が照りつけていると見え、方々の隙間から沢山《たくさん》の細い光線が、まるで大小無数の探照燈を照してでもいる様に、屋根裏の空洞へさし込んでいて、そこは存外明るいのです。

先《ま》ず目につくのは、縦に、長々と横《よこた》えられた、太い、曲りくねった、大蛇の様な棟木です。明るいといっても屋根裏のことで、そう遠くまでは見通しが利かないのと、それに、細長

い下宿屋の建物ですから、実際長い棟木でもあったのですが、それが向うの方は霞《かす》んで見える程、遠く遠く連《つらな》っている様に思われます。そして、その棟木と直角に、これは大蛇の肋骨《ろっこつ》に当る沢山の梁《はり》が両側へ、屋根の傾斜に沿ってニョキニョキと突き出ています。それ丈けでも随分雄大な景色ですが、その上、天井を支える為に、梁から無数の細い棒が下っていて、それが、まるで鐘乳洞《しょうにゅうどう》の内部を見る様な感じを起させます。

「これは素敵だ」

（『屋根裏の散歩者』）

屋根裏の情景は守口の家での経験に拠《よ》っているとしても、小説内の屋根裏が「細長い下宿屋の建物」に設定されていることも見逃せない。大正中頃以降の東京に多く現れた単身者向けアパート型式の下宿館の部屋は、厳重な壁の仕切りと戸締りのための金具が取り付けられた出入口をもつ一人だけの空間である。この本来他人の視線が存在しないはずの空間が成立したからこそ、屋根裏から覗き見るという行為が意味をもつのだ。乱歩の小説には、都市と住宅が変貌していく時代の様相が描かれているのである。

都の西北に建つ緑館

小酒井不木《ふぼく》に認められたことで作家専業を決意してからは『心理試験』、『赤い部屋』、『人間椅子』、『鏡地獄』など、現在もよく知られる短編を次々と発表していった乱歩であったが、一九二六年一二月『朝日新聞』へ連載を開始した『一寸法師』に苦しんだ。自己嫌悪に陥った乱歩は、この連載を終えた後に一時休筆することを決意する。

しかし、若き日の放浪とは違い、妻子の生活は考えなければならない。乱歩は冷静に原稿料を計算した。『一寸法師』の原稿料は東京・大阪両朝日で一回三〇円、一月貯めれば約一〇〇〇円、二月貯めれば約二〇〇〇円である。同時期に連載していた『パノラマ島奇《き》譚《たん》』の原稿料は一枚四円で一回の掲載分が四、五〇枚、一月二〇〇〇円近くにはなり、『一寸法師』の原稿料は貯蓄に回せた。二七年二月に連載を終えると、計画どおり早稲田大学正門前の下宿屋「筑陽館」を権利金二二〇〇円で買い取り、そちらを隆に任せて放浪の旅に出た。信州、新潟、房総半島などを回り、関西で旧友井上勝喜と会い、名古屋の小酒井不木に誘われ耽《たん》奇《き》社を結成して小説の合作を試みるなど、この旅で意欲を回復していった。

翌年には筑陽館を売却し、東京市外戸塚町源兵衛一七九番地、高田馬場駅まで歩いて五

分ほどの場所に下宿「緑館」を開業している。大阪毎日新聞広告部にも勤めた乱歩がデザインしたチラシには「閑静ニシテ便利　美室ニシテ低廉」とある。購入した当初は一七〇坪の土地一杯に建った二一室ほどの元社員寮であった。改築の際に下宿と同じ並びに、別棟を新築して、その二階が乱歩の書斎となる。この部屋は乱歩の設計になるもので、窓が少なく、昼でも薄暗い密室めいた部屋であった。

緑館の購入には八〇〇〇円かかったが、この資金を稼ぎ出したのが、平凡社から刊行された『現代大衆文学全集』の「江戸川乱歩集」である。当時、装幀《そうてい》のしっかりした小説本は三〇〇ページくらいで二円という相場であったというが、この全集は約一〇〇〇ページで一円だった。これが一六万数千部ほど売れ、一万六〇〇〇円余りの印税を手にする。近い時期の総理大臣の月給は八〇〇〇円（一九三二年）だったというから、単純に計算すれば首相の給料一年半以上分の金額を一冊の本で稼いでいるようなもので、まさに円本ブームの恩恵である。

この緑館時代に書かれたのが乱歩中期の代表作『陰獣』である。「屋根裏の遊戯」や「B坂の殺人」等の作品を書いた大江春泥《しゅんでい》という探偵小説家が登場するこの作品は、セルフパロディという面ももつ。「彼はよく転宅をしたし、殆《ほとん》ど年中病気と称して作家の会合などにも顔を出したことがなかった。噂《うわさ》によると、彼は昼も夜も万年床のなかに寝そべって、食事にしろ執筆にしろ、すべて寝ながらやっているということであった。そして、昼間も雨戸をしめ切って、わざと五燭《ごしょく》の電燈をつけて、薄暗い部屋の中で、彼一流の無気味な妄想を描きながら、蠢《うごめ》いているのだということであった」（『陰獣』）。

乱歩が昼間でも雨戸を閉め切って蠟燭《ろうそく》の光で仕事をしているという伝説は、この緑館の書斎から始まっていく。「陰獣」という言葉が猟奇殺人犯の代名詞となり、玉ノ井バラバラ殺人事件の犯人は乱歩だという怪文書が投書されるなど、メディアのなかで乱歩の作家イメージは増幅され、意図せざる方向にも膨れ上がっていった。

「幻影城」の完成

一九三一年、下宿人の抗議ストをきっかけに下宿を廃業すると、三三年に緑館を売却し芝区車町へ転居する。この家の土蔵造りの洋室にひかれたものの、東海道線と京浜国道の騒音がひどく、翌三四年に豊島区池袋三―一六二六（現豊島区西池袋三―三四―一。立教大学江戸川乱歩記念大衆文化研究センター）へ移っている。敷地三〇〇余坪、建坪四二坪半、家賃月九〇円、立教大学正門前のこの家で、乱歩は亡くなるまでの三一年間を過ごすことになるのである。

この家の玄関までの路の左手には梅林があり、広い庭にはビワ、柿、桜の樹が植えられ

ている。玄関から入って右手に息子隆太郎、左手に母の部屋があり、正面に隆の部屋や居間、女中部屋となっている。玄関から一番離れた場所に有名な書庫兼書斎の土蔵があり、家族の居住空間と土蔵の間に乱歩の部屋があった。

古書が収められた土蔵について、乱歩は次のように書いている。「私の家には昔風の二階建の土蔵があって、その階下の全部と二階の三分の一が、天井までの書ダナになっている。種類分けをすると、国文関係が一番多い。その半分が徳川時代の和本で、全体の書ダナの約五分の一を占めている。仮名草子、浮世草子、八文字屋本などが主で、西鶴の小説のめぼしいものはほとんどそろっている。(中略)和本は薄いので冊数は多く、約千種、五千冊ほどになる」(『私の本棚』)。コレクションの中心は西鶴を中心とする和本であったが、その他の本は犯罪関係、変態心理関係のものを多く含む洋書や、日本語で書かれた古代ギリシャもの、心理学、犯罪学、法医学、探偵学などの書物、もちろん内外の探偵小説もあった。

乱歩が古書を集め始めるのは三一年頃のことであったが、蔵書の九割は戦後に収集されたものであった。GHQによる戦後政策が華族や財閥といった蔵書家の財政を圧迫して文庫が解体されると、その蔵書が四七年頃から売り出され始めたのである。一方、乱歩の小説は戦後次々に再版され、収入の増加をもたらしていく。そうした背景のもと、蔵書コレクションは成立したのだった。
　戦後に乱歩の探偵小説が再版された背景には、占領軍が時代物などを武士道につながるものとして嫌い、その代わりの娯楽を探偵小説が担ったという事情もある。乱歩は、敗戦によって「いよいよ探偵小説復興のときが来た」（『探偵小説四十年』）と見た。戦後の乱歩は四七年に発足した日本探偵作家クラブの初代会長に就任し、積極的に座談会や対談に出席していく。精力的に発表された評論は、『幻影城』（一九五一）、『続・幻影城』（一九五四）などにまとめられた。こうした発言をとおし、乱歩はミステリの主導者としてジャンルを復興させていくのである。

【出典・参考】

『江戸川乱歩全集』全三〇巻、光文社文庫、二〇〇三年八月〜二〇〇六年二月
江戸川乱歩『貼雑年譜』東京創元社、二〇〇一年三月
平井隆太郎『乱歩の軌跡』東京創元社、二〇〇八年七月
松山巌『乱歩と東京』ちくま学芸文庫、一九九四年七月
浜田雄介「乱歩と大阪」（『文学』二〇〇〇年九月）
丹羽みさと「江戸川乱歩の古書蒐集とその時代」『江戸川乱歩と大衆の二十世紀』至文堂、二〇〇四年八月
小松史生子『乱歩と名古屋』風媒社、二〇〇七年五月
井川理「転位する『探偵小説家』と『読者』」（『日本近代文学』二〇一六年三月）
柿原和宏「江戸川乱歩における戦後ミステリの復興」（石川巧ほか編『江戸川乱歩新世紀』ひつじ書房、二〇一九年二月）
週刊朝日編『値段の明治・大正・昭和風俗史（上・下）』朝日新聞社、一九八七年三月

No.09

Takiji Kobayashi

小林多喜二の住宅事情

壁と壁と壁に囲まれた「アパアト」

一九〇三年秋田県北秋田郡下川沿村（現大館市）生まれ、北海道小樽育ち。小樽高等商業学校卒。北海道拓殖銀行小樽支店に勤めた後、上京して運動に参加する。代表作に『一九二八年三月十五日』『蟹工船』など。一九三三年、特高に拷問を受け虐殺された。

小樽の監獄部屋から『蟹工船』へ

小林多喜二の代表作といえば『蟹工船《かにこうせん》』である。多喜二、そしてプロレタリア文学は、労働者たちの辛《つら》く苦しい暮らしを描き続けた。蟹工船の内部にある労働者たちが暮らす部屋は「糞壺《くそつぼ》」と呼ばれている。

漁夫の「穴」に、浜なすのような電気がついた。煙草《たばこ》の煙や人いきれで、空気が濁って、臭く、穴全体がそのまま「糞壺」だった。区切られた寝床にゴロゴロしている人間が、蛆《うじ》虫《むし》のようにうごめいて見えた。（中略）通路には、林檎《りんご》やバナナの皮、グジョグジョした高《たか》丈《じょう》、鞋《わらじ》、飯粒のこびりついている薄皮などが捨ててあった。流れの止った泥溝《どぶ》だった。監督はじろりそれを見ながら、無遠慮に唾《つば》をはいた。

（『蟹工船』）

多喜二はどのような経緯でこの「糞壺」を書くに至るのか、まずは、『蟹工船』までを追っていこう。一九〇三年、小林多喜二は秋田県北秋田郡下川沿村川口（現大館市）で生まれた。伯父が小樽《おたる》でパン工場を経営して成功しており、多喜二が幼い頃、それを頼って小樽区若竹町に移る。一家は部屋が二つの平屋の建物に三星パン店の支店を開いた。パンのほかにも自家製の餅などを労働者や学生に売る駄菓子屋に近い店である。多喜二は潮見台小学校を卒業した後、伯父の家に住み込みで働きながら北海道庁立小樽商業学校に通った。進学のために伯父の援助が必要だったのである。小樽高等商業学校時代には、『小説倶楽《クラ》部《ブ》』に投稿し、志賀直哉に傾倒した。卒業後の二四年、北海道拓殖銀行に就職、本俸七〇

円で小樽支店勤務となる。多喜二の家で勉強会が開かれることもあった。狭い屋根裏部屋が多喜二の勉強部屋であった。

小樽市内には多くの監獄部屋（タコ部屋）があり、港湾建設・拡張工事のために集められた労働者たちは人間扱いされていなかった。多喜二が小学生の頃に始まった築港工事は難工事であり、多喜二の実家のパン屋には監獄部屋から逃げのびたり、役に立たなくなって追い払われた人々がよくやってきた。多喜二の母がこうした人の面倒をよく見たからである。パンをあげたり、逃げてきた人をかくまったりもした。

こうした経験をもとに書かれたのが二七年の『人を殺す犬』である。この小説には、死ぬ前に一目母に会いたいと監獄部屋から逃げようとした労働者が、他の労働者たちの面前で土佐犬にかみ殺される様子が描かれた。さらに、二八年に『戦旗』へ掲載された『一九二八年三月十五日』が好評を博すと、海上の監獄部屋である蟹工船を小説に書く構想を練り始める。函館の産業労働調査所の知人に話を聞いたり、実際に蟹工船の労働者と会うなど調査を重ねた。

こうして書かれた『蟹工船』では、監獄部屋の様子にも触れられている。「『国道開たく』『鉄道敷設』の土工部屋では、虱《しらみ》より無雑作に土方がタタキ殺された。虐使に堪《た》えられなくて逃亡する。それが捕まると、棒杭《ぼうぐい》にしばりつけて置いて、馬の後足で蹴《け》らせたり、裏庭で土佐犬に噛《か》み殺させたりする」（『蟹工船』）。この後も順調に創作活動を続け、二九年一一月には『不在地主』を発表するが、こうした活動が銀行内で問題となり、同月に解雇される。経済的基盤を失った多喜二は作家として立つため、東京へ出ることとなった。

労働者たちの住宅事情——葉山嘉樹の場合

小林多喜二は『人を殺す犬』について日記に次のように書いている。「自信あり。葉山嘉樹《よしき》氏の『セメン樽から出た手紙』と同じ位の作と思う」（一九二六年八月二四日）。これはもちろんプロレタリア文学の名作として知られる『セメント樽の中の手紙』のことである。多喜二は後にも葉山嘉樹宛ての手紙（一九二九年一月一五日）で「私は、貴方《あなた》の優れた作品によって、『胸』から、生き返ったと云っていいのです。（中略）数度、数十回も読み返えし、会う人、会う同志、に、私は貴方の作品をすすめて来ました」と言い、葉山の小説を「わたしを本当に育ててくれた作品」と位置づけている。

葉山嘉樹は、多喜二に影響を与えるとともに、労働者たちの住宅事情をつぶさに描いた作家でもあった。『セメント樽の中の手紙』は、葉山が木曽谷の落合ダム工事に従事しながら雪の降りこむ廃屋に近い土方飯場で書きあげられたという。労働者たちはすべてを創

るが、すべてを持たない。エッセイ『集金人教育』で「僕は二万五千キロの水力発電所を岩ばんから屋上のコンクリートまで仕上げた事があったよ。だが、今じゃ御覧の通り、電気に縁がなくなろうとしてる」と言うように、発電所を作り上げた労働者は自身の家の電気代を払うことができないのだ。

『借家探し奇譚《きたん》』でも家賃、電気代、ガス代を払えずに、三日以内に引っ越しをしなければならない労働者が直面する「言語に絶する困難」が語られる。第一の困難は敷金である。それが払えても信用調査で落とされる。こうして「借家というものが、人間の住むために建てられるというのは、嘘《うそ》であった。それはただ家賃を絞り取ると、いうだけの為《ため》に建てられてあった」(『屋根のないバラック』)という認識に至るのである。

ただ、『借家探し奇譚』において、絶望的な状況にもかかわらず「おやぢ」と「女房」のやりとりがユーモアを感じさせるものであるように、葉山は労働者の住宅事情の困難な側面ばかりを書いているわけではない。

『恋と無産者』でも「寒さに対して、労働者たちの長屋はおそろしく開放的であった。障子というものが無かった。雨戸は猫位は自由に出入りの出来る穴を、方々に持ったのが二枚切りであった」という貧困の厳しさが描かれる。しかし、そこに暮らす労働者たちは「冷たい一人一人が、バラバラになって生活するなどという事は無かった」。労働者たちは相互に支え合い、助け合うネットワークを発達させている。そして、この小説には「小林多喜二」と呼ばれる「好人物そのもの」の労働者も登場する。葉山嘉樹と小林多喜二は互いに認め合っていた。後に多喜二が亡くなった時、葉山嘉樹は日記に「意見を異にしてはいたが、好きな男だったのに」（一九三三年二月二三日）と書いた。

豊多摩刑務所と地下活動の麻布

拓銀を解雇された小林多喜二は一九三〇年三月末に上京したが、同年六月に早くも検挙されている。八月には治安維持法違反で起訴され、豊多摩刑務所へ送られた。「俺は最初まだ何にも揃《そろ》っていないガランドウの独房の中に入れられた。扉が小さい室に風を煽《あお》って閉まると、ガチャンガチャンと鋭い音をたてて錠《じょう》が下り、——俺は生れて始めて、たった独りにされたのだ」（『独房』）。

後藤慶二の設計によって一九一五年に竣工《しゅんこう》したこの刑務所は思想犯が多く収容されたことでも知られ、赤煉瓦《あかれんが》造りの表門は現存している。「これからこの室が長い間のお前さんのアパアトになるわけさ」と言われて収監された後は、「壁と壁と壁と壁との間に——つまり小ッちゃい独房の一間に、たった一人ッ切りで」（『独房』）過ごす時間を利用して読書

に励んだ。トルストイ、バルザック、ドストエフスキーなどの差し入れを求めながら、「東京へ始めて来て、東京の秋をこの監房の中で想像しています」（一九三〇年九月九日村山籌子宛て書簡）と一人の日々を過ごした。

三一年一月に保釈で出獄、同年七月、母と弟を呼び寄せ杉並区馬橋三丁目三七五番の借家に住んだ。部屋は八畳、六畳、三畳の三間のほか、台所のある一軒家で、周囲に畑や竹《たけ》藪《やぶ》などもあり静かな住みよい、陽当たりのいい住宅だったという。ただ、家族そろっての暮らしは長くは続かなかった。翌三二年には弾圧が激しくなり、四月に蔵原惟人《くらはらこれひと》、中野重治、窪川鶴次郎、村山知義《ともよし》らプロレタリア文学関係者たちが相次いで検挙される。それを知った多喜二は身を隠した。その直後、馬橋の家は家宅捜索を受けた。

地下活動に入った多喜二は、麻布東町の称名寺境内にあった二階屋の一室を借りて伊藤ふじ子と一緒に住んだ。二階は家主が住んでおり、多喜二が暮らしたのは階下の一日中陽のあたらない五畳の部屋であった。七月には麻布十番に近い新網町の西日をまともに受ける二階六畳間に移る。ここで書き始めたのが『党生活者』だった。この小説には、地下活動における住宅事情も語られている。「下宿はどっちかと云えば、小商人の二階などが良かった。殊《こと》にそれが老人夫婦であれば尚《なお》よかった。その人たちは私たちの仕事に縁遠いし、二階の人の行動には、その理解に限度がある。なまじっか知識階級の家などは、出入や室の中を一眼見ただけでも、其処《そこ》に『世の常の人』らしからぬ空気を鋭敏に感じてしまうからである」（『党生活者』）。

同じ場所には長くいられない。九月には麻布桜田町の小さな二階建ての借家へ転居した。その秋、伊藤ふじ子が別件で検挙され、桜田町の部屋が捜索される。この時多喜二は外出中であったが、帰宅するとすぐトランク一つを持って去った。その後は、渋谷区羽沢《はねざわ》町《ちょう》四四の国井方に下宿する。一二月、ヴァイオリン奏者ヨーセフ・シゲティが来日した時、ある人が日比谷公会堂の隣り合わせの指定席入場券を多喜二と弟三吾に贈る。これが弟との最後の対面となった。

一九三三年二月二〇日、渋谷の隠れ家を出た多喜二は赤坂福吉町の喫茶店で仲間とおちあった後、近くの飲食店へ移動したが、それはスパイの罠《わな》だった。築地警察署に連行された多喜二は、同日、拷問を受けて虐殺される。多喜二虐殺の報は全国の労働者たちにも衝撃を与えた。小倉で版下画工をしていた当時二三歳の松本清張もその一人である。ある日、付き合いのあった八幡製鉄所の労働者から、暗い部屋のなかひそひそ声で虐殺を知らされたという。清張は「北九州の労働者の間でも小林多喜二は偶像であった」（『昭和史発掘』）と書いた。

そして、それは現代においても同様である。『蟹工船』が一年で五〇万部以上増刷され

たという二〇〇八年の「蟹工船ブーム」は、不安定性を増した労働者（プレカリアート）の現状と、貧困と格差の拡大を浮き彫りにした。こうした状況が続く限り、小林多喜二は何度でも甦《よみがえ》るだろう。

【出典・参考】

『小林多喜二全集』全七巻、新日本出版社、一九八二年七月〜一九八三年一月

『葉山嘉樹全集』全六巻、筑摩書房、一九七五年四月〜一九七六年六月

『松本清張全集　第三二巻』文藝春秋、一九七三年一二月

手塚英孝『小林多喜二』新日本出版社、二〇〇八年八月

倉田稔『小林多喜二伝』論創社、二〇〇三年一二月

小林セキ述『母の語る小林多喜二』新日本出版社、二〇一一年七月

浦西和彦『著述と書誌　第三巻　年譜葉山嘉樹伝』和泉書院、二〇〇八年一〇月

荒木優太『葉山嘉樹の建築術』パブー、二〇一四年九月

日高佳紀・西川貴子編『建築の近代文学誌』勉誠出版、二〇一八年一一月

『解釈と鑑賞』二〇一〇年四月、特集「プロレタリア文学とプレカリアート文学のあいだ」

萬田慶太「小林多喜二『蟹工船』ブームの諸相」（『近代文学試論』二〇一七年一二月）

No.10

Fumiko Hayashi

家を建てることは、旅をしているようなもの

林芙美子の住宅事情

一九〇三年生まれ。行商をしていた両親に従い九州などを転々とする。尾道市立高等女学校卒。一九三〇年、『放浪記』によって流行作家となった。戦時中には戦況視察の『戦線』を発表。代表作に『晩菊』『浮雲』など。一九五一年没。

海が見える町から東京へ

『放浪記』の作家として知られ、「私は宿命的に放浪者である」と語る林芙美子。ただ、旅を愛する一方で、日々の暮らしをおろそかにすることもなかった。その生涯は、一

九〇三年の門司から始まるが、生まれた月日は定かでない。幼少期には下関や九州各地などを転々とし、「家というものがなくて、たいてい木賃宿泊まり」（『こんな思ひ出』）という暮らしも経験した。この頃から本を読むことは好きで、木賃宿の近くにある貸本屋へは毎日行っていたという。

一六年、市立第二尾道《おのみち》尋常小学校五年に編入。一家はようやく尾道に腰を落ち着ける。一八年、尾道市立高等女学校に入学し、四年間のほとんどを図書室で過ごした。図書室には吉屋信子の『屋根裏の二処女』などがあったと後に回想している。学費は自ら稼ぎ、帰宅後すぐに帆布工場へ行って働いた。両親は行商であまり家におらず、夕食は家の前にあったうどん屋で食べていたが、それを校長に見つかって叱責《しっせき》されたこともある。女学校に通うのは富裕な家の子女ばかりで、行儀が悪いとされたからだ。愉快な、それでいて暗澹《あんたん》とした日々を過ごした尾道の住宅事情は次のように小説化されている。

この家の庭には、石榴《ざくろ》の木が四五本あった。その石榴の木の下に、大きい囲いの浅い井戸があった。二階の縁《えん》の障子をあけると、その石榴の木と井戸が真下に見えた。井戸水は塩分を多分に含んで、顔を洗うと、一寸《ちょっと》舌が塩っぱかった。水は二階のはんど甕《がめ》の中へ、二日分位汲《く》み入れた。縁側には、七輪や、馬穴《バケツ》や、ゆきひらや、鮑《あわび》の植木鉢や、座敷は六

畳で、押入れもなければ床の間もない。これが私達三人の落ちついた二階借りの部屋の風景である。

（『風琴と魚の町』）

二二年に女学校を卒業すると尾道から上京。風呂屋の下足番、事務員、女工、露店、カフェーの女給などさまざまな職業を経験した。住居も最初は雑司ヶ谷に住むが、その後市中の借家を転々としている。不景気のなか生活は苦しく、平林たい子とともに詩や童話を出版社へ売り込みに回るが、はかばかしい結果は得られなかった。二七年には、生涯の伴侶となる手塚緑敏《まさはる》と杉並区和田堀之内の妙法寺境内にあったバラックに住んでいる。もともとは作業員の住まいとして建てられた六畳が三間細長く並んだ家でのつつましい暮らしは『清貧の書』に描かれるが、それが世に出るのは『放浪記』によって著名になった後のことであった。

窪地の上落合と丘の上の下落合

一九三〇年は、林芙美子にとって転機となった年だ。この年の五月、尾崎翠《みどり》に誘われたこともあり、上落合三輪にある六畳三間で家賃一二円の借家へ転居する。窪地《くぼち》の川沿いに

ある家で、二階の障子を開けると、川沿いに合歓《ねむ》の花が咲いているのが見えた。近所はにぎやかで、家の前に井戸があり、子供たちが沢山《たくさん》群れていたという。玄関の前にござを敷いて子供たちと遊ぶこともあった。川を挟んだ下落合に住む吉屋信子とも交流している。そして、この家へ越してすぐ、玄関の三和土《たたき》の上に落ちていた速達こそ『放浪記』出版の知らせであった。

この『放浪記』がベストセラーとなり、一躍流行作家となった林芙美子は、三一年から半年間パリに滞在。帰国後、淀橋区下落合四丁目二一三三番地に転居した。この住宅は部屋が一二室、家賃五〇円の丘の上にある洋館である。月の半分はどこかへ旅をすると同時に、普段の生活では道路で子供たちと縄跳びをしたり、大根や人参をぶら下げて買い物から帰るので、近所ではよく知られていた。魚屋では尾崎一雄の妻ともよく会って一緒に安い魚を買って帰ったりしたという。

散歩のついでに空き家に入って楽しむという一風変わった趣味もあった。「啄木の歌か何かに、空き家へはいって煙草《たばこ》をすっていた気持ちがたのしかったとあったが、私も、空き家へ入って間取りを見て歩くのがすきで仕方がない。その気持ちときたら、まるで新所帯を持つお嫁さんのような気持ちで戸外へ出るまではこの三畳を茶の間に、この六畳を寝室になんぞ考え始める。また、その空き家が引越して間もない家だったら、食べかすの缶詰のかんからだの、手紙の封筒だの、古雑誌だのが、どこかに散らかっていて、小説的な面白さがあるものだ」（『散歩の苦言』）。

散歩中に空き家を見て回り、引っ越して間もない家に物語を看取する。このように、林芙美子の語る「家」は、移動のイメージとともにあった。

東西南北に風通しのいい家

淀橋区下落合四丁目二〇九六番地に家を新築したのは四一年である。現在は林芙美子記念館（新宿区中井二―二〇―一）となっているこの家が、終《つい》の棲家《すみか》となった。洋館の板の間にベッドという生活は落ち着かなかったらしく、こざっぱりした日本家屋を目指したという。「居心地よく暮す家というものは、どんな贅沢《ぜいたく》もいらない。（中略）私は小さい日本の家というものを考え始めた。家を建てる事は、旅行をしているようなもので、始めからまとまった金をつくる必要がない事に安心して、私は、家を建てる仕事に情熱を持った」（『昔の家』、『芸術新潮』一九五〇年一月号）。

建設には、資金準備に二年、設計に一年、建築に三年と、六年の歳月をかけた。一〇〇枚近く設計図の青写真をつくり、山口文象《ぶんぞう》に設計を依頼している。大工の渡邊氏とともに

京都の家屋を見物し、深川の木場へは自ら材木を買いに行った。近代数寄屋建築で知られる吉田五十八《いそや》設計の吉屋信子邸も見学している。戦中における三〇坪の建築制限のなか、居間八畳、茶の間六畳、老母の部屋四畳半、女中部屋三畳という自身名義の母屋、アトリエ、書斎、書庫のある夫名義の離れという二棟からなる住宅となった。

この家の中心は茶の間と台所と風呂である。特に居心地よくと考えた台所には、強度の近眼だった林芙美子のために、流しと調理台の上にスタンド式の照明がつけられた。料理には自信があり、「俎板《まないた》を使う事は、書斎で原稿を書いている時と同じ」（『昔の家』）だという。『牡蠣《かき》』、『魚介』、『めし』など食物を題名とした小説も多く、好きだった魚をさばく際の様子は「青々とした鯖《さば》を俎板の上にのせて、庖丁《ほうちょう》を使うとき、あぎとの滴るような紅《あか》さに私は爽かなものを感じる。俎板にのせて愉《たの》しい魚はやっぱり青い肌のものが面白い」（『魚』）といきいきと語られている。さらに、当時としては珍しい冷蔵庫、洗濯機、水洗トイレも備えられていた。

丹精込めて建てた住宅が完成した後も、林芙美子は動き続けた。四二年に陸軍報道班員として南方へ赴き、四四年には信州上林《かんばやし》温泉、角間《かくま》温泉へ疎開する。東京が大空襲を受けるなか、下落合の家は奇跡的に焼けることなく残った。戦後も『浮雲』の取材で屋久島を訪れるなど、精力的に活動を続けるが、『浮雲』完成の二か月後、心臓まひで急逝する。

四七歳だった。五一年六月二〇日に行われた「女流作家座談会」（他の参加者は吉屋信子、佐多稲子、平林たい子）の席上で「いま死にたくないという気持ありますよ」、「死ねないわ。だんだん世の中が面白くなってきたわね」と語った八日後の夜のことであった。

【出典・参考】

『林芙美子全集』全一六巻、文泉堂、一九七七年四月
日本女流文学者会編『女流文学者会・記録』中央公論新社、二〇〇七年九月
吉屋信子『自伝的女流文壇史』講談社文芸文庫、二〇一六年一一月
尾形明子『華やかな孤独・作家　林芙美子』藤原書店、二〇一二年一〇月
川本三郎『林芙美子の昭和』新書館、二〇〇三年二月
今川英子監修『林芙美子展　生誕一〇〇年記念』アートプランニングレイ、二〇〇三年
日本近代文学館編『ビジュアル資料でたどる　文豪たちの東京』勉誠出版、二〇二〇年四月

No.11

Chuya Nakahara

中原中也の住宅事情
あてどない詩心の居場所

一九〇七年山口県吉敷郡山口町（現山口市）生まれ。詩人。東京外国語学校修了。小林秀雄や河上徹太郎、大岡昇平らと交流し、詩誌『四季』に参加、『文学界』にも詩を寄せた。代表作に詩集『山羊の歌』『在りし日の歌』、訳詩集『ランボオ詩集』など。一九三七年没。

長谷川泰子との同棲生活

中原中也は三〇歳で没するまでに三〇回以上も住まいを変え続けた。山口県吉敷《よしき》郡山口町に生まれると、幼い頃には旅順や広島、金沢で暮らし、六歳で山口に戻って中学校まで進学する。さらに、親元を離れて京都と東京で転居を繰り返し、最期は鎌倉で短い生涯を閉じた。人々の間を飛び交いながら生きた中也。彼の住宅事情は、その交友関係の移り変わりと深く結びついている。ひとたび友人宅の近所に居を定めると、連日のように足を運んで議論を吹っ掛ける。酒を飲んでは口論となり、殴られ、疎《うと》まれ、それでも冷めることない詩心に突き動かされるように、人とのつながりを求め続けた生涯だった。

中也が初めて一人暮らしを始めたのは、一九二三年四月、一五歳のこと。山口中学校での落第が決まり、京都の立命館中学に編入学するためだった。かつて中也の家庭教師だった井尻民男が京都帝国大学に在学しており、彼の伝手《つて》でまずは上京区岡崎西福ノ川の沢田方に下宿する。当初の仕送りは月六〇円。以後、帰省のたびに痩せていく中也を心配し、仕送り額も七〇円、八〇円と上がっていったという。当時の公務員の初任給は七〇〜七五円程度であり、一人暮らしの学生としては十分な金額だった。

その後一年足らずの間に聖護院《しょうごいん》西町や小山上総町《かみふさちょう》、丸太町《まるたまち》などを渡り歩き、丸太町の古本屋で高橋新吉の詩集『ダダイスト新吉の詩』と出会う。欧州から広まったダダイズムは、既成概念の破壊を掲げる芸術運動で、高橋らによって日本に紹介されたばかりだった。当時の中也の詩作にもその影響は顕著で、彼自身ダダイストを名乗り、友人たちからは「ダダさん」と呼ばれた。

一二月のある日、中也は町でマンドリンを携えた人物に出くわし、興味から声をかけた。

その人物とは、永井叔《よし》。街角で楽器を奏でながら自作の歌を歌う放浪詩人だ。永井は広島で知り合った長谷川泰子とともに東京で関東大震災に遭い、京都に移っていた。泰子は京都に来てから女優として劇団「表現座」に所属しており、その稽古場を訪ねた中也が彼女に自作の詩を見せたことで、二人の交流が始まることとなる。

そして翌年四月、表現座が解散して行き場をなくした泰子を引き取り、中也は大将軍西町椿《つばき》寺《でら》南裏の下宿で同棲《どうせい》し始める。泰子が新たに入社したマキノ映画製作所の撮影所から徒歩で通える場所だった。二人が入居したのは二階の六畳間。まだ新しい下宿で、廊下は広く、部屋数

上京区中筋通石薬師上ルの下宿(提供：中原中也記念館)。中也と泰子が京都で最後に暮らした家。建物自体は同地に現存している。

も多い。居室のほとんどは学生らで埋まっており、中也の部屋にも頻繁に人が出入りした。また、一階には女優の葉山三千子（谷崎潤一郎『痴人の愛』のナオミのモデル）も住んでいたという。

この頃、中也は立命館中学で国語講師をしていた冨倉徳次郎と親しくなり、冨倉を介して正岡忠三郎や富永太郎を知る。彼らはみな東京府立第一中学校時代の先輩、後輩で、冨倉の二学年下に富永や村井康男が、さらに一学年下には正岡や小林秀雄がいた。

一〇月初旬、中也が泰子を連れて新たな下宿（上京区中筋通石薬師上ル）に移ったのは、近所に富永の下宿先があったためである。ただし、同年一二月に富永が東京に帰ってしまうと、翌年二月には元の下宿のすぐ北、北東の角に建つ二階屋に引っ越している。二階の六畳と四畳半を借り、四畳半を中也の勉強部屋として使った。中筋通に面した東側には中也や泰子が「スペイン窓」と呼んだ掃き出し窓があり、訪れた正岡らがその窓に向かって「いるかい」と声を掛けたという。

初めての東京、小林秀雄との邂逅

一九二五年三月、以前から東京に憧れていた中也は富永を追って泰子とともに上京した。早稲田鶴巻町の旅館に数日間泊まった後、早稲田大学予科への入学を考え、大学近くの下

宿（豊多摩郡戸塚町源兵衛一九五）に入居する。ところが、富永はこのときすでに転地療養のため藤沢の片瀬に移っていた。中也は文学を志す友人を求め、泰子を放ったまま、見知らぬ東京の地を彷徨《さまよ》い歩くこととなる。

中也は早稲田への受験に際し、上京してきた正岡に替え玉を依頼、この計画は修了証書が手元になかったため断念するが、四月には日本大学予科の入試に遅刻して失格となっている。またこの頃、富永を介して東京帝大仏文科に入学したばかりの小林秀雄と面識を持つ。中也は知り合って間もない小林に二〇円を借りて一時帰郷し、両親から東京の予備校に通う許可を得た。

東京に戻った中也は豊多摩郡中野町中野打越《うちこし》一九八五の一戸建てに居を移す。二畳の玄関に六畳、四畳半、板間の台所があり、南側の六畳間には縁側も付いている。周囲は生垣に囲われ、広い庭には釣瓶《つるべ》の井戸もあった。この家も一か月ほどで去り、今度は杉並町高円寺二四九に転居する。杉並町馬橋《まばし》に住む小林に近づくためだ。中也と泰子が借りたのは、高円寺駅から続く表通り沿いにある商家の二階、三畳と六畳の二間である。一九二二年に高円寺駅が開設して以来、この近辺では宅地化が進んでいたものの、中也の家の裏手にはまだ田圃《たんぼ》が一面に広がっていたという。

そして一一月、東京での生活に大きな転機が訪れる。富永太郎が肺結核のため二四歳の若さで没すると、さらに追い打ちをかけるように、泰子が中也のもとを去って小林秀雄と暮らし始めたのだ。泰子は前に住んでいた中野の家で小林と初めて出会い、中也の帰郷中には二人だけで会うようになっていた。そうした事情を知らなかった中也にとって、泰子の出奔は青天の霹靂《へきれき》だった。

泰子が去った日、中也自身も中野町中野桃園《ももぞの》三三九八に居を移した。柱や壁の黒ずんだ炭屋の二階が、独り「口惜《くや》しき人」（『我が生活』）となった中也の新居である。新居の場所は中央線の中野駅から南に六〇〇メートルほど離れた住宅地の一角。当時の中也は朝から晩まで市内を歩き回り、自宅には寝に帰るだけだった。大岡昇平によると、この下宿の横には蓮《はす》池があり、中也の部屋の壁にはカリエールのヴェルレーヌ像が飾ってあったという。

渋つた仄暗《ほのぐら》い池の面《おもて》で、／寄り合つた蓮の葉が揺れる。／
蓮の葉は、図太いので／こそこそとしか音をたてない。／／
音をたてると私の心が揺れる、／目が薄明るい地平線を逐《お》ふ……／
黒々と山がのぞきかかるばつかりだ／——失はれたものはかへつて来ない。 （『黄昏』）

翌年、日本大学予科文科に入学した中也は同じ桃園の三四六五番地に転居する。泰子の

一件があってからも小林との交流は続いており、この頃に彼に見せた詩『朝の歌』は、後も書き改められ、後年の第一詩集『山羊の歌』に収録されることとなる。

天井に　朱《あか》きいろいで／戸の隙《すき》を　洩れ入《い》る光、／
鄙《ひな》びたる　軍楽《ぐんがく》の憶《おも》ひ／手にてなす　なにごともなし。／／
小鳥らの　うたはきこえず／空は今日　はなだ色らし、／
倦《う》んじてし　人のこころを／諫《いさ》めする　なにものもなし。／／
樹脂の香《か》に　朝は悩まし／うしなひし　さまざまのゆめ、／森竝《もりなみ》は　風に鳴るかな／／
ひろごりて　たいらかの空、／土手づたひ　きえてゆくかな／
うつくしき　さまざまの夢。

広がる交友関係、転居に次ぐ転居

中也は半年も経たずして実家に無断で日大予科を退学、中野町中野上町にある理髪店の二階を経て、以前住んでいた中野町中野桃園三三九八に戻ってくる。そして一九二七年春、かつて富永太郎と同級生だった河上徹太郎と知り合い、中也の交友関係はさらなる広がりを見せる。一一月下旬頃には河上の紹介で作曲家の諸井《もろい》三郎と面識を持つと、諸井を中心に結成された音楽団体「スルヤ」と接触、中也もその同人会に顔を出すようになる。さらに翌一九二八年三月には小林秀雄の家で大岡昇平と初めて会い、諸井を介して関口隆克《たかかつ》とも知り合う。阿部六郎（『三太郎の日記』で有名な阿部次郎の弟）や富永次郎（富永太郎の弟）を知るのもこの頃である。

九月、比較的長く住んだ中野を引き上げ、関口が石田五郎と暮らす下高井戸《しもたかいど》の家（豊多摩郡高井戸町下高井戸二丁目四〇三）に転居する。京王線北沢駅から北に向かい、玉川上水を越えた所にある二軒長屋の一軒で、中也は家賃として一五円を収めたという。またこの家で暮らす間、同居する関口のベッドに憧れ、中也も実家からの送金でベッドを購入している。翌年一月に関口の父が死んで慌ただしくなると、邪魔になると思ったのか、中也は置手紙を残して突然出て行った。

次に移り住んだのは、豊多摩郡渋谷町神山二三の丘の上にある家の二階。近所には阿部六郎や村井康男が住んでいた。この頃に中也の発案で創刊された同人誌『白痴群』には、河上徹太郎や大岡昇平をはじめ、阿部や村井らも参加している。

その後、北豊島郡長崎町一〇三七にある材木屋の二階を経て、七月には西荻窪《にしおぎくぼ》駅から西南に三〇〇メートルほど歩いた豊多摩郡高井戸町中高井戸三七の一軒屋を借りる。この家

は彫刻家、高田博厚《ひろあつ》のアトリエから二〇〇メートルほどしか離れておらず、入居の際には彼が保証人となってくれた。家賃は一〇円で、駅前の小料理屋から格安の食事を運んでもらっていたという。小林と別れた泰子が高田のアトリエに出入りしていたことも転居の一因だったようだが、高田を介して画家や彫刻家と交流を持ち、倉田百三《ひゃくぞう》らの雑誌『生活者』に詩を掲載してもらったこともある。また、母親が初めて東京の中也を訪ねて来たのもこの家でのこと。彼女の話では、部屋はろくに掃除されておらず、床に新聞紙を敷いて座らされたという。部屋の隅には関口らとの同居時に買ったベッドがあり、大きなテーブルの引き出しには小学校時代の玩具が詰まっていた。

この家で暮らす間、中也と大岡の喧嘩《けんか》がきっかけで『白痴群』が廃刊、中也は一九三〇年九月に豊多摩郡代々幡町《よよはたまち》代々木山谷一一二へと居を移す。当時の彼は渡仏の願望が強まっており、東京外国語学校の入学資格を得るため、中央大学予科に編入学することとなる。またこの頃、阿部六郎の自宅で吉田秀和と出会い、フランス語の個人教授を引き受けている。

その翌年、無事に東京外国語学校に入学した中也は、千駄ヶ谷町千駄ヶ谷八七二番地や、同じ町内の八七四番地に転居、さらに吉田と同宿していた高森文夫と親しくなると、一九三二年八月、彼の叔母の家（荏原郡馬込町北千束六二一）に下宿する。それまで主に暮らしてきた豊多摩郡から南に離れた、洗足池近くの新開地である。この下宿には一年以上留まっており、高森の弟、淳夫とも同宿している。

アパートでの新婚生活、そして早すぎる死

どうしてこんなに暗くなるのだらう……どうもこれはかう理由もなく暗くなるのでは、理由を神秘に索《もと》めるよりほかはない。愉快に友達と話してゐても、或《あ》る時或る時刻から、急に何の理由もなく暗くなるといふ風だ。

毎晩アパート三階の便所に行くと、新宿の百貨店や何かの電燈広告が五六町ばかりの向ふに灯つてゐて、まるでほんとかと云ひたくなる。いつたいあれが僕の気持とどれだけの関係があるんだ。

（『私の事』）

一九三三年一二月、遠縁の上野孝子と見合い結婚した中也は、四谷区花園町九五の花園アパートに居を構える。新宿御苑の大木戸門衛所から北に四〇〇メートルほどの場所にある木造三階建てのアパートだ。敷地は高い壁に囲われ、南北に通用門がある。全三棟のうち、東西に並ぶ一、二号館が廊下でつながっており、三号館はその廊下の東側に建っていた。

このアパートには、装幀《そうてい》家や美術評論家などの顔を持つ青山二郎が住んでいた。優れた審美眼を持つ青山は、酒や遊興にも幅広く通じており、彼を慕って訪れる者は少なくなかった。青山と早くから親交のあった小林秀雄も一時期花園アパートに入居していたことがある。青山の部屋は南門から入った一号館一階の廊下の突き当たりにあったが、誰にでも食って掛かる中也が頻繁に訪れるようになると、寄り付かなくなった者もいたという。

当の中也の部屋は二号館の二階三〇号室、六畳と三畳の二間である。家賃は不明だが、二つ隣の八畳間は月一九円で、室内のガス設備が一〇銭で使えるようになっていた。中也と同じ階には廊下を挟んで南側に五室、北側に四室あり、共同の流し場も備わっている。また、館内には管理事務所や食堂、男女別の共同風呂などもあった。

花園アパートに住み始めて一〇か月が経ち、長男の文也が生まれる。その後高森淳夫が同居人に加わったこともあり、一九三五年六月、一家は手狭《てぜま》なアパートを離れて牛込《うしごめ》区市ヶ谷谷町《たにまち》六二の借家に引っ越した。この家は孝子の大叔父にあたる中原岩三郎が所有しており、彼の邸宅の一隅に独立して建てられていた。二階建ての広い家で、高森も引き続き同居し、家事手伝いを雇ったこともある。親類の持ち家とはいえ敷金や家賃は払ったが、実家からの仕送りは月一〇〇円にもなっていたという。この頃の中也は、小林秀雄が編集同人に名を連ねる『文学界』や、堀辰雄や三好達治らの『四季』にも詩を載せ、詩人としての存在感を発揮するようになる。ところが一九三六年一一月、二歳の誕生日を迎えたばかりの文也が小児結核でこの世を去る。

また来ん春と人は云ふ／しかし私は辛《つら》いのだ／
春が来たつて何になろ／あの子が返つて来るぢやない／／
おもへば今年の五月には／おまへを抱いて動物園／
象を見せても猫《にやあ》といひ／鳥を見せても猫《にやあ》だつた／／
最後に見せた鹿だけは／角によつぽど惹かれてか／何とも云はず　眺めてた／／
ほんにおまへもあの時は／此《こ》の世の光のたゞ中に／立つて眺めてゐたつけが……
（『また来ん春……』）

翌月に次男の愛雅《よしまさ》が生まれるが、その直後から中也は精神に不調を来《きた》し、年明けには千葉市の中村古峡《こきょう》療養所に強制入院させられる。一か月ほどで無理やり退院したものの、文也との思い出が残る東京にはいられず、二月末に鎌倉へと転居する（鎌倉町扇ヶ谷一八一。現鎌倉市扇ガ谷一－一七－七）。移り住んだのは、寿福寺境内にある、六畳二間と四畳半、台所を備えた一軒家。当時の鎌倉には小林秀雄や大岡昇平といった顔馴染みや、『文学界』の川端

康成らが住んでいた。半年後、中也は結核性脳膜炎で短い生涯を閉じることとなるが、その一か月前に『在りし日の歌』の清書原稿を小林に託していた。一所不住の中也にとって、親しく語り合える友人たちこそが最期まで心の拠《よ》り所だったのだ。

【出典・参考】

大岡昇平・中村稔・吉田熙生・宇佐美斉・佐々木幹郎編『新編　中原中也全集』全五巻・別巻一、角川書店、二〇〇〇年六月～二〇〇四年一一月
青木健『中原中也―盲目の秋』河出書房新社、二〇〇三年五月
青木健編著『年表作家読本　中原中也　新装版』河出書房新社、二〇一七年一〇月
『大岡昇平全集　第一八巻』筑摩書房、一九九五年一月
週刊朝日編『値段史年表　明治・大正・昭和』朝日新聞社、一九八八年六月
村上護『文壇資料　四谷花園アパート』講談社、一九七八年九月
中原思郎『兄中原中也と祖先たち』審美社、一九七〇年七月
中原思郎・吉田熙生『中原中也アルバム』角川書店、一九七二年一〇月
中原フク述、村上護編『私の上に降る雪は　わが子中原中也を語る』講談社文芸文庫、一九九八年六月
野田真吉『中原中也　わが青春の漂泊』泰流選書、一九八八年一二月
長谷川泰子述、村上護編『ゆきてかへらぬ　中原中也との愛』講談社、一九七四年一〇月

No.12

Atsushi Nakajima

中島敦の住宅事情
放浪と横浜の家、そして放浪

一九〇九年東京市四谷区（現新宿区）生まれ。親族には漢学者、教育関係者が多くいる。東京帝国大学卒。大学卒業後は横浜高等女学校教諭として勤務しながら創作活動を続けた。代表作に『山月記』『文字禍』『光と風と夢』など。一九四二年没。

故郷という感じは一向わかりません

中島敦に故郷と呼べる土地はない。一九〇九年、母チヨの実家である東京都四谷区四谷箪笥《たんす》町五九番地で生まれたが、敦が二歳の時に父母が離婚し、埼玉県久喜《くき》の父田人《たびと》の実家に預けられる。その後は漢文教師だった父親の転勤に伴って各地を転々とし、中島敦の放浪が始まった。奈良県郡山《こおりやま》男子尋常小学校に入学した後、静岡県浜松西尋常小学校、さらに朝鮮の京城（ソウル）の龍山公立尋常小学校に転校している。成績は常に優秀であった。京城中学校に進み、二〇年から二六年までを京城で過ごす。最初は漢江通六、後に青葉町三の一三〇へ転居、父親の田人が大連第二中学校の教師として転勤した際には京城に残り、京城淑明女学校の国語教師をしていた叔母の志津と同居した。中島敦はこのときの経験をもとに、朝鮮を舞台とした小説を書いている。

毎朝、数人の行き倒れが南大門の下に見出された。彼等のある者は手を伸ばして門壁の枯れ切った蔦《つた》の蔓《つる》をつかんだまま死んで居た。
ある者は紫色の斑点のついた顔をあおむけて、眠そうに倒れて居た。
漢江の氷の上では、爺さん達が氷に穴をあけて、長い煙管《きせる》で煙を吹きながら寒そうに鯉をつついて居た。その岸の林からは貧しい人達が温突《オンドル》にくべる薪をどんどん盗って行った。
薄青い山の様に氷を満載して曳《ひ》いて行く牛の顎には、涎《よだれ》が氷柱《つらら》になって下って居た。

（『巡査の居る風景──一九二三年の一つのスケッチ──』）

この小説で語られているのは単なる「風景」ではない。「高等普通学校の校庭では、新しく内地から赴任した校長が、おごそかに従順の徳を説いて居た。（今迄《まで》居た内地の中学校で、彼が校規の一つとして、独立自尊の精神を説いたことを、幾分くすぐったく思い浮べながら。）」といった箇所からも、植民地統治の問題や教育の矛盾に対する批判的なまなざしのもとで朝鮮の景色を見つめていることがわかる。

夏休みや冬休みには父の住む大連市弥生町二ノ六の「実家」へ帰ったが、継母《けいぼ》飯尾コウとの折り合いも悪く、心落ち着く場所はなかった。「生れは東京。その後処々を放浪。従って、故郷という言葉のもつ（と人々のいう）感じは一向わかりません」（『お国自慢』）と自ら言うように、自己を係留する土地をもたなかった中島敦は、自分が何者なのかを考え続けることになる。

第一高等学校、東京帝国大学文学部国文科へ進学するなかで、釘本久春という親友との出会いもあった。東京帝大に入学した年、伯父で漢学者だった中島端《たん》（号：斗南）が亡くなる。中島敦は、この伯父のなかに自身を見ていた。「伯父は又常に、三造には無目的としか思えないような旅行を繰返していた。（中略）この放浪者魂は彼の一生に絶えずつきまとっていたように見える。三造の知っているかぎり伯父は常に居をかえたり旅行したりしていたようであった。この彷徨《ほうこう》を好む気質が自分にも甚だ多く伝わっていることを、三造は時々強く感じなければならなかった」（『斗南先生』）。「三造」は自伝的小説と見られる作品に共通

する主人公の名前である。この「放浪者魂」が、中島敦にも一生つきまとっていくのだった。

存在の不確かな教員生活

一九三三年四月、東京帝大を卒業した中島敦は、横浜高等女学校の教諭として赴任する。担当は国語や英語。雑誌部顧問として『学苑』を編集したり、修学旅行を引率したり、山岳部の生徒たちと登山をしたりと意欲的に活動している。独り暮らしの部屋は横浜市中区長者町三―八―六モンアパート、山下町一六八の同潤会アパート、柏葉《かしわば》八九の市営柏葉アパートと学校の近辺を移った。

横浜の女学校に勤める「私」が登場する『かめれおん日記』では、カメレオンが日本の気候に馴染めないように、「私」が学校や周囲との齟齬《そご》を感じる姿が記される。「教師という職業が不知不識の間に身につけさせる固さ。ボロを出さないことを最高善と信じる習慣から生れる卑屈な倫理観。進歩的なものに対する不感症。そういうものが水垢《みずあか》のように何《い》時《つ》の間にか溜まって来るのだ」と、自らの教員生活への疑念が表明されている。

また、『狼疾記《ろうしつき》』には、主人公「三造」が感じる「存在の不確かさ」が表明されるとともに、女学校の講師という職業を選んだ理由として「人中に出ることをひどく恥ずかしがるくせに、自らを高しとする点では決して人後に落ちない」という「臆病な自尊心」が挙げられている。現在、この言葉はむしろ『山月記』における李徴《りちょう》の性格としてよく知られているだろう。

己《おれ》は努めて人との交《まじわり》を避けた。人々は己を倨傲《きょごう》だ、尊大だといった。実は、それが殆《ほとん》ど羞恥心《しゅうちしん》に近いものであることを、人々は知らなかった。勿論《もちろん》、曽《かつ》ての郷党《きょうとう》の鬼才といわれた自分に、自尊心が無かったとは云わない。しかし、それは臆病な自尊心とでもいうべきものであった。

（『山月記』）

中島敦も李徴と同様、文名は容易に揚がらなかった。教員勤めで執筆に専念できないことにも悩んでいる。三五年七月には、横浜市中区本郷町三丁目二四七の借家に居を定め、ようやく家族そろって暮らすことになった。実は、横浜高女に勤め始めた年に長男の桓《たけし》が誕生していた。妻のタカは三三年に実家で出産した後、上京したが敦とは別の家に住んでいる。同居しなかった理由は判然としないが、「飢え凍えようとする妻子のことよりも、己《おのれ》の乏しい詩業の方を気にかけているような男だから、こんな獣に身を堕《おと》すのだ」（『山月記』）という李徴の慨嘆も想起される。

ただ、中島敦が家族に対して常に冷淡だったわけではない。後の南洋行の最中には頻繁にタカへ手紙を書いている。旅の最中に思い出すのは、横浜の家のことであった。多くの花を植えていた庭について「あんなチッポケな庭に、どうして、こんなに心が残るかと不思議な位だが、でも、桓と一緒にわざわざ山手迄芝を取りに行ったり、石を拾って来たりして、こしらえた庭だものねえ」（一九四一年一〇月六日中島タカ宛て書簡）と書いている。クロッカスやパンジーや桜草が咲く庭には家族との思い出がつまっていた。

しかし、中島敦の「放浪者魂」はひとつの場所に腰を落ち着けることを許さない。三六年に小笠原諸島への旅行で南の島への憧れを再確認した後、四一年六月二八日、雨の横浜港からミクロネシア（南洋群島）へ向けての航海に旅立った。

南洋行と放浪の終わり

横浜高女を辞した中島敦が就いたのは、南洋庁の国語編修書記という仕事であった。当時文部省に勤めていた釘本久春の紹介によるもので、南洋群島の子供たちに日本語で教育を行う学校の「国語」教科書を改良するという役目である。そのために、南洋群島の各島を半年ほどめぐり、公学校での授業参観を行った。ここで見た現地の子供たちに対する日本人教員の高圧的な態度は中島敦を辟易《へきえき》させる。

一方で、南洋の文化に触れ、現地の人々と交流した経験は作品に生かされた。『マリヤン』のモデルはパラオに住むマリア・ギボンという東京の女学校への留学経験をもつ人物である。作中で「H氏」とされる土方久功《ひじかたひさかつ》との出会いも、現地の文化と中島敦をつないだ。

或《あ》る時H氏と二人で道を通り掛かりに一寸《ちょっと》マリヤンの家に寄ったことがある。うちは他の凡《すべ》ての島民の家と同じく、丸竹を並べた床が大部分で、一部だけ板の間になっている。遠慮無しに上って行くと、其《そ》の板の間に小さなテーブルがあって、本が載っていた。取上げて見ると、一冊は厨川白村《くりやがわはくそん》の「英詩選釈」で、もう一つは岩波文庫の「ロティの結婚」であった。天井に吊《つ》るされた棚には椰子《やし》バスケットが沢山《たくさん》並び、室内に張られた紐《ひも》には簡単着の類が乱雑に掛けられ（中略）竹の床の下に鶏共の鳴声が聞える。

（『マリヤン』）

こうして、パラオで見聞した住宅事情も創作のなかに生かされていったのである。また、中島敦は期せずしてこの旅の最中に文芸誌デビューをはたすことになった。深田久弥《きゅうや》に預けてあった原稿のうち、『山月記』と『文字禍』が『文学界』一九四二年二月号に掲載されたのである。四二年三月に日本へ戻った中島敦は南洋庁を辞め、念願だった作家として

の生活に入った。しかし、残された時間は多くはなかった。同年一二月、持病の喘息《ぜんそく》のため亡くなる。まだ三三歳であった。

中島敦がその短い生涯で残した作品は書簡等を含めても全集三巻分と多くはなく、早逝した知られざる作家となっていてもおかしくはない。ただ、戦後に親友である釘本久春が文部省教科書局国語課長となり、四七年に編纂《へんさん》された国定教科書に『弟子』が補助教材として採用されている。『山月記』が初めて教科書に採録されるのは一九五〇年のことだった。それから七〇年が経った現在、中島敦はサブカルチャーの世界にも転生しながら、教室の内ではもちろん外でもさまざまな形で読み継がれている。

【出典・参考】
『中島敦全集』全三巻、筑摩書房、二〇〇一年一〇月～二〇〇二年二月
勝又浩『中島敦の遍歴』筑摩書房、二〇〇四年一〇月
川村湊『狼疾正伝』河出書房新社、二〇〇九年六月

円本ブームにみる家とお金の関係

文豪たちは、まとまったお金を手に入れた時、家を建てようと考えたのだろうか。円本ブームの周辺を追ってみよう。

大正の末年に「大多数の作家は借屋住まいか下宿住まいで、（中略）文士の貧乏は、明治以来、大正の今日に至っても変らない」（『木佐木日記』一九二六年二月一一日）と言われた状況は、一冊一円の廉価な「全集」、いわゆる円本のブームで変化する。これは、すでに名の知れていた作家たちに大きな収入をもたらした。

この収入で家を建てたのが、佐藤春夫と谷崎潤一郎である。両者とも自らの手で設計した家を建てた。谷崎が贅を尽くしすぎて借金が返済できなくなり、家を四年ほどで手放してしまっているのに対し、佐藤春夫はこの時建てた小石川関口町の家に終生住み続けた。

家は家でもアパート経営に乗り出したのは江戸川乱歩と徳田秋声である。乱歩は元社員寮の建物を購入・改築して早稲田に下宿緑館を開いた。秋声は本郷の自宅裏庭にフジハウスという二階建て一〇室のアパートを建てた。

円本の収入で家を建てなかった文豪には、島崎藤村や永井荷風がいる。藤村は「こんな谷の中の借家にくすぶっているよりか、自分の好きな家でも建て」ようと考えもするが、最終的にお金を四人の子供たちに均等に配ったいきさつを『分配』に書いた。

荷風は「手堅き会社の株券を買はむ」としたが、結局「午後三菱銀行に赴き（中略）一円全集本印税総額五万円ばかりになりたるを定期預金となす」（『断腸亭日乗』一九二八年一月二五日）。

文豪といえど不安定な文筆業の身、作家たちは意外と堅実だった。

第3部

執筆の場を定めて

森鷗外 Ogai Mori
夏目漱石 Soseki Natsume
島村抱月 Hogetsu Shimamura
樋口一葉 Ichiyo Higuchi
田山花袋 Katai Tayama
永井荷風 Kafu Nagai

志賀直哉 Naoya Shiga
谷崎潤一郎 Junichiro Tanizaki
芥川龍之介 Ryunosuke Akutagawa
佐藤春夫 Haruo Sato
川端康成 Yasunari Kawabata
松本清張 Seicho Matsumoto

No.13

Ogai Mori

「普請中」の日本に住む

森鷗外の住宅事情

一八六二年石見国津和野町（現島根県津和野町）生まれ。作家、評論家、翻訳家。東京大学卒。一八八四年よりドイツ留学。一九〇七年陸軍軍医総監。代表作に『舞姫』『雁』『阿部一族』『渋江抽斎』。翻訳に『即興詩人』。一九二二年没。

「日本家屋論」の衛生学

鷗外の代表作『舞姫』（一八九〇）の後日譚《ごじつたん》ともいえる小説『普請中』（一九一〇）に、こんな場面がある。――主人公の渡辺参事官は、かつてヨーロッパ留学中にあるドイツ人女性と親しくした。その女性が今、歌手として公演のため、ロシア極東のウラジオストクから日本に来た。渡辺は彼女と築地の精養軒で夕食をともにする。その時、精養軒の外側は板囲いされ、敷地の一角からは大工が入っているらしい物音が聞こえてきた。久しぶりに会ったその女と、渡辺はドイツ語で会話を交わす。「大そう寂しい内ね。」「普請中なのだ。さっきまで恐ろしい音をさせていたのだ。」それから、女は公演予定について、「アメリカへ行くの」と言う。「日本は駄目だって、ウラジオで聞いて来たのだから、当《あて》にはしなくってよ。」これに渡辺はこう答えている。「それが好い。ロシアの次はアメリカが好かろう。日本はまだそんなに進んでいないからなあ。日本はまだ普請中だ。」

そんな「普請中」の日本で、文学者であると同時に国家に仕え続け、軍医としての最高位、陸軍軍医総監にまで上りつめた鷗外。医学者としては衛生学を専攻した鷗外の出発期の研究に、『日本家屋論』がある。これは初め、ドイツ留学中の一八八六年一月に地学協会で講演され、後に著名な病理学者ウィルヒョーの閲読を経て、一八八八年五月にベルリン人類学協会の例会で頒布されたもの。その概要は、鷗外が自ら日本語でまとめた『日本家屋説自抄』（一八八八）から知ることができる。

当時の日本で大きな話題となっていた家屋改良について、鷗外は日本史における家屋の変遷、日本式と西洋式の家屋に関する衛生学的統計などの資料を駆使して、縦横に論じている。鷗外が日本家屋の最大の特徴として挙げるのが、「鋪板《しきいた》」である。日本家屋は、まるで「空中に浮游《ふゆう》」しているかのように、「舗板」の下に空間をもつ。このように、家屋が土地に直《じか》に接していないことは、衛生上、非常に優れている。だから、地下の汚水を排する設備が整わないかぎり、むやみにこれを西洋家屋に改めるべきではない。また、煉瓦《れんが》造りで何層にもなる西洋家屋に比べ、木造で階数の少ない日本家屋は、人の密度が低い点でも優れている。それは、最近の西洋で主張されている「遠心法」――住民一人あたりの土地面積を広くしようとする考え方にも、適合するものである。

この論文からは、性急で無批判な西欧化の風潮に対して厳しい学問的態度で臨み、「洋行帰りの保守主義者」（『妄想』一九一一）と見られるようになった鷗外の、住宅に対する考え方が垣間見える。「普請中」の日本を、どのように建設するべきか。こう問い続けた文豪のまなざしは、身近な住宅の問題にも、鋭く向けられていたのである。

『舞姫』の舞台、ベルリンの下宿生活

高校の国語教科書の定番教材として、一度は読んだことのある人も多いだろう小説『舞姫』。日本人留学生太田豊太郎《とよたろう》と踊り子エリスの物語の舞台ベルリンに鷗外が暮らしたのは、一八八七年四月一六日から一八八八年七月五日までの一年二か月の間だった。これは、

一八八四年一〇月から約三年八か月にわたる鷗外のドイツ留学のうち、最後の時期にあたる。鷗外が満二五歳から二六歳にかけてである。なお、ベルリンに来るまでに、鷗外はライプチヒからドレスデン、そしてミュンヘンへと居を移している。

ベルリンでの鷗外は、まず北里柴三郎とともに細菌学者コッホを訪問してその衛生学研究所に入り、後にはプロシア近衛歩兵連隊での軍隊医務に服している。石黒忠悳《いしぐろただのり》軍医監のために、日本が赤十字同盟に入る報告書を作り、石黒に随行して赤十字社締結国会議で演説したのも、このベルリン時代である。

鷗外はベルリンで三つの下宿に移り住んだ。

ミュンヘンから移ってすぐに入った第一の下宿は、マリーエン通り三二番地、二階のシュテルン夫人宅で、築一〇年の物件。だが、鷗外はここに二か月も住まずに引っ越している。当時の鷗外の『独逸《ドイツ》日記』によれば、その頃四〇歳前後だったシュテルン夫人は、遊び好きで家を明けることが多く、郵便や来客の対応に難があった。また、夫人の若い姪《めい》が、夜になると部屋に来て、ベッドに座りながらいろいろな話をしかけてくるのも、鷗外には面白くなかった。何よりも、彼女たちの学問への理解のなさが、鷗外を憂鬱《ゆううつ》にした。

こうして移った第二の下宿は、クロスター通り九七番地のケディング宅で、新築の物件。研究所まで徒歩五分ほどの好条件だった。ケディングは料理屋を営んでいたため、頼めば三度の食事も出た。

つづいて、軍隊勤務をきっかけに移った第三の下宿は、グローセ・プレジデンテン通り一〇番地、四階のルーシュ夫人の一室で、これも新築物件。ルーシュ夫人は、ミシンによる縫製会社を営んでいた。

一方、『舞姫』のエリスのモデル、エリーゼ・ヴィーゲルトは、一八六六年、当時のプロイセン領内、現在ポーランドに属する都市シュチェチンに生まれ、両親とともにベルリンに移ってきた。父親のフリードリッヒは銀行に勤めていたが、エリーゼが一五、六歳の頃に亡くなっている。母親のマリーは、仕立物師をしながらエリーゼと妹アンナを育て上げた。エリーゼ自身も、帽子製作の職についていた。母親マリーが、ルーシュ夫人から仕立物の下請けをしていたことが、鷗外とエリーゼの出会いのきっかけだったのではないかともいわれている。名作『舞姫』の背景には、ベルリンでの下宿住まいをとおして生まれた、このような人間関係があったのだ。

千朶山房から観潮楼へ

鷗外が留学から帰ると、エリーゼも彼を追って日本に来た。『普請中』の素材となった

出来事である。ただし、『普請中』は小説だけに、ヒロインの職業など、フィクションの要素も多い。

エリーゼが鷗外の親族、上官、友人たちから体《てい》よく説得されてドイツに戻るとすぐ、鷗外の母峰子は、海軍中将・男爵赤松則良の長女登志子と鷗外の縁談を調えた。一八八九年三月、鷗外は登志子と結婚し、しばらくして下谷《したや》区上野花園町一一番地（現台東区）の赤松家の持ち家に居を移した。だが、登志子との仲はうまくいかず、長男於菟《おと》出生直後の翌年一〇月、二人は離婚することになる。この間、鷗外はエリーゼをモデルにした小説『舞姫』を発表しているが、その執筆動機には、赤松家からの離脱の意図もあったといわれる。

花園町の家を出た鷗外は、本郷区駒込《こまごめ》千駄木町五七番地（現文京区）に移り、その家を千《せん》朶山房《だざんぼう》と名づける。後に漱石も住む家である。この家で次々に執筆した「山房論文」を、鷗外は自ら主宰する雑誌『しがらみ草紙』に連載。ドイツ仕込みの豊富な学識に裏づけられた鋭い論鋒《ろんぼう》で、文壇に切り込んでいった。

一八九二年一月、千駄木二一番地に転居。八月には新たに観潮楼《かんちょうろう》（現文京区千駄木一―二三―四。文京区立鷗外記念館）を建てた。観潮楼とは、その二階から品川の海が見渡せることから付けられた名である。しかし、それから一〇年余りのあいだ、鷗外はなかなか観潮楼に落ち着けなかった。軍医鷗外は、一八九四年に日清戦争が起こると、初め韓国、後に中国、台湾で勤務。翌年帰国後も、一八九九年には陸軍第一二師団軍医部長として九州の小倉に転勤。翌々年帰京するも、さらに一九〇五年には日露戦争に従軍した。

　このような慌ただしい公的生活のなかで、鷗外は一九〇二年に荒木しげと再婚、翌年には長女茉莉《まり》が生まれた。鷗外がそののち亡くなるまで暮らした観潮楼の家の様子は、茉莉のエッセイ集『父の帽子』（一九五七）に収められた子供時代の回想『幼い日々』が、生きいきと伝えている。「冬はしんとした木立に囲まれ、夏は烈《はげ》しい雨のような蟬《せみ》の声に包まれた千駄木町の家」の思い出は、次のようなものだ。

千駄木の家は広くて東から西へ、幾度も曲っては続く廊下に沿って、幾つもの部屋が並んでいる、鉤《かぎ》なりの細長い家だった。南側は冬でも青い葉が空を蔽《おお》っている常盤木《ときわぎ》の庭、北側は花樹と草花の庭で夏は花で埋《うず》まり、野分が吹くと、庭一杯の花や茎が雨の飛沫の中で重い音をたてて、揺れた。

　この庭にあった沙羅《さら》の木を、鷗外は自らの詩集（一九一五）のタイトルに選んでいる。表題作『沙羅の木』で、鷗外は歌う。「褐色《かちいろ》の根府川石《ねぶかわいし》に／白き花はたと落ちたり、／ありとしも青葉がくれに／見えざりしさらの木の花。」――濃い藍色の根府川石（小田原市根府川

で取れる石材の名）に、白い花が急に落ちた。青葉に隠れて、咲いているとも見えなかった沙羅の木の花が。——多忙な鷗外にとって、こうした束《つか》の間の抒情《じょじょう》の許される場所が、観潮楼の庭だったのである。

「夜の思想」と「妄想」の生まれる場所

小説『追儺《ついな》』（一九〇九）で、陸軍省に勤めながら帰宅後に作品を書く自身の生活について、鷗外はこう綴っている。

どうして何を書いたら好かろうか。役所から帰って来た時にはへとへとになっている。人は晩酌でもして愉快に翌朝まで寐《ね》るのであろう。それを僕はランプを細くして置いて、直《す》ぐ起きる覚悟をして一寸《ちょっと》寐る。十二時に目を醒ます。頭が少し回復している。それから二時まで起きていて書く。

そのうえで鷗外は、「昼の思想と夜の思想とは違う」と言い、「夜の思想には当《あて》にならぬ処《ところ》がある」とも言っている。だが、鷗外はひるがえって、「この頃囚《とら》われた、放たれたという語が流行するが、一体小説はこういうものをこういう風に書くべきであるというのは、ひどく囚われた思想ではあるまいか」と問い、「僕は僕の夜の思想を以《もっ》て、小説というものは何をどんな風に書いても好いものだという断案を下す」と述べる。その時々の文壇の流行から距離をとって、書きたい小説を書く鷗外。その姿勢は、常識的な「昼の思想」に囚われない「夜の思想」から生まれていた。そして鷗外にとって、その「夜の思想」が育まれる場所が、観潮楼の書斎だったのだ。

「夜の思想」と似たキーワードとして、鷗外は「妄想《もうぞう》」という言葉も使っている。小説『妄想』は、鷗外の別荘での思索をもとにした作品である。鷗外は一九〇七年七月、千葉県夷隅《いすみ》郡東海村字日在《ひあり》に別荘を建て、鷗《おう》荘と名づけた。

次女の杏奴《あんぬ》は、『晩年の父』（一九三六）のなかで、父と訪れたこの別荘のことを「そこは外海で波が荒いのと地の利が悪いせいか、随分長い間開けないで荒れ果てた寂しい土地のまま取残されていた」と書く。「夜になると、真暗な中が波の音だけ」になる家、「電燈もまだ引かれてなくて、ランプの石油臭い匂い」がする家、「畳も廊下も砂でざらざらして、風がひどいので障子紙が直きに剝《はが》れてしまう」家。――だが、小さな杏奴にとってこのような「驚くべき自然の歓喜」に包まれた別荘でも、鷗外は学問を止めなかった。「千駄木の家も書物で埋まっていたが、此処《ここ》の家も天井に届くまでの棚がすっかり本で埋まって、

唯《ただ》その本が皆潮臭い感じがした。」

『妄想』の主人公の翁《おきな》は、「只《ただ》二間と台所とから成り立っている」別荘の六畳に座って、外海を眺めている。翁は「永遠なる不平家」として、自分がこれまで携わってきた文学、哲学、自然科学を「見果てぬ夢の心持」で振り返りながら、学問の未来に目を向ける。「そう云う時は翁の炯々《けいけい》たる目が大きく睜《みは》られて、遠い遠い海と空に注がれている」と鷗外は書く。別荘から遠くを見つめる翁の目——それは、「普請中」の日本の将来を探究し続けた、文豪鷗外の目でもあった。

【出典・参考】

『鷗外全集』全三八巻、岩波書店、一九七一年一一月〜一九七五年六月
小堀杏奴『晩年の父』岩波文庫、一九八一年九月
竹盛天雄編『新潮日本文学アルバム1　森鷗外』新潮社、一九八五年二月
竹盛天雄「夜・仮面・覚悟—茂吉と鷗外」（『介山・直哉・龍之介—一九一〇年代　孤心と交響』明治書院、一九八八年七月）
森茉莉『父の帽子』講談社文芸文庫、一九九一年一一月
小堀桂一郎『森鷗外—日本はまだ普請中だ』（ミネルヴァ日本評伝選）ミネルヴァ書房、二〇一三年一月
平川祐弘編『森鷗外事典』新曜社、二〇二〇年一月
六草いちか『鷗外の恋　舞姫エリスの真実』河出文庫、二〇二〇年四月

No.14

Soseki Natsume

夏目漱石の住宅事情
借家住まいの書斎から

一八六七年江戸牛込馬場下横町（現新宿区牛込喜久井町）生まれ。小説家。東京帝国大学（現東大）卒。一九〇〇年よりイギリス留学。一九〇五年『吾輩は猫である』で文壇に登場。代表作に『坊っちゃん』『こころ』『明暗』など。一九一六年没。

松山での教員生活、熊本での新婚生活

「文豪」という言葉から誰でも最初に思い浮かべるのは、夏目漱石だろう。文豪漱石は、どんな豪邸に住んでいたのか。――だが、意外なことに、漱石は一生、自分の持ち家に住んだことがなく、借家を転々とする生活を送っていた。借家住まいの書斎から、漱石の名

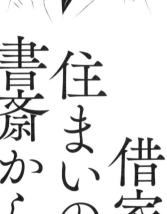

作の数々が生み出されたのだ。

はじめに、漱石の遍歴時代、東京から離れた地方での暮らしぶりをたどってみよう。

東京帝国大学（現東京大）在学中から東京専門学校（現早稲田大）の講師を務め、卒業後は東京高等師範学校（後の東京教育大、現筑波大）の英語嘱託となっていた漱石は、一八九五年、松山の愛媛県尋常中学校（松山中学、現松山東高）に赴任。翌年には熊本の第五高等学校（五高、現熊本大）に移って、一九〇〇年のイギリス留学まで英語の教授を務めた。

東京帝大卒のエリート夏目金之助は、松山中学に破格の待遇で迎えられた。月給は外国人教師なみの八〇円で、これは校長の月給六〇円よりも上だった。漱石は初め、『坊っちゃん』に「山城屋」として登場する旅館城戸屋《きどや》に宿泊するが、やがて津田保吉方（愛松亭）に下宿し、つづいて二番町八番戸の上野義方《よしかた》の離れに移る。漱石が「愚陀仏庵《ぐだぶつあん》」と名づけた家だ。

漱石は、松山中学の校友会誌に書いた『愚見数則』（一八九五）のなかで、当時の教育界を風刺している。――最近の生徒は学校のことを、金を払ってしばらく滞在するだけの旅館か何かのように思っている。校長は旅館の主人にすぎず、教師は番頭や丁稚《でっち》のようなものだ。これでは生徒が調子に乗り、教員の質が落ちるのも当然だ。

こうした苦い思いを抱きながらの教育への取り組みのかたわら、松山時代の漱石は、正岡子規との交友のなかで俳句に没頭する。日清戦争従軍中に病気になって郷里松山に帰ってきた子規が、愚陀仏庵に同居することになったのだ。その二階に漱石が、一階に子規が住んだ。二人の同居生活は、八月末から子規が東京へ出発する一〇月までの短いものだったが、子規を中心とする句会に参加して添削を受けるなど、漱石にとっては濃密な時間となった。

さらに、松山時代の漱石にとって大きかったのは、年末に貴族院書記官中根《なかね》重一《しげかず》の長女鏡子と見合いをして、婚約したことだ。この時、漱石二八歳、鏡子一八歳だった。

二人の新婚生活は、翌年漱石が赴任した熊本で始まった。五高での月俸は松山時代より高い一〇〇円だったが、そこから一割が製艦費として控除（軍艦の建造を目的として、文武官僚の俸給から差し引かれたもの）、さらに貸費返済七円五〇銭、父への仕送り一〇円、姉への仕送り三円を引くと、手元に残るのは六九円五〇銭だった。そんな中、漱石と鏡子は新婚生活を下通《しもどおり》町一〇三番地の家賃八円の家で始めるが、その家に落ち着くことはできなかった。「名月や十三円の家に住む」の句を詠んだ合羽《かっぱ》町二三七番地の家、つづいて大江村四〇一番地、井川淵《いがわぶち》町八番地、内坪井《うちつぼい》町七八番地、北千反畑《きたせんたんばた》七八番地……。こうして熊本での四年三か月の間に、漱石夫婦は六軒の家を転々とした。その間、一八九七年には上京中に鏡子が流産。九八年、井川淵の家では、鏡子が流産以来のヒステリー発作により、市

内を流れる白川に身を投げて自殺未遂。九九年には、内坪井の家で長女筆子が誕生する。

こうした多事多端の生活のなかで、漱石は句作を続けて東京の子規に批評を頼んでいる。そのうち、最後のものに当たる九九年一〇月一七日付の句稿は、「熊本高等学校秋季雑詠《ざつえい》」と題して、五高での教員生活に取材した二九句を収めている。「いかめしき門を這《は》入《い》れば蕎麦《そば》の花」という、外側と内側との落差の大きい学校の敷地。「頓首《とんしゅ》して新酒門内に許されず」という、どんなに嘆願しても飲酒が許されない、規則の厳しい学生寮。そして、「秋はふみ吾に天下の志」という、読書の秋に大志を抱いて籠る図書館。漱石は学生たちの姿をいきいきと写し出しているが、このような学校という空間への眼は、後の小説の創作にも活かされることになる。

「過去の亡霊」、書斎という「牢獄」

漱石晩年の小説『道草』(一九一五)は、次のように始まる。「健三が遠い所から帰って来て駒込《こまごめ》の奥に世帯《しょたい》を持ったのは東京を出てから何年目になるだろう。彼は故郷の土を踏む珍らしさのうちに一種の淋《さび》し味さえ感じた。」――「駒込の奥」とは、当時の本郷区駒込(現文京区)、千駄木町のあたりを指すが、作者の漱石も、二年余りに及ぶイギリス留学から帰国して間もない一九〇三年三月から、本郷区駒込千駄木町五七番地に住んでいた。『道草』には虚構も多いが、主人公健三の姿には、この千駄木の家から東京帝大に教師として通った漱石の体験が写し出されている。

久しぶりの帰郷――。ところで、漱石は『道草』発表の前年、ロシアの小説家アルツイバーシェフの長編『サーニン』（一九〇七）に対する評（一九一四）のなかで、主人公サーニンが数年ぶりで自分の家に帰ってきた冒頭部分に注目している。「着いたのは夕方、落附《おちつ》いて従容《ゆったり》と、さもこの室を出て行ったのが僅《わずか》に五分間ばかり前だったかのような風で入って来た」という『サーニン』の冒頭について、漱石は、「何等の感激もない、咏嘆《えいたん》もない、センチメンタリズムの影を絶して、習俗の固陋《ころう》に寸毫《すんごう》も累《わずら》わされておらぬサアニン」の姿が見て取れる、という感想を洩《も》らしているのだ。

『サーニン』は、性の解放を中心に、古い道徳から自由な、徹底した個人主義思想を表現した小説として、当時の日本でも評判になった。『道草』を書く時、漱石が『サーニン』を意識したかは定かでないが、二つの作品の主人公が、久しぶりの帰郷という同じ状況のなかで、正反対の態度を取っていることに注意したい。「一種の淋し味」に浸る健三と、「何等の感激もない、咏嘆もない」サーニンと。

こうした対照的な冒頭場面での態度は、作品全体にも及んでいる。旧来の慣習に少しも

こだわらないサーニンとは異なり、健三はさまざまなしがらみに囚《とら》われている。かつて縁を切ったはずの養父島田を筆頭に、姉、兄、妻の父などの親族が次々と健三の前に現れ、金銭をはじめとする負担を彼に強いるのだ。

そんな「家」の制度にまつわる「過去の亡霊」から逃れようとするかのように、健三は自分の書斎に籠る。だが、その書斎での生活も、彼に安息をもたらしはしない。「僕も青年時代を全く牢獄の裡《うち》で暮《くら》したのだから」と健三はある青年に言う。「牢獄とは何です」と驚いて聞き返す青年に、「学校さ、それから図書館さ。考えると両方ともまあ牢獄のようなものだね」と健三は答える。そして、「過去の牢獄生活の上に現在の自分を築き上げた彼は、その現在の自分の上に、是非とも未来の自分を築き上げなければならなかった」とあるように、健三の現在、そして未来の書斎の生活も、青年時代の「牢獄」の続き以外のものではあり得ないのだ。

健三の家のモデルとなった千駄木の家は、漱石がかつて『吾輩は猫である』(一九〇五〜〇六)を書いた「猫の家」として知られ、現在では愛知県犬山市の博物館明治村に移設されて、訪れる人の眼を楽しませている。だが、『猫』の笑いの背後には、暗鬱《あんうつ》な過去の亡霊のまつわる家と、「牢獄」のような書斎の生活があったのである。

「珍妙」な書斎からの眺め

談話『文士の生活』（一九一四）のなかで、漱石は「私が巨万の富を蓄えたとか、立派な家を建てたとか、土地家屋を売買して金を儲《もう》けて居るとか、種々《いろいろ》な噂《うわさ》が世間にあるようだが、皆嘘《うそ》だ」と否定している。そして、一九〇七年九月以来住んだ牛込《うしごめ》区早稲田南町七番地（現新宿区。新宿区立漱石山房記念館）のいわゆる漱石山房の家について、「巨万の富を蓄えたなら、第一こんな穢《きたな》い家に入っていはしない」、「この家だって自分の家ではない、借家である」と続けている。『文士の生活』によれば、それは三〇〇坪の土地に七間ばかりの家で、庭木はみな自分で入れて家賃三五円だった。公務員（高等文官）の初任給が六〇円前後だった頃のことである。

漱石は、雑誌『新潮』からの「書斎に対する希望」の質問（一九一五）に、「私は日当りの好い南向《みなみむき》の書斎を希望します。明窓浄机《めいそうじょうき》という陳腐な言葉は私の理想に近いものであります」と答えている。だが、実際の漱石山房の書斎は、南、東、北の三面を廊下で囲まれ、しかもその廊下の内側が白壁で、窓から明かりを取るようになっていた。弟子の森田草平は、「余程《よほど》珍妙な構造」と評している（『続夏目漱石』一九四二）。漱石は、その書斎から、日の

当たる縁側に机を持ち出して筆を執ることもあった。「余り暑くなると、麦藁帽子《むぎわら》を被《かぶ》って書くようなこともある」と『文士の生活』には記されている。

ところで、漱石の小説では、書斎という空間が重要な役割を担っている。たとえば、『それから』(一九〇九)では、当時広く読まれたイタリアの作家ダヌンチオが「自分の家の部屋を、青色と赤色に分《わか》って装飾していると云う話」が紹介される。ダヌンチオは、寝室など「安静を要する所」は青で、書斎など「興奮を要する部屋」は赤で装飾したという。主人公代助は、ダヌンチオのこの赤い書斎に疑問を抱き、「稲荷の鳥居を見ても余り好《い》い心持はしない」自分は、むしろ「頭だけでも可《い》いから、緑のなかに漂わして安らかに眠りたいくらいである」と考える。「代助は縁側へ出て、庭から先にはびこる一面の青いものを見た。花はいつしか散って、今は新芽若葉の初期である。はなやかな緑がぱっと顔に吹き付けたような心持ちがした。」

書斎から見た庭の眺めといえば、漱石が早稲田南町の家の一隅を描いた水彩画『書斎図』(一九一三)がある。その絵では、絨毯《じゅうたん》や机の上の小物が漱石の書斎の雰囲気を伝えているばかりでなく、右手に芭蕉《ばしょう》の葉の配された庭の遠景が、微妙な濃淡を付けつつ、一面緑色に塗られているのが眼をひく。『それから』で代助が眺める庭の「一面の青いもの」、「はなやかな緑」と共通するイメージが、この絵にも響いているのである。

漱石山房への突然の訪問

硝子戸《がらすど》の中《うち》から外を見渡すと、霜除《しもよけ》をした芭蕉だの、赤い実の結《な》った梅もどきの枝だの、無遠慮に直立した電信柱だのがすぐ眼に着くが、その他にこれと云って数え立てる程のものは殆《ほと》んど視線に入って来ない。書斎にいる私の眼界は極めて単調でそうしてまた極めて

書斎図（県立神奈川近代文学館所蔵）。早稲田南町の書斎と庭の眺めを漱石は水彩で描いている。

狭いのである。

東京・大阪の各『朝日新聞』に一九一五年一月一三日から連載された『硝子戸の中』を、漱石はこう書き出している。漱石山房の書斎からの眺めである。そんな書斎の生活と対置するかのように、漱石は前年開戦した第一次大戦をはじめとする時事問題を列挙して、「硝子戸の中に凝《じっ》と坐《すわ》っている私なぞは一寸《ちょっと》新聞に顔を出せないような気がする」と言っている。まるで「小さい私」と「広い世の中」とが、「硝子戸」で「隔離」されているかのように。

だが、ほんとうに漱石の視界が書斎の中だけに限られていたら、彼の作品のすべては決して生まれなかっただろう。『硝子戸の中』の第一回ですでに、漱石は「電車の中でポッケットから新聞を出して、大きな活字だけに眼を注いでいる購読者」の存在に触れ、その人々について「これほど切り詰められた時間しか自由に出来ない人達」とまとめている。生活のために、自分の自由な時間を持てない人たち――ここに、さりげないかたちで、漱石は時代の本質を突いている。時間のテーマは、その後、『硝子戸の中』で、かぎ括弧付きの「時」という言葉で強調されつつ、何度か繰り返し現れることになる。

そのひとつが、近所に住む女性、吉永秀が突然漱石山房を訪ねて来たエピソードだ。喜久井町三六番地に住んでいた秀が、手紙で面会の都合を問い合わせてきた時、漱石はその封筒を見て「女がつい眼と鼻の間に住んでいる事を知った」という。五度目の面会の時、秀は漱石に「自分のこれまで経過して来た悲しい歴史」、「深い恋愛に根ざしている熱烈な記憶」を物語った。——生きるべきか、死ぬべきか。秀は「私は今持っているこの美しい心持が、時間というもののために段々薄れて行くのが怖くって堪《たま》らないのです」と訴えた。その訴えをいったん「もう十一時だからお帰りなさい」とかわした漱石は、彼女を送る夜道で、ひとこと「死なずに生きて居らっしゃい」と伝えた。

『硝子戸の中』を書きながらそのエピソードを思い出して、漱石は「公平な『時』は大事な宝物を彼女の手から奪う代りに、その傷口も次第に療治してくれるのである」と考える。早稲田南町の漱石山房から、突然の訪問者の住む喜久井町までの途上——そこで直面した「時」の問題について、漱石は再び書斎の「硝子戸の中」で思いを潜めるのである。

【出典・参考】
『定本漱石全集』全二八巻・別巻一、岩波書店、二〇一六年一二月～二〇二〇年三月
小田切進編『新潮日本文学アルバム2　夏目漱石』新潮社、一九八三年一一月
小森陽一他編『漱石辞典』翰林書房、二〇一七年五月
中島国彦『漱石の地図帳―歩く・見る・読む』大修館書店、二〇一八年七月
日本近代文学館編『ビジュアル資料でたどる　文豪たちの東京』勉誠出版、二〇二〇年四月
『夏目漱石の美術世界展』東京新聞・NHKプロモーション、二〇一三年

No.15

Hogetsu Shimamura

島村抱月の住宅事情

書斎の頽廃《デカダン》、劇場への情熱《パッション》

一八七一年島根県久佐村（現浜田市）生まれ。評論家、新劇指導者。東京専門学校（現早大）卒。一九〇二年よりイギリス・ドイツ留学。雑誌『早稲田文学』主宰。一九一三年芸術座を創設。代表評論集『近代文芸之研究』。一九一八年没。

墓地が宅地になる

大学教授を務めながら評論の筆を執り、その後半生では演劇の革新を企てた島村抱月。この文豪に、『雫《しずく》』という一冊の本がある。一九一三年一一月に出た小品文集だ。小品文とは、明治末から大正にかけて流行した短い散文のジャンルだが、『雫』にはちょうどそのころ大きな転換点にあった抱月の生活と心境をうかがわせるエッセイ風の文章が多い。その中に、初め一九一〇年に発表された『宅地』という小品がある。『宅地』は、「君、三、四年見えない間に、私の宅《うち》ももう以前のようではなくなったよ」という呼びかけから始まる。「君の言う墓地は、去年からかけて、すっかり取り払われてしまった。今はその跡が立派な宅地になって、貸地の札が立って居る。」

墓地から宅地へ——膨張する明治の東京を写し出すこのエピソードの背景にあるのは、牛込《うしごめ》区薬王寺前町二〇番地（現新宿区）の家だ。その家に抱月は、イギリス・ドイツ留学から帰国した翌年の一九〇六年から妻子とともに住んで、母校早稲田大学まで教員として通っていた。墓地に面していることから、抱月みずから対墓庵と名づけている。その墓地を宅地にする工事を、抱月は次のように描く。

墓石《はかいし》を引き倒す、台石《だいいし》を崩す、穴を発《あば》きにかかる。屈強な人足どもが多勢《おおぜい》かかってやるのだから、見る間《ま》に一間《けん》や二間は掘り下げる。棺《かん》に届くと、小さい鳶口《とびぐち》と蜜柑《みかん》箱の明《あ》いたのとを持ち込み、骨《こつ》を鳶口に引っかけて明箱《あきばこ》に詰めかえ新墓地へ送るのである。時としては瓶《かめ》に這《は》入《い》ったのを掘り出すことがあって、明瓶《あきがめ》の赤く黒ずんだのが、十五、六も、片端によせて水瓶を伏せたように并《なら》べてある。其《そ》の側には、瓶の欠《かけ》らだの、頭骸骨の一部だの、

脛《すね》の片割《かたわれ》だのが、搔《か》き集めてある。人足どもはいつも伏さった瓶に腰をかけて弁当をつかっていた。

次々と無造作に掘り返される古い墓、そしてそのあとが新しい宅地になる。――その光景は、抱月の唱えた「自然主義」の主張とも重なるところがあるように見える。古い偶像を破壊して、近代の新しい人間の生き方を求める自然主義文学の特徴は、抱月が翻訳した『人形の家』（一八七九）をとおして知ることができる。『人形の家』は、ノルウェーの劇作家イプセンの戯曲だが、その中でヒロインのノラは、一見自分を愛しているかに見えた夫ヘルマーが、実は自分を人形同然に扱っていたことを悟って家を出る。「何よりか第一にお前は妻であり母である」と決めつける夫に、ノラは言い返す。「それは私、もう信じません。何よりも第一に、私は人間です、ちょうどあなたと同じ事です――少なくともこれから、そうなろうとしているところです。」（抱月訳（一九一三）による）

抱月が『人形の家』の翻訳を進めたのも対墓庵時代だったが、『宅地』の末尾に「しかし私はまたその内何処《どこ》かへ引き移ろうと思っている」とあるように、抱月は一九一〇年九月、戸塚村諏訪《すわ》六五番地（現新宿区）の家に引っ越すことになる。

憂鬱な教授の書斎

『雫』に、『書卓の上』(初出一九一〇)という小品がある。「今朝もテーブルに向《むか》って腰かけたまま懐手《ふところで》をして二時間以上ぼんやりしていた。何をする気も出ない」と書き出される『書卓の上』には、その頃の抱月の書斎の生活が写し出されている。新刊の雑誌や書籍、講義用の参考書、翻訳用の資料、留学時代の古いノート、人から閲読を頼まれた原稿、手紙、葉書の類……。

自分の使っているテーブルはかなり大きい方だが、それがもう手元のところ方一尺四寸くらい(=約四〇センチ四方)しか明《あ》いていないまで、色々の書物や書いた物やで押し詰められて来た。つい二、三日前までは、まだ余程《よほど》明いていたのが、何時《いつ》の間にか一列に積まれた書物は二列に、二列は三列にと殖《ふ》えて、四方から主人を包囲して来る。それが読まなくてはならないで読む書物、書かなくてはならないで書く原稿、みんな義務の塊である。

書斎でのこんな憂鬱《ゆううつ》な抱月の姿は、大学でも同じだった。講義を休む方が普通なので、

休講掲示板に出講掲示が出る抱月。二時間割当の講義を三〇分で切り上げてしまう抱月。一度は家を出ても、用事を思い出して引き返すと、もう出校する気を失くしてしまう抱月。そんな倦怠《けんたい》感あふれる抱月の姿を、しかし学生たちは親しげな眼で眺めていた。後の評論家広津和郎《かずお》は、抱月が講義の合間にぽつりぽつりと漏らす雑談に心惹かれたことを回想している（『年月のあしおと』）。「近頃はデカダン［頽廃的《たいはい》］という言葉がはやる。しかしわれわれの生活を顧みると、やはり何処《どこ》かにディケイ［頽廃］したものがある。」こう言って、抱月は次々来る手紙の返信だけでも心の負担になってゆくことを語ったりした。文学志望の学生たちにとっては、たとえば「文科の学生はみんな青い顔をしている。青年はもっと快活でなければならない。みんな煩悶があるなら僕のところに来給え。片っ端から解決してやるから」と教室で呼びかける、いかにも健全な内ケ崎作三郎《うちがさきさくさぶろう》教授より、ため息まじりに講義する島村教授の方が、ずっと共感できる存在だったわけだ。

ところで、広津の回想する手紙のエピソードは、『書卓の上』にも書かれている。抱月は、西洋では朝の一、二時間を手紙の処理に充てる習慣があることに触れたうえで、他人にはその習慣を勧めつつも、自分ではそれがなかなか実行できない、と語っている。そこから抱月は、当時文壇で議論の的となっていた「実行」と「思想」の関係に話題を移し、それを「金貨」と「紙幣」の関係になぞらえている。抱月は、紙幣としての思想を発表する文学者が、その思想を必ずしも自分で実行に移さなくても、その影響で誰かがそれを実行すれば、紙幣が金貨に交換されたことになるではないか、と主張する。

自らの実行を伴わない思想にも価値がある。――だが、そんな思索に沈む抱月の眼に、自分のいる書斎は次のように映る。「立ち際に今一度見廻《みまわ》すと、そこら中《じゅう》一面に漲《みなぎ》った頽廃の空気――義務に疲れ、義務に老い行くものの頽廃の空気が、書冊の香《にお》いに交って漂っている。」こう『書卓の上』を結んだとき、実行から距離をとって思想にふける書斎の生活に、抱月は深い頽廃《デカダン》の気分が覆いかぶさるのを感じていた。その生活は、抱月自身の手によって、近いうちに破られなければならないだろう。

書斎の島村抱月（提供：日本近代文学館）。『書卓の上』の記述どおり、机上に書物が積み上げられている。

女優松井須磨子との恋愛

自作の詩と短歌をまとめた『心の影』(初出一九一二)を『雫』に収録するにあたり、抱月はこんな前書きを付けている。「心の影に情の真実はあっても事実の真実はない。この集の中の二、三の歌が世間の一部から事実の記載であるかのように批難《ひなん》せられたのを私はかなしむ。」

たとえば、戸塚村諏訪の家からの眺めを素材にした詩――「どんよりとした薄曇り、／靄《もや》に包まれた目白の森を／今日も夢のように見ている。／森の輪廓《りんかく》を破って、／一本立った煙突、／つぎつぎに吐き出す煙の／いつまでも尽きぬ想い。」それから、こんな歌――「或時《あるとき》は二十《はたち》の心或時は四十の心われ狂ほしく。」「ともすればかたくななりし我《わが》心四十二にして微塵《みじん》となりしか。」「こしかたの三十年は長かりき沙漠《さばく》を行きてオアシスを見ず。」

だが、「情の真実はあっても事実の真実はない」という苦しい弁明に反して、抱月はその頃、女優松井須磨子との恋愛に身を投じていた。

留学中ロンドンやベルリンで西洋の最新の演劇を鑑賞してきた抱月は、帰国後、恩師坪内逍遥《しょうよう》の指導のもとに文芸協会を立ち上げ、演劇の革新を図っていた。協会では演劇研究所を設置して俳優の養成にあたっていたが、その女子一期生二人のうちの一人が須磨子だった。前述の『人形の家』の公演（一九一二）では、抱月が舞台監督（演出）、須磨子がノラの役を務めて好評を博している。二人の恋愛が本格的に始まったのは一九一二年六月から七月頃だったが、それが抱月の妻いち子に知れるのは早かった。八月二日、講演会の打ち合わせと称して家を出た抱月は、自宅近所の戸山ヶ原で須磨子と逢っているところを、あとをつけて来たいち子に押さえられた。その頃、抱月の家の玄関脇の一室に書生として同居していた、後の作曲家中山晋平の手記によれば、いち子に自宅まで連れ戻された抱月は、書斎のある二階に籠って中山に燗酒《かんざけ》を運ばせ、それをあおって泣きながら、次のように語ったという。「僕は死ぬ、もし死ななければ今までとは全く変わった生活に入る……僕は今にして岩野泡鳴《ほうめい》をえらいと思うよ。」

岩野泡鳴は、当時抱月と論争を繰り広げた小説家で、実行と思想の間に一線を引くことを主張する抱月に対して、両者の一致を唱えていた。泡鳴は実生活でも自身の主張を実行して、北海道で蟹《かに》の缶詰事業に乗り出して失敗したり、青鞜《せいとう》社の同人遠藤清子との恋愛——今でいえば不倫の恋が話題になったりと、抱月とは正反対のタイプの人物だった。

抱月・須磨子の恋愛をきっかけに、一九一三年七月、文芸協会は解散。同年九月、抱月は恩師逍遥への苦しい思いを抱えながら、新たに須磨子とともに劇団芸術座を結成するこ

とになる。実際、一九一三年一一月の日付をもつ『雫』の序は、もはや自宅の書斎ではなく、「芸術座の事務所で」書かれたものとなっている。

演劇の研究と普及の場、芸術倶楽部

妻子の住む家を出、大学からも距離をとった抱月は、芸術座の旗揚げから間もなく、小石川区武島町（現文京区）で須磨子と同棲《どうせい》し、そこから神田川ごしの牛込区西五軒町（現新宿区）の芸術座事務所に通う生活を始めた。

芸術座の活動は、芸術性と大衆性の両立を軸に、精力的な地方巡演や、女優としての須磨子の人気もあって軌道に乗る。「カチューシャかわいやわかれのつらさ」の歌詞で知られる『カチューシャの唄』も、芸術座の第三回公演でのトルストイ原作『復活』の劇中、ヒロイン・カチューシャに扮した須磨子が歌ったことで流行したものだ。前衛的な芸術性の追求ばかりでなく、演劇の大衆への普及を図り、それによって興行収入の安定も得ようとする芸術座の方針には、それまで学究一筋だった抱月の、意外な実際的才能が発揮されていたのである。

こうしてできた資金を利用して、抱月は一九一五年八月、牛込区横寺町九番地（現新宿区横寺町九－一〇－一二）に芸術倶楽部《クラブ》を新築する。芸術座は同年三月から上野で開かれた大正博覧会で『復活』を上演したが、その演芸場の資材を安価で払い受けて建てたのが、この芸術倶楽部だった。一階には間口七間に奥行四間の舞台を設置し、客席は一、二階あわせて約三〇〇名を収容。倶楽部が新築されると、抱月と須磨子は武島町の家から移ってその楽屋に住み込むことになる。

抱月は前年に発表した『今年の劇壇と芸術座の事業』（一九一四）で、芸術倶楽部の計画を次のように語っている。――その劇場は贅沢《ぜいたく》でなくてよいが、最新式のものにしたい。カフェーや食堂も併設して、演奏会や展覧会も開けるようにしたい。そして、芸術に興味のある大衆が仕事帰りに立ち寄れるクラブのような場所にしたい。さらに、劇場付属の研究所も建てて、将来的には演劇はもちろん、文学、音楽、美術などを包括する一つの「文芸大学」にまで発展させたい。――こうした大きな計画の手始めに設立されたのが、芸術倶楽部だったのだ。

こうした抱月の計画の土台にあったのが、恩師逍遥の演劇研究所だった。逍遥は私財を投じて、自らの邸《やしき》の一角に研究所を設置し、さらに後にはこれとは別に六〇〇名の収容力のある試演場を建設して、楽屋や図書室も整備した。この逍遥の演劇事業には森鷗外も感心してヴォルテールやヴァーグナーと比較し、しかも逍遥は有力者の資金に頼らない点が

えらい、と褒めている（『坪内逍遥君』一九二二）。抱月は須磨子との関係から逍遥のもとを離れる結果になったが、恩師の演劇革新への情熱は、確実に受け継いでいたのである。

だが、抱月の演劇革新への取り組みは、あまりにも唐突な幕切れを迎えることになる。芸術座の結成から五年後の一九一八年一一月五日、抱月は当時猛威を振るっていたスペイン風邪から来た肺炎により、四七歳で急逝したのである。それは芸術倶楽部の二階の一室で、公演のため日本橋の明治座にいた須磨子は、死に目に会えなかった。須磨子は翌年一月五日、抱月の死後二か月目の命日に、芸術倶楽部の舞台裏の小道具部屋で首をつって亡くなった。三二歳だった——。

【出典・参考】
『抱月全集』全八巻、天佑社、一九一九年六月～一九二〇年四月
『広津和郎全集　第一二巻』中央公論社、一九七四年三月
岩佐壮四郎『抱月のベル・エポック—明治文学者と新世紀ヨーロッパ』大修館書店、一九九八年五月
尾崎宏次『島村抱月』未来社、一九六五年一月
川副国基『島村抱月』早稲田大学出版部、一九五三年四月
河竹繁俊『逍遥、抱月、須磨子の悲劇』毎日新聞社、一九六六年五月
川村花菱『松井須磨子　芸術座盛衰記』青蛙房、一九六八年一月

No.16

Ichiyo Higuchi

樋口一葉の住宅事情
首都東京の借屋から世の中へ戦を仕掛ける

一八七二年東京府第二大区（現東京都千代田区）生まれ。歌人、小説家。歌塾萩の舎で学ぶ。生活のために小説家に転じ、森鷗外らの称賛をうける。代表作に『大つごもり』『にごりえ』『たけくらべ』など。一八九六年没。

首都の上層と下層

樋口一葉は、経済的に貧しい明治期の女たちがそうであったように、生まれた地域（東京市東部）の外へはほとんど出ることのない、低学歴に甘んじた女性である。

樋口一葉は、彼女の狭い生活圏に生きる上層から下層へ至る多様な人々を深くふかくまなざし、珠玉の作品を残すことでその後の女性作家へ創作の意義と可能性を広く開き、明治の文豪となった女性である。

一八七二年五月、東京府第二大区一小区内山下町一丁目一番屋敷の東京府構内官舎で樋口一葉は生まれた。戸籍名は「奈津」。「なつ」や「夏」「夏子」などと署名した。大区・小区とは明治初期の数年間のみ用いられた行政用の呼称で、第二大区一小区は今の千代田区にあたる。政治や行政の中心地で、東京府構内官舎を生誕の地とするということはすなわち、一葉が官吏の娘であることを意味する。

父樋口則義《のりよし》は甲州山梨郡中萩原村《なかはぎわら》（現塩山市）の平百姓で、名を大吉といった。が、同じ村の中農の娘あやめとの結婚を反対されて出奔、幕末の江戸で蕃書調所《ばんしょしらべしょ》という西洋研究を行う幕府の役所で小使いをしながら貯蓄し、八丁堀同心樋口家の株を買って直参の士族となった。明治維新後、樋口則義は下級官吏へと横すべりで職を得る。

清貧にして薄幸な才女とイメージされがちな一葉だが、父親の立身に裏打ちされたもと士族の娘、豊かではないが中産階級の出である。その証拠に一四歳で入った中山歌子の萩の舎《や》は、爵位ある家の子女がつどう歌塾で、数少ない平民出も富貴の家の夫人や娘ばかりという、さながら明治時代の宮廷サロンであった。

萩の舎で頭角を現して歌の一門を率いる夢を見た一葉に転機が訪れるのは、大蔵省出納局に勤めていた長兄泉太郎が肺結核で亡くなり、老いた父に相続戸主とされた一五歳の時である。財産のみならず家名を継ぐ相続戸主になったことで、一葉は嫁に行くという選択肢を閉ざされ、樋口家の経済を支える必要に迫られた。しかも悪いことに翌年には、事業に失敗した父親が心痛の果てに病死してしまう。

この先一葉は、死ぬまで借家を転々とすることになった。芝西応寺町の兄の家、本郷区菊坂町の借家、下谷《したや》区竜泉寺町茶屋町通りの店、本郷区丸山福山町の借家——東京市の中でのごく近距離の移動で一葉が見たのは、『たけくらべ』に描かれた吉原生まれの少女たちであり、『にごりえ』に登場する私娼《ししょう》の世界である。

下級とはいえ官吏の娘として萩の舎で上層の婦人たちと交際した多感な女性が、色街に暮らす女性たちと接し、その日食べるものにも困る貧しい人々に交わって暮らし、いわば東京市の下層に近接したとき生じた奔流こそ、奇跡のような作品の成立に他ならない。

「ふる衣」に悩んだ少女

樋口一葉の学歴は一一歳、現在の小学校五年生に相当する青海《せいかい》学校小学高等科第四級を

首席で卒業したところでとまった。妻となり母となる女性に学問はいらないという、江戸の女らしい母滝子（あやめ）の考えのためであったが、向学心旺盛な奈津の気性を父則義は見抜いていた。父は知己をたどって歌塾萩の舎へ娘を入れる。

一葉の大量な日記の第一作、「身のふる衣《ごろも》　まきのいち」の一八八七年一月から二月にかけての記述には、入塾当初の一葉の劣等感が描かれた。

歌塾萩の舎で行われる年始の歌会が近づき、塾へ通う他の子女たちの話題は何を着て参加するかでもちきりであった。あの方はお振袖、あの方は裾模様のお着物、いいえ裏にまで模様が描かれたお着物の方がよい……皆がささやきかわす中にあって、初めて歌会に参加する一四歳の一葉は悩んでいた。彼女の家は爵位持ちでもなければ富貴でもなく、仲間たちのような着物談義などできない相談、どうしたらよいだろうか。家に帰っても悩む娘に、母はあなたへ見せたいものがあると着物を広げた。

目とどめてみ侍《はべ》れば、どん子《す》の帯一筋、八丈のなへばみたる衣一重、いづこよりか置給ひぬ。いかで人々の召物はと、とひ給ふに、事しかじかと申出侍れば、母君のの給はする様、いないな、さるあたりへかかる衣していで給はんこそいとど恥がましきわざにあらずや、よし給ね、と、涙うかめての給ふ。父君は、いかにとも汝《なんぢ》がおもふままなるのみと、

の給はすれど、口をしとおぼすけしきみえ侍りぬ。と様かふ様かんがふれば、家は貧に身はつたなし。

タイトルの「ふる衣」は古衣のこと、奈津の家では着古されてなえてしまった八丈しか用意ができなかった。今でこそ高価だが、この時期の八丈は晴れ着ですらない。あまりに恥ずかしいと母親は歌会への参加をとめ、父親も悔しそうな様子だが、自分に期待を寄せてくれている人への義理から一葉は歌会へ出ることを決意する。

直後の記述では、衣装に贅《ぜい》を尽くした塾の仲間たちに対して、古着に身を包んだ自分が歌では一等の高得点だったという栄誉が活き活きと綴られる。才能で勝ったといわんばかりの日記は勝ち気な筆致だが、その反面、歌塾の仲間たちとの比較で貧しさを強く意識し、経済的余裕に端を発した教育格差に悩んだことも想像に難くない。

小石川安藤坂、現在の文京区春日《かすが》にあった萩の舎へ一葉が通い始めたこの頃、長兄泉太郎はまだ大蔵省へ勤めており、父則義も健在であった。当時の住まいは、下谷区西黒門町二〇番地。千代田区に次ぐ四歳から九歳までの一葉の住居は腰衣《こしごろも》観音（現文京区本郷五丁目）であるし、そこから下谷区下谷御徒町《おかちまち》一丁目一四番地へ越し、さらに台東区上野にある寛永寺近くの下谷区黒門町へ移っていた。樋口家にもともと転居が多かったのは間違いない

が、ここまでの転居は土地柄も悪くなく、官舎を除き持ち家でもあった。

一葉のふねのうき世

長兄泉太郎が肺結核で亡くなった時、学業を好まなかった次兄虎之介はとうに分籍していた。しかたなく一五歳の一葉が相続戸主となったものの、樋口家の経営はいきづまり、すぐに芝高輪《たかなわ》北町一九番の虎之介の借家へ転がり込む。さらに翌一八八九年七月には父則義が死去。相続戸主とは家のすべてを決定する戸籍筆頭者であるから、一葉は嫁に行くのではなく入り婿を取らざるを得なくなっていたが、長兄と父の死によって、婚約者から一方的に破談とされてしまう。萩の舎に住み込みの内弟子となってもみるが、かつての歌仲間を横目に小間使いじみた日々を送ることに耐えられるわけもなかった。

そんな一葉が収入の道として注目したのは、小説だった。

明治初の女性の小説家とも呼ばれる田辺花圃《たなべかほ》（のちの三宅花圃）が、萩の舎における姉弟子であり、金港堂から出版した小説『藪《やぶ》の鶯《うぐいす》』（一八八八年）によって原稿料三三円二〇銭をとったことが歌塾の話題になっていたからである。小学校教員の初任給が五円、公務員の初任給が五〇円に満たない時期であるから、三〇円超えの原稿料は魅力的であったに違いなく、何よりも同門の女性としてライバル心もあっただろう。

こうして小説を書き始めた樋口奈津が一葉という筆名に落ち着いたのは、二〇歳、一八九二年に発表した小説『闇桜』からであった。半井桃水《なからいとうすい》に師事し、一葉のために桃水が創刊したかのような雑誌『武蔵野』に小説『闇桜』『たま襷《だすき》』『五月雨』を立て続けに発表し始めたこの頃、一葉は年上の文筆家である桃水に恋をする。

「一葉」という筆名は、「蘆葉達磨《ろようだるま》」つまり達磨大師が葦《あし》の葉に乗って揚子江を渡り仏法を広めたという伝説にちなんでいる。が、「蘆の葉に法の方便」ともいわれる仏教の核心が筆名に込められたわけではない。

なみ風のありもあらずも何かせむ一葉のふねのうき世なりけり

一枚の葉っぱを舟とするならば、困難があろうとあるまいとどうしようもない、さだめのないこの世とはそんな手も足も出ないものなのだ。奈津の詠んだこの歌の心はなんと、達磨にはお足（銭）がないという洒落であるという。自らの貧しさを洒落にこめ、死ぬまで一葉と記名し続けた女性の心には、悲しみをではなく世の中を徹底的にみとおそうという欲望をこそ捉えるべきである。

半井桃水との恋愛もうまくいかなかった。萩の舎ですぐに噂《うわさ》が立ち、絶交するはめに陥ったのである。「一葉のふねのうき世」は、荒れにあれた。お金もなく、結婚の道も閉ざされ、恋も散り、しかし名をあげ暮らしをたてたいという思いと必要はある。そんな中で一葉は、決定的な引っ越しをした。下谷区龍泉寺町（現台東区竜泉）三六八番地である。

「塵の中」で見つけたもの

後年、樋口一葉は随筆「雁《かり》がね」（『読売新聞』月曜付録、一八九五年一〇月）で二一歳、一八九三年の転居をこう語っている。

一とせ下谷のほとりに仮初《かりそめ》の家居《いえい》して、商人といふ名も恥ずかしき、唯《ただ》いささかの物とり並べて朝夕のたつきと為《せ》し頃、軒端の庇《ひさし》あれたれども月さすたよりとなるにはあらで、向ひの家の二階のはづれを僅《わづ》かにもれ出る影したはしく、大路に立て心ぼそく打あふぐに、秋風たかく吹きて空にはいささかの雲もなし。あはれ斯《かか》る夜よ、歌よむ友のたれかれ集ひて、静かに浮世の外の物がたりなど言ひ交はしつるはと、俄《にわ》かに其《その》わたり恋しう涙ぐまるるに、友に別れし雁唯一つ、空に声して何処《いづこ》にかゆく。

下谷区龍泉寺町の俗称は、大音寺前。「廻れば大門《おほもん》の見返り柳いと長けれど、お歯ぐろ溝《どぶ》に燈火《ともしび》うつる三階の騒ぎも手に取る如《ごと》く、明けくれなしの車の行来に、はかり知られぬ全盛をうらなひて、大音寺前と名は仏くさけれど、さりとは陽気の町」と書き出される『たけくらべ』の舞台である。

大門から向こうは吉原の廓《くるわ》街という場所に家を借り、樋口家は荒物や駄菓子を商う店を出す。敷金三円に一円五〇銭の家賃で借りた二階建ての棟割長屋は粗末な小店に違いなく、そこで、ろうそくやうちわ、マッチに石鹸《せっけん》、歯磨きに使う房楊枝……を少しずつ仕入れて売る生活に、もと士族の娘の嘆きは深い。歌の道にまい進する友の群れから泣く泣く離れた一葉が、住まう土地柄も商売も恥じているのは、同時期の日記の題を「塵《ちり》の中」としたことでも明らかだった。

だがもちろん大音寺前での商いは、一葉の目を吉原に依拠して暮らす場と人々へ向けさせずにはいない。商売を始めて二か月もたたずに、店を妹邦子にまかせて文章の勉強のために図書館通いを繰り返すようになった一葉は、小説家として開花する。

吉原に暮らす勝ち気な少女美登利《みどり》が、周囲の子供たちと幼い日をにぎやかに送る中で幼馴染み信如《しんにょ》と淡い恋を知り、同時に未来を理解して幼馴染みたちから離れていく――小

下谷の旧居跡と吉原遊郭街周辺。東京市下谷区龍泉寺町368茶屋町通りの店跡（現台東区竜泉3-15-3）には、「樋口一葉旧居跡」の碑が立つ。ほど近い台東区立一葉記念館（台東区竜泉3-18-4）には、この下谷の旧居の東隣が人力車夫の宿屋であった棟割長屋の様や、茶屋町通りの家並みの模型が展示されている。この場所での借店暮らしなくして、小説『たけくらべ』もそれ以降の樋口一葉もなかった。

説『たけくらべ』（一八九五）は、龍泉寺町の借り家から生まれた。

荒物屋の商売は順調ではなく、吉原遊郭における女性のありようを批判し女性たちを保護する施設をつくろうとした一葉の行動が地元の反感をまねいて、樋口家は店をたたまざるを得なくなり、生活者としての一葉はまたしてもいきづまる。けれども、作家としての一葉はここで、元来そなえていた古風で美しい文体に加え、色街の人間模様への鋭いまなざしと性を売る女性たちを介した社会への力強い批判を手に入れたのである。

我は女なり

下谷区龍泉寺町茶屋町通りの店をたたみ、本郷区丸山福山町四番地（現文京区西片一―一七―八）の借家へ移った一葉は、一八九五年から『大つごもり』『たけくらべ』『にごりえ』『十三夜』を立て続けに著し、奇跡の一四か月と呼ばれる多作期に入った。

生々しい生活と瑞々《みずみず》しい心を描く一葉は、森鷗外や幸田露伴、斎藤緑雨《りょくう》といった並み居る文士たちの注目の的となる。明治時代の清少納言だ、いや紫式部だと称《たた》えられた一葉に満足がなかったとはいえないが、一八九六年二月の日記「水の上」に、彼女はこう書く。

しばし文机《ふづくえ》に頬《ほほ》づえつきておもへば誠にわれは女成《なり》けるものを、何事のおもひありとて、そはなすべき事かは。われに風月のおもひ有やいなやをしらず。塵の世をすてて、深山にはしらんこころあるにもあらず。さるを、厭世《えんせい》家とゆびさす人あり。そは何のゆゑならん。はかなき草紙にすみつけて世に出せば、当代の秀逸など有ふれたる言の葉をならべて、明日はそしらん口の端《は》にうやうやしきほめ詞《ことば》など、あな侘《わび》しからずや。かかる界《さかい》に身を置きて、あけくれに見る人の一人も友といへるもなく、我れをしるもの空《むな》しきをおもへば、あやしう一人この世に生まれし心地ぞする。我は女なり。いかにおもへることありとも、そは世に行ふべき事かあらぬか。

井上ひさしには、『頭痛肩こり樋口一葉』（一九八四年こまつ座初演）という明治の女たちのドラマを描くことで一葉の文学論へまで届いた芝居がある。樋口一葉と彼女をとりまく女たちの九回の盂蘭盆《うらぼん》の夕べをたどるこの作品は、樋口一家が借り住まいした場所を舞台に一葉を描き出しつつ、大団円で一葉に小説を世の中への挑戦として語らせた。

「わたし小説で世の中全体に取り憑《つ》いてやったような気がする……。」

「わたし小説でその因果の糸の網に戦を仕掛けてやったような気がする。」

東京の下層を見た女だからこそ、挑戦的作家へと成長し得た樋口一葉を捉えるみごとな台詞である。

死が間近に迫った二四歳の一葉のもとには、雑誌『文芸界』に集っていた若手の物書きたちに加え、二葉亭四迷の影響を受けルポルタージュ『日本の下層社会』『内地雑居後の日本』などを記す横山源之助も訪れた。萩の舎が最上層の宮廷的文学サロンならば、一葉の最期の住居は、貧しく抑圧された人々への視点から社会や文学を考え、世の中へ戦を仕掛けようという下層の野心的議論の場であろうか。この野心的議論の場が、一葉の「世に行ふべき事」を引き継ぎ、次世代の文学ジャンルを開いたのはいうまでもない。

樋口一葉は首都東京市の東部で住居を移し続けたものの、その外へはほとんど出ることのなかった明治の女性である。だからこそ樋口一葉は、東京市東部に生きる上層から下層に至る多様な人々を深くふかくまなざして珠玉の作品を残し、女性作家へ創作の意義と可能性を広く開く明治の文豪となり得たのである。

【出典・参考】
井上ひさし『頭痛肩こり樋口一葉』集英社、一九八四年四月
『日本現代文学全集10　樋口一葉集』講談社、一九六二年一一月
『鑑賞日本現代文学2　樋口一葉』角川書店、一九八二年八月
前田愛編『新潮日本文学アルバム3　樋口一葉』新潮社、一九八五年五月

No.17

Katai Tayama

田山花袋の住宅事情

「東京」と「野」のあいだの家

一八七二年栃木県館林町（現群馬県館林市）生まれ。作家。『抒情詩』の詩人として出発。評論『露骨なる描写』で自然主義を主張。代表作に小説『重右衛門の最後』『蒲団』『田舎教師』『時は過ぎゆく』。他に紀行文多数。一九三〇年没。

子供時代の家、その変遷

現実の否定的側面をリアルに写し出す自然主義の文豪として知られる田山花袋。この文豪の生活は、いつも「東京」と「野」のあいだにあった。広大な関東平野のなかにある故郷館林《たてばやし》から、東京へ出てきた少年時代。その上京後も、東京の街並みと武蔵野の風景が交

錯する土地に、花袋は住み続けた。

上京まで花袋が育った群馬県館林の家は、現在でも移築のうえ、田山花袋旧居として市内に保存されている。田山花袋記念文学館で文豪をめぐる資料を観覧した後、その向かいに建つ旧居を訪れると、幼少期の文豪の暮らしが偲《しの》ばれる。なお、花袋が生まれたのは、館林城をめぐる城沼《じょうぬま》のほとり、外伴木《そとばんき》と呼ばれる付近にあった士族屋敷で、八畳、六畳、三畳と別室の六畳という間取りだったが、一八七九年、七歳のときに引っ越したのが、現在田山花袋旧居として保存されている通称裏宿《うらじゅく》の家である。それは、八畳二間に四畳と三畳の間取りの、藁葺《わらぶ》き屋根の家だった。この家から花袋は小学校に通うかたわら、私塾でも学んだ。花袋は登校前に和算塾で算術を習い、放課後には漢学塾で漢文の素読を習っていた。特に漢文では優れた才能を発揮し、一八八五年、一四歳の時には、当時の文学少年に親しまれた雑誌『頴才新誌《えいさいしんし》』に漢詩を投稿して掲載されている。

この裏宿の家に住んだ頃のことを、花袋は次のように回想する。

> **残ったお城の土手の萱原《かやはら》の中で、日和《ひなた》ぼっこをしながら、揚《あが》った凧《たこ》の動くのを楽しい心で見ている私、裏の切通《きりどおし》を抜けて地蔵裏という田圃《たんぼ》の堀切《ほりきり》の中に魚をすくいに行っている私、いろいろさまざまな想像に耽《ふけ》って将来をあれかこれかと夢《ゆめ》んでいる私、釣魚に夢中に**

なって釣竿とびくにばかり心を入れて母親に怒られた私、田舎の町をにきびの出た顔をして通って行く私、小学校の庭で悪戯《いたずら》をしている私、そろそろ色気がついて来て藩の家老の家柄の娘を恋した私、その娘に途中で逢ったりすると、どうにもこうにもしようのないようにとちって顔を赤くした私

（『東京の三十年』一九一七）

このように、遊びざかりの幼年時代から、女性への関心が芽生える少年時代まで、一〇歳前後の多感な時期を花袋が過ごしたのが、この裏宿の家だったわけだ。

そんな思い出の多い家を、花袋は後に、軍人になった弟の富弥と一緒に見に行ったことがある。それは、花袋が数えで四〇の峠を越えた頃のことだった。それまで東京の文壇で自然主義の旗を掲げて奮闘してきた花袋――その花袋もようやく中年にさしかかり、自らのルーツともいえる子供時代を過ごした家に、もう一度眼を向ける気持ちになったのだ。随筆『昔の家を見に』（一九一二）によれば、その時、花袋と富弥は、かつての士族屋敷の多くが畑になっているのを見た。子供時代に住んだ家も、今では機屋が所有する貸家となって、上毛《じょうもう》モスリンに勤める人が住んでいた。上毛モスリンは、日清製粉とともに館林の近代化を象徴する企業である。

維新後の士族の没落と、軽工業を中心とする近代資本の発展、そしてその背景には軍の

存在があった——花袋が軍人の弟と故郷の家を訪れたこのエピソードは、そんな明治日本の歴史の縮図にもなっているのである。

山の手の発展、家族たちの明暗

上京してから、花袋は借家を転々とする生活を送っていた。一八八六年、一四歳の時に館林から一家で上京して牛込《うしごめ》区市ヶ谷富久町に住んで以来、納戸町、市ヶ谷甲良町《こうらちょう》、四谷区四谷内藤町を経て牛込区喜久井町二〇番地に移り、一八九九年、二七歳の時に結婚を機に同番地で分家してからも、代々木に家を持つ一九〇六年までの七年間に、納戸町、原町、小石川区小日向《こびなた》水道町、牛込区若松町、山伏町と、転居を繰り返している。

父親を西南戦争で亡くした田山家の人々の東京での生活は、決して楽なものではなかった。その生活を支えたのが、花袋の兄実弥登《みやと》だった。若い頃漢学を修めた実弥登は、内閣臨時修史局の書記をはじめとして、歴史関係の仕事を歴任した。だが、一家の生活を支えなければならない重圧は、実弥登の身体を確実に蝕《むしば》んでゆく。同居する母と妻の仲がうまくいかず、離婚と再婚を繰り返したことも、実弥登の心を重くした。一九〇七年、実弥登は喜久井町の家の一室で、肺結核のため死去する。享年四二。その家のことを、花袋は小

説『兄』（一九〇八）に書いている。

僕は侘《わび》しいこの家の四畳半で、神経性の不健全の男となった。母は酒と不平と荒涼たる生活と我儘《わがまま》な性質とでわれとわが身体を傷つけて、癌腫《がんしゅ》を病《や》って死んでしまった。兄は小さい感情と小さい希望と小さい煩悶とを抱いて、世の中の烈《はげ》しい波に漂った。新しい嫂《あによめ》も出来た。門の梅も咲いた。けれどこの暗い家には遂《つい》に明るい一道の光線だに射《さ》さなかった。

花袋は戦死者遺族の生活の惨めさについてその後もたびたび語っているが、喜久井町の「暗い家」は、そうした一家の人々の暮らしを映し出す存在だったのだ。

こうして、生涯借家住まいから脱け出せなかった兄は、作家として地位を築きつつあった弟が新築の家を持った翌年に、この世を去った。「病人は熱にうかされて、よく『新しい家』ということを言った。大森の海岸近く、見晴しの好いところに新しい家屋を建てて置いた。どうも今までの借家住居では、不自由で勝手なことが出来んから、苦労して金を貯めて、漸《よう》く新しい家屋を建てたという。」――このうわごとを兄の死の床で思い出して、嫂は「何故《なぜ》、私もその新しい宅に連れて行って下さらぬか」と言って泣いた。

そうした家族たちの明暗をよそに、そのころ山の手の一角だった喜久井町の家の周辺は、急速に開けていった。「家庭の衝突の小歴史の中に、茶畑は屋敷町になった。淡竹の大藪《おおやぶ》は切開かれてしまった。前の丘を崩して、その土を運んで田圃を埋め尽した。」

『兄』は実弥登の死後数か月で書き上げられた短編だが、そこで取り上げた「家」をめぐる問題を発展させて、花袋は最初の本格的な長編小説『生』（一九〇八）を完成させることになる。花袋の文学の展開にとっても、家族たちの明暗のまつわる喜久井町の家は、大きな役割を果たしているのだ。

武蔵野の丘の上で

現在の新宿区から渋谷区にかけて、花袋の青年時代にはまだ郊外といってよかったそのあたりの丘の上の風景は、花袋と周辺作家たちの文学的出発にとって、重要な意味をもっている。

家族たちの明暗の絡まる喜久井町の家――その向かいにあった丘も、花袋にとっては印象深い場所のひとつだった。「ひろいひろい地平線の上に漂った雲、向うに連りわたった目白台の翠微《すいび》、下に江戸川が細く布を引いたように流れているのが手に取るように見えた」と、『東京の三十年』（前掲）にその丘からの眺めが描かれている。「自分の所有か何かの

ようにして、友達が来ると、きっと私はそこに伴《つ》れて行った」というその丘には、友人の国木田独歩をはじめ、尾崎紅葉、川上眉山《びざん》、後藤宙外といった文学者たちが、花袋とともに登って眼下の山の手の風景を見渡した。また、その丘は花袋がさまざまな外国文学書を読む場にもなった。一九世紀ロシアの作家ツルゲーネフの小説『ルージン』(一八五六)を二葉亭四迷が訳した『うき草』(一八九七)について、小栗風葉《おぐりふうよう》と語り合ったのもその丘の上だった。後に風葉は『うき草』の構想を借りて、代表作『青春』(一九〇五〜一九〇六)を書くことになる。

丘の上からの眺望といえば、独歩が一八九六年九月から翌年四月まで住んだ上渋谷宇田川一五四番地の家も、花袋にとって思い出の多い場所だった。その住所は現在のNHK放送センター付近にあたるが、周辺が独歩の代表作『武蔵野』(一八九八)の素材となったことからもわかるように、当時はまだ「東京」と「野」の交じり合う郊外だった。「一種の生活と一種の自然とを配合して一種の光景を呈している場処」と独歩は書いている。間取りは六畳に二畳、台所という質素なもので、独歩自身「渋谷村の小さな茅屋《ぼうおく》」と呼んでいるが、武蔵野の「詩趣」を味わうにはもってこいの立地だった。

その独歩の家を花袋が友人の太田玉茗《ぎょくめい》とともに初めて訪れたのは、一八九六年一一月のこと。「好い所ですね。君」と花袋が言うと、「好いでしょう。丘の上の家——実際われわれ詩を好む青年には持ってこいでしょう」と独歩は答えた。「武蔵野って言う気がするでしょう。月の明るい夜など何とも言われませんよ。」やがて夕方になって二人が帰ろうとすると、「今、ライスカレーをつくるから、一緒に食って行き給え」と止められた。初対面の三人は、一つの大皿からカレーを分け合って食べた。

この出会いから、独歩、花袋、玉茗らのオムニバスによる詩集『抒情詩《じょじょうし》』（一八九七）が生まれることになる。さらに、独歩と花袋は、翌年の四月下旬から六月初めまで日光で共同生活し、その間に独歩は最初の小説『源《げん》叔父』（一八九七）を書き上げて、原稿を東京の玉茗に送っている。ところが、小説家独歩の誕生を告げる記念すべきこの日光滞在から帰ってみると、留守を預かっていた弟の収二が管理人と喧嘩《けんか》して、勝手にその家から引っ越していた。渋谷の丘の上の家の思い出は、こうして短期間のものだっただけに、かえって彼らの記憶に深く刻まれたといえるかもしれない。

椎の木の家、切り刻まれた机

一九〇六年一二月、花袋はこれまでの借家住まいを切り上げて、新築の持ち家に引っ越した。南多摩郡代々幡《よよはた》村大字代々木一三二番地（現渋谷区代々木三－一九）の家だ。その時、花袋は満三四歳。妻りさ二五歳、長女礼六歳、長男先蔵四歳、次男瑞穂二歳の、五人家族での引っ越しだった。引っ越しの日には、書生の江馬修と弟子の白石実三が手伝いに来た。二人とも後に作家として活躍することになるが、その頃はまだ花袋に教えを受ける文学青年だった。

当時のそのあたりはまだ郊外で、周囲には武蔵野の面影を残す雑木林も多かった。花袋の家の敷地にも、樹齢四〇〇年の椎《しい》の木があって、近所の人たちから「椎の木の家」と呼ばれることになる。花袋がそうした静かな土地を選んだのには理由があった。それまで住んでいた牛込区山伏町（現新宿区）の家には訪問客が多く、執筆に集中できなかったからである。花袋はその頃、出版社博文館に勤めながら作家生活を送っていたため、退勤後の貴重な時間を来客に邪魔されることは、相当大きな苦痛だったようだ。現在では日記や手帳の出版で知られる博文館は、花袋が勤めていた明治後期には、幅広いジャンルを手掛ける最大手の出版社のひとつだった。花袋はそこで、文学青年に広く読まれた文芸投稿雑誌『文章世界』の主筆として、多忙な毎日を送っていたのである。

この椎の木の家の書斎で、花袋は代表作『蒲団《ふとん》』（一九〇七）や『田舎教師』（一九〇九）を書いた。その書斎を花袋没後に訪問した後輩の作家宇野浩二は、次のように述べている。「六畳の部屋で、半間《げん》の入口をはいると、右手に、机が置かれてある窓、正面が、一間の壁と一間の床の間、（略）左手が、一間の竹格子の窓、（略）他の一方は、小さな本棚の置かれてある一間半の壁で囲まれている」（『一途の道』一九四二）。多くの力作が生み出された文豪の書斎が「こんな、みすぼらしい、小さな、陰気な、部屋であるとは、それは、実際に見たものでなければ、いかなる人にも想像できないであろう」と宇野は驚嘆する。

この書斎で、とりわけ宇野の眼をひいたのが、右手の窓の前に据えられた机だった。それは見るからに頑丈そうな白木の机だったが、その表面や角、縁などには、ナイフで切り刻んだ痕が無数に残っていた。宇野が尋ねると、その頃もう五〇代になっていたりさは、亡夫を思い出しながら、「私がまだ参らない時分のことでございますが、空想が行き詰まったり筆がうまく運ばなかったりすると、こんな風に切り刻んだそうでございます」と語った。この机は、花袋の長年にわたる苦悩に満ちた文学との格闘――その「一途の道」の象徴といってよい存在だったのである。

【出典・参考】

『定本花袋全集』全二八巻・別冊一、臨川書店、一九九三年四月～一九九五年九月
田山花袋『東京の三十年』岩波文庫、一九八一年五月
『定本国木田独歩全集（増訂版）』全一〇巻・別巻一、学習研究社、一九七八年三月
宇野浩二『一途の道』報国社、一九四二年二月
小林一郎『田山花袋研究』全一〇巻、桜楓社、一九七六年二月～一九八四年一〇月
日本近代文学館編『ビジュアル資料でたどる　文豪たちの東京』勉誠出版、二〇二〇年四月

No.18

Kafu Nagai

永井荷風の住宅事情

夢を生きる家、冒険への出発点

一八七九年東京市小石川区金富町（現文京区春日）生まれ。小説家、随筆家。東京外国語学校（現外語大）中退。一九〇三年より米仏に渡る。帰国後、短編集『あめりか物語』発表。代表作に『腕くらべ』『濹東綺譚』『断腸亭日乗』。一九五九年没。

二つの夢を生きる場所

西洋への夢と江戸への夢——この二つの夢を現実に生きようとする冒険が、おのずから近代日本への批判となっていた、永井荷風の文学と生き方。文豪がその夢を生きる場所であり、冒険への出発点でもあったのが、彼が住み、あるいは赴いたさまざまな住宅だった。
荷風が足掛け五年にわたるアメリカとフランスでの生活から日本に帰って書いた『帰朝者の日記』（一九〇九、後に『新帰朝者日記』と改題）では、帰朝者の書斎がこう語られている。

ランプの静かな光が、恋しくて堪《たま》らなかった書斎のさまを、いかにも意味深く照らす。日本に帰って以来、絶えず外から犯されようとする自分が感想の唯一の避難所は、漫遊の紀念《きねん》品に飾られたこの書斎ばかりである。

その書斎で主人公は、コニャックを注いだコーヒーを味わいながら、なめし革の背に金文字をあしらった洋書を手に取る。机の上、「快楽の女神バッカントの小さな石像」のかたわらに置いたランプの光で愛読書を眺めつつ、主人公は「自分にはこれらの書物が日本へ帰って来てからは、生きた友達のように懐かしく思われることがある」と考える。「日本の政府がさまざまな抑圧を加えて禁止しようとしても、世界の新思潮は丁度《ちょうど》何処《いずこ》からとも知らず牢獄の中に漏れる日光のように、若い吾々の頭に浸込《しみこ》んで来るのだ。」
そして、その三年後の作品『妾宅《しょうたく》』（一九一二）は、こう書き出される。

どうしても心から満足して世間一般の趨勢《すうせい》に伴って行くことが出来ないと知ったその日から、彼はとある堀割のほとりなる妾宅にのみ、一人倦《う》みがちなる空想の日を送ることが多くなった。今の世の中には面白い事が無くなったというばかりならまだしものこと、見たくでもない物のかぎりを見せつけられるに堪えられなくなったからである。進んでそれらのものを打破《うちこわ》そうとするよりも寧《むし》ろ退いて隠れるに如《し》くはないと思ったからである。

「上《あが》り框《がまち》の二畳を入れて僅《わずか》に四間ほどしかない古びた借家」――だが、格子戸、障子、唐紙といった建具は、「今の職人の請負仕事」を嫌って、「先頃吉原の焼ける前、廃業する芸者屋の古建具をそのままに買い取った」ものだった。作品発表の前年、一九一一年四月九日の大火で焼ける前の吉原の面影が、その家に移されているわけだ。江戸以来、「最初から明白《あからさま》に虚偽を標榜しているだけに、その中《うち》には却《かえっ》て虚偽ならざるもののある」という花柳界の姿を、荷風はこのように深く愛していた。

小石川の家と下谷の家

荷風が生まれたのは、小石川区金富町四五番地（現文京区）、一八七九年一二月のことだった。この小石川の家は、旧幕府の御家人・旗本の屋敷が売りに出されていたのを、明治新政府の官僚だった荷風の父久一郎が三軒ほどまとめて買い入れ、そのまま邸宅にしたもの。土地は四一五坪、建物は平屋七四坪の、広々とした邸宅だった。荷風が後に『狐』（一九〇九）に記すように、「小日向《こびなた》水道町の水道の水が、露草の間を野川の如《ごと》くに流れていた時分の事」だ。

『狐』には、この家で飼っていた鶏を取った狐を、大弓を携えた父親を先頭に、一家の男たち総出で退治したエピソードが描かれている。その後、狐退治の成功を祝うために、鶏をつぶして酒盛りする人々のさまを記しながら、荷風は、「眠りながら、その夜私は思った。あの人達はどうして、あんなに、狐を憎んだのであろう。鶏《とり》を殺したとて、狐を殺した人々は、狐を殺したとて、更に又、鶏《にわとり》を二羽まで殺したのだ」と書く。こうして、『狐』は、「私はすこしく書物を読むようになるが早いか、世に裁判と云い、懲罰と云うものの意味を疑うようになったのも、或《ある》いは遠い昔の狐退治。それらの記念が知らず知らずの原因になっていたのかも知れない」と結ばれることになる。「裁判」や「懲罰」へのラディカルな問いかけ――荷風の鋭い社会批判の原点が、小石川の家での体験として物語られているわけである。

小石川の家で成長した荷風だが、四歳の頃、しばらく母恆《つね》の実家、鷲津《わしづ》家に預けられて

いたことも見逃せない。下谷区竹町四番地（現台東区）にあったこの家のことを、荷風は『下谷《したや》の家』（一九一二）で追憶している。

封建時代の貴族的趣味は実際この古びた下谷の家の到るところの隅々にまで其《そ》の面影を留めていた。私が今日武士《さむらい》の家庭のさまを想像する場合には、必ず下谷の家の冠木門《かぶきもん》と、その奥に立っている敷台付《しきだいつき》の玄関と、そしてその骨を黒く塗った二枚立の障子と、一面に桔梗《ききょう》の定紋を紺色に染出した白い紙壁と、長押《なげし》に掛けた蒔絵《まきえ》の鞘《さや》の雉刀《なぎなた》と三間程の長い槍《やり》とを眼に浮べる。

母方の祖父鷲津毅堂《きどう》は、久一郎の師でもあった尾張藩の儒者・漢詩人で、荷風が鷲津家に預けられる前年、一八八二年に亡くなっていた。だが、祖母美代の口から聞かされた「下谷の祖父様《おじいさま》」の話は、荷風に「何物か目に見えない或物の感化」を与えた。美代が語った「その当時『勤王の志士』と称された若い人達と新しい思想を交換した種々なる冒険迫害反抗の逸話」をとおして――。

荷風自身、「生れた家の樹と土との外《ほか》に、私が知り初めた世界の現象の凡《すべ》ては、実に生れた小石川の家と、下谷の家との間を屢々《しばしば》往来した途中の風景である」と言うように、下谷の家と小石川の家という二つの場所から、荷風の文学と生き方は形作られていったのである。

断腸亭からのまなざし

近代日本の日記文学の名作のひとつ『断腸亭日乗』。荷風が自宅を「断腸亭」と名づけたのは、一九一六年五月、三六歳の時だった。

それ以前、父久一郎が一八九三年に小石川の家を売り払ってから、荷風は家族とともに麹《こうじ》町区飯田町三丁目黐《もち》ノ木坂下（現千代田区）の借家や、同区一番町四二番地の二松学舎の裏手にある借家に住み、一時は久一郎が日本郵船上海支店支配人となったのに伴って上海で暮らしたこともあったが、横浜支店長に転任した久一郎が一九〇二年に牛込《うしごめ》区余丁町《よちょうまち》七九番地（現新宿区）の家を買うと、それ以来荷風もその余丁町の家で暮らすことになった。敷地約一千坪、建坪二四〇坪余の広大な邸宅である。

荷風は余丁町転居の翌年アメリカに留学、後にフランスにも渡り、短編集『あめりか物語』（一九〇八）と『ふらんす物語』（一九〇九）に結晶する欧米体験を得て、一九〇八年に帰国。その後の荷風には、父の死と自身の二度にわたる結婚・離婚という波乱が待っていた。一九一四年、芸妓《げいぎ》八重（金子ヤイ）との再婚の際には、余丁町で同居する弟威三郎とのあい

だに感情的な対立があり、敷地内に垣を作り、門を別々に構えたりしている。一九一五年から一六年にかけて、荷風は余丁町の家を出、京橋区築地（現中央区）、同じく宗十郎町、浅草区旅籠町《はたご》（現台東区）を転々とするが、一六年五月に余丁町に戻り、かねてその敷地内に新築してあった小庵に命名したのが断腸亭だった。

断腸亭の名は、その頃胃腸の調子が優れなかったことから付けられたものだが、庭に植えた断腸花、すなわち秋海棠《しゅうかいどう》を荷風が好んだことにもよる。新築の小庵は六畳敷で、玄関のほかに庭からも一間二枚の障子を開けて上がれる造り。上質の根岸土の壁に、骨細、腰なしの障子、天井は葭簀《よしず》を張って裏から漆喰《しっくい》を流し、窓に沿って屋根裏が見えるようになっていた。

断腸亭命名の翌年、一九一七年の九月一六日に、荷風はそれまで途絶えていた日記を再開する。死に至るまで四〇年以上にわたって記し続ける『断腸亭日乗』の書き出しである。「九月十六日、秋雨連日さながら梅雨の如し。夜壁上の書幅を掛《か》け替ふ。」――『断腸亭日乗』には、小説『おかめ笹』（一九一八）執筆のかたわら、三味線を稽古し、句会に出席し、秋から冬へ移る庭の草花を愛《め》でる荷風の生活の姿がある。

その一方で荷風は、年末の一二月二八日、前年からともに雑誌『文明』を出していた籾《もみ》山《やま》書店主の籾山庭後（仁三郎）主催の宴会への誘いを断ったことを、激しい調子で記している。同誌を自由な作品発表の場にしたかった荷風は、籾山が経営者として徐々に売り上げを気にし始めたことに反発したのだ。それより前、一二月一七日の記事には、バルザックの小説『幻滅《イリュージョンペリュディ》』——主人公リュシアンが文学的才能を持ちながら、無定見なジャーナリストに転落してゆく物語——を読んだことも記されているが、荷風は断腸亭で江戸趣味の世界に親しみながらも、ジャーナリズムとの関係のなかで文学が商品化されてゆく現実の力学にも、厳しい批判の目を向けていたのである。

偏奇館での隠棲から、玉の井の「迷宮」へ

一九一八年、荷風は余丁町の邸宅を売り渡して築地二丁目三〇番地に移るが、翌一九年には新たに麻布区市兵衛町一丁目六番地（現港区）に土地を借り、二〇年五月二三日にはその地に新築した二階建ての洋館に移り住んだ。以降、一九四五年まで住むことになる「偏《へん》奇館《きかん》」である。ちなみに、その名はペンキ塗りの洋館をもじったものだった。

『偏奇館漫録』（一九二〇～二一）の冒頭で、荷風はこの新築の家について語っている。——障子襖《ふすま》のかわりに扉、雨戸のかわりにガラス張りの窓、畳のかわりに椅子を用いる洋館は、日本家屋に比べて「甚だ独居に便」、つまり一人暮らしに便利だ。門を出ると一度下ってまた上る小路を歩いて、初めて表の道路に達するので、自動車で直《じか》に乗り付けられるおそ

れがないのが好い。近隣一帯が同じ番地なのも、うるさい訪問記者を惑わすのに好い。偏奇館はわずかに二十坪で庭も狭いが、崖上に立っているので見晴らしがよく、崖の竹林や崖下の人家の庭樹も眺められる。「偏奇館　徐《おもむろ》に病を養ひ書を読むによし。怨《うら》むらくは唯少《ただしょう》婢《ひ》の珈琲を煮《に》るに巧なるもののなきを。」――荷風にとって偏奇館は、しずかに療養し、読書を楽しむには格好の場所だった。ただコーヒーをうまく淹《い》れられる女中がいないのが残念だったけれども。

　この偏奇館から、荷風は東京のさまざまな土地に赴いたが、その散策から生まれた代表作が『濹東綺譚《ぼくとうきだん》』（一九三七）だ。向島区寺島町の私娼《ししょう》街、玉の井に通う「わたくし」自らの筆をとおして、ヒロインお雪との関係が語られる物語。そのなかに「小説をつくる時、わたくしの最も興を催すのは、作中人物の生活及び事件が展開する場所の選択と、その描写とである」とあるように、荷風は繰り返し玉の井周辺を訪れて作品の準備に当たった。『断腸亭日乗』一九三六年五月一六日の条に、荷風は「玉の井見物の記」を記し、詳しい玉の井の地図を描いている。「魔窟路地ノ内ハ迷宮ニテ地図作リ難シ」という「迷宮」の世界、「路地ニハぬけられますトカキタル灯ヲ出」し、その路地口には案内を兼ねたおでん屋が多くあった。

　さらに九月七日、荷風は玉の井の女の家の間取りを記す。女が他の客と外出した留守番

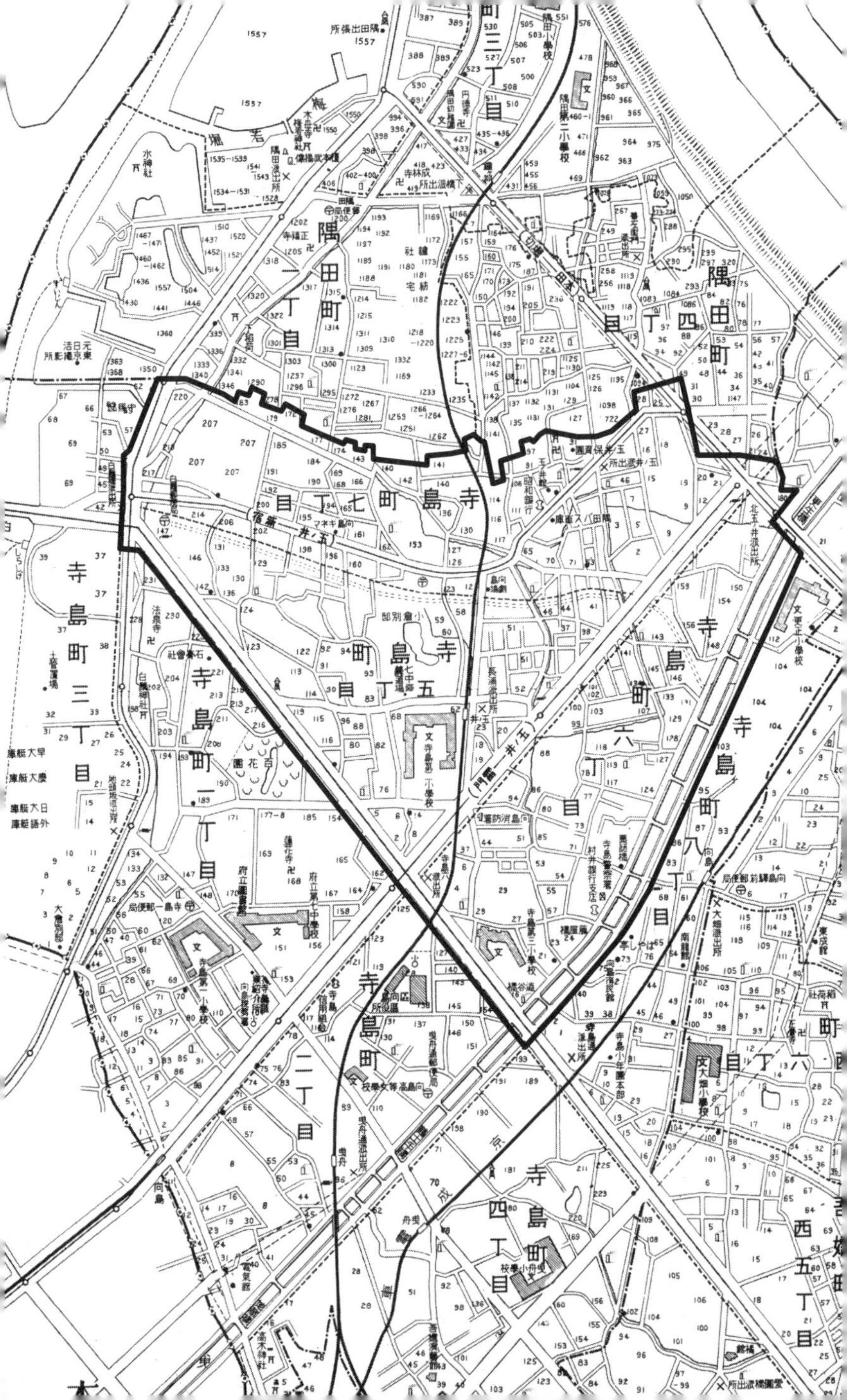

寺島町七丁目
寺島町五丁目
寺島町六丁目
寺島町八丁目
寺島町三丁目
寺島町一丁目
寺島町二丁目
寺島町四丁目
隅田町一丁目
隅田町四丁目
百花園
寺島第一小學校
寺島第二小學校
寺島第三小學校
大畑小學校
向島消防署
寺島警察署
鐘紡社宅
玉ノ井派出所
早大艇庫

のあいだに写し取ったものだ。路に面して、女の張店《はりみせ》、洗面所、便所。格子の上がり口を入ると、中仕切りを隔てて、箪笥《たんす》、茶箪笥、三味線の箱に長火鉢を置いた茶の間。梯子段《はしごだん》を上がった二階は、机を置いた引付の間に、ベッドの間、夜具棚のある四畳半の畳の間。このように、玉の井の女たちの生活の場を丹念に記録するところから、あの『濹東綺譚』の世界が生まれてきたわけである。

その後、一九四五年三月九日、東京大空襲で偏奇館は焼失。荷風は『断腸亭日乗』と未発表草稿を持ち出して、偏奇館の炎上するさまを見届けた。戦後、市川に居を構えた荷風は、死の直前まで浅草に通い、『断腸亭日乗』を記し続けた。晩年の日記に並ぶ「正午浅草」の文字――そこには、戦後の荷風ブームの喧騒のなかで、自らの夢を現実に生きようとした荷風の生涯にわたる冒険が、静かに収束する姿があった。

右　1940年代の向島区(「大東京三十五区内 向島区」1941年、提供：こちずライブラリ)。玉の井は、寺島町5〜7丁目(太線内)の私娼街。

【出典・参考】

『荷風全集(第二次)』全三〇巻・別巻一、岩波書店、二〇〇九年九月〜二〇一一年一一月
中島国彦編『新潮日本文学アルバム23　永井荷風』新潮社、一九八五年九月
持田叙子『荷風へ、ようこそ』慶應義塾大学出版会、二〇〇九年四月
秋庭太郎『考証永井荷風　上・下』岩波現代文庫、二〇一〇年五月
柏木博『日記で読む文豪の部屋』白水社、二〇一四年三月
多田蔵人『永井荷風』東京大学出版会、二〇一七年三月

No.19

Naoya Shiga

志賀直哉の住宅事情

「実用」を極めた先にある居心地よい家

一八八三年宮城県石巻町生まれ、東京麹町育ち。東京帝国大学（現東大）中退。武者小路実篤らと同人雑誌『白樺』を創刊。「小説の神様」と称され、作家たちの尊敬を集めた。代表作に『城の崎にて』『和解』『暗夜行路』など。一九七一年没。

独り自分を見つめた長屋

「必要なことだけを単純化して、美しいところを備えていれば、居心地よい家になる」（『住宅に就いて』）。志賀直哉の住宅観がうかがえるこの文章で強調されるのは「必要」という言葉である。「本統の意味の面白さ」は「必然さ」のなかに宿る。こうした住宅へのこだわりをもつ志賀は自らもたびたび自宅の設計に携わった。「転居二十三回」というその住宅事情はいかなるものだったのか。

志賀直哉は一八八三年に生まれ、幼少期は祖父母と同居している。祖父直道は相馬家の家令を務め住居も旧藩邸内にあった。父直温《なおはる》も実業界で重きをなし、九七年には麻布三河台町の一二〇〇坪の邸《やしき》へ移っている。二九歳の時に父との不和から家を出た志賀は京都に滞在した後、尾道《おのみち》市土堂《つちどう》町の棟割長屋に居を定める。この部屋は六畳と三畳のみで家賃は二円五〇銭だった。たてつけが悪く、畳と畳の間から風が吹き上げてくるので隙間に雑誌を押し込んで防いだという。寒がりで風邪をひきやすかった志賀はどこからでも風が吹き込むこの家に苦しみ、ガスストーブを焚《た》きに焚いた。尾道中で二番目にガスを使ったと聞かされてそれからは少し気をつけたらしい。

尾道に住んでいた期間はそれほど長くはなかったが、代表作『暗夜行路』の前身である『時任謙作』に着手している。ここでの体験は『暗夜行路』における尾道の叙景に生かされた。

景色はいい処《ところ》だった。寝ころんでいて色々な物が見えた。前の島に造船所がある。其処《そこ》で朝からカーンカーンと鉄鎚《てっつい》を響かせて居る。同じ島の左手の山の中腹に石切り場があっ

て、松林の中で石切人足が絶えず唄を歌いながら石を切り出している。其声は市の遥か高い処を通って直接彼のいる処に聴えて来た。

夕方、伸び伸びした心持で、狭い濡縁《ぬれえん》へ腰かけて居ると、下の方の商家の屋根の物干しで、沈みかけた太陽の方を向いて子供が棍棒《こんぼう》を振って居るのが小さく見える。其上を白い鳩《はと》が五六羽忙しそうに飛び廻って居る。そして陽を受けた羽根が桃色にキラキラと光る。六時になると上の千光寺で刻《とき》の鐘をつく。ゴーンとなると直《す》ぐゴーンと反響が一つ、又一つ、又一つ、それが遠くから帰って来る。其頃から、昼間は向い島の山と山との間に一寸《ちょっと》頭を見せている百貫島の燈台が光り出す。それはピカリと光って又消える。造船所の銅を熔《と》かしたような火が水に映り出す。

（『暗夜行路　前編』）

尾道時代は何しろ淋《さび》しかったと述懐する志賀だが、その後移った松江では里見弴《とん》がいたため淋しくはなかったようである。さらに京都に移り、武者小路実篤の従妹《いとこ》である勘解由《かでの》小路康子《こうじさだこ》と結婚した。ただ、志賀の父はこの結婚に不同意で、康子が神経衰弱となり、鎌倉、さらに赤城山へと移る。

この赤城では三〇円でできた山小屋に住んでいる。サルスベリ、楢《なら》、白樺等の木を、ナタと鋸《のこぎり》と鉄鎚《かなづち》だけで加工してできた六畳と三畳のみの家を、志賀は気に入っていたようだ。

ここでの暮らしは気楽な生活だったようで、康子も神経衰弱から回復した。「仮屋にはちがいないがその割りに本式で且《か》つ実用的で風雅なものになりそうだ」（一九一五年六月二日里見弴宛て書簡）と、やはり「実用」が「風雅」につながる家が理想だったのである。

白樺派が集まる手賀沼畔の街

先の書簡で志賀は、自らを「家」にたとえていて興味深い。「僕は家を建てるように僕自身を建てる事には興味を失ってはいない。僕は自分を見かけの悪い家だと思っている。勝手も下手に出来た家だと思っている。然《しか》し、勝手のいい見かけ倒しの安普請を見ると自分の方がいい家だと思う。文学者や画《え》かきには安ぶしんの人間が多い」。ここには、見かけではない部分を重んじる一貫した姿勢と、今後の仕事への気概がうかがえる。冬になる前に赤城からは離れた志賀は、この言葉どおり、次に住む我孫子《あびこ》で後世に残る作品を次々に発表していくこととなる。

かつてともに『白樺』に集った柳宗悦《やなぎむねよし》にいい売家があるから買わないかと誘われた志賀は、一九一五年、千葉県我孫子弁天山に転居する。岡の中段にある二五、六坪の茅葺《かやぶ》きの家だったが、ここに書斎を建て増しするなど、初めて自分で家を建てることになった。造りは日本風ながら椅子を使うというもので、志賀自身も写真の沢山《たくさん》入った建築の本などを買って来て毎日現場で指図したという。我孫子では旺盛な執筆活動を展開しており、『暗夜行路』が書きすすめられるとともに、『城の崎にて』、『和解』、『小僧の神様』などの代表作が発表された。「小説の神様」という呼称はこの『小僧の神様』に由来する。

さらに、志賀は医者に胸が悪いと診断された武者小路も我孫子に誘った。志賀が買っていた土地に住んだ武者小路は、毎日来て夕方まで話していったという。父との和解を材料にした『和解』を書き上げた時も来ており、「武者に見せたら、讃《ほ》めてくれた。私は自分は読まずに、〆切日でもあったし其儘《そのまま》雑誌社へ送った」（『続創作余談』）というところにも武者小路との信頼関係がうかがえる。

武者小路や柳のほか、瀧井孝作、中勘助、柳の邸内に仕事場があったバーナード・リーチなども近隣に居た。「我孫子日誌」という副題をもつ『雪の日』には、柳の家から自宅へ帰る際の景色が描かれている。「雪は降って降っている。書斎から細い急な坂をおりて、田圃路《たんぼみち》に出る。沼の方は一帯に薄墨ではいたようになって、何時《いつ》も見えて居る対岸が全く見えない。沼べりの枯葭《かれよし》が穂に雪を頂いて、その薄墨の背景からクッキリと浮き出して居る。その葭の間に、雪の積った細長い沼船が乗捨ててある。本統に絵のようだ」（『雪の日』）。この情景の後は、「自家では妻と四つになる留女子《るめこ》とが待って居た」と続く。我孫子時代

には長女慧子《さとこ》や長男直康の死という悲しみもあったが、父とも和解し友や家族に囲まれながら、三二歳から四〇歳までをこの地で過ごした。

平穏な奈良から戦中の東京へ

我孫子の後、京都の粟田口《あわたぐち》、山科《やましな》、奈良の幸町と移り、さらに、平面図だけを自ら作って立体の方は一切大工に任せたという上高畑の家を新築する。この家でついに大作『暗夜行路』を完成させるのである。そして、この作品の最後を書いているときに来ていたのも武者小路だった。「早起きの武者は私の家内に『志賀は未だ起きない？』と何度も訊《き》くそうだ。或時《あるとき》などは私の寝ている暗い部屋へ入って来て、懐手をして蒲団《ふとん》のわきに立ち、『おい。おい。』と眠っている私をおこす。然し『和解』の場合でも『暗夜行路』の場合でも武者に邪魔（?）されていた仕事は不思議に出来栄えがいい」（『続創作余談』）。

志賀には武者小路をはじめ多くの来客があったが、その住まいは「何所《どこ》までも自分たちの住む所で、客に見せる為《ため》のものではないということに徹したい」（『衣食住』）と考えていた。客が来てもほとんど客間には通さず、すぐに自分のいる居間兼食堂に通したという。そうした飾らない志賀を慕って、奈良には昔からの友人以外の人々も数多く来訪した。

旧制八高（現名古屋大学）生だった藤枝静男は同級生で後の文芸評論家である平野謙、本多秋五とともに奈良公園にテントを張り、志賀を訪ねている。その時に志賀は、いつか原始生活をやってみようと思っている、赤城の経験で大体の様子はわかっているからうまくいくと語ったという。やはり、赤城での生活は志賀にとって印象的なものだったようだ。

三一年一一月には以前から手紙のやりとりがあった小林多喜二が来訪している。多喜二とは康子や子供たちとともに遊びに行ったらしく、実際に会った印象を志賀は「音無しい男」（一九三一年一一月六日網野菊宛て書簡）と評している。小林多喜二からの葉書には、世話になったお礼とともに、「又何時か是非沢山の話題を持って、お会い出来る日を待っております」（一一月九日）と書かれているが、その「何時か」が訪れることはなかった。三三年二月二〇日、多喜二が拷問死した日は、志賀の五〇歳の誕生日でもあった。

上高畑には九年間住んだが、三八年、息子の直吉の教育のため東京へ戻る。まずは淀橋区諏訪《すわ》町（現在の高田馬場近辺）の家を借りるがこれは風が吹き抜けるよくない家だったようで、四〇年、世田谷区新町二―三七〇に移った。この家の書斎は二階の南向きの一〇畳で、冬でも天気のいい日は陽が差し込み、火鉢がいらないような部屋だったが、志賀にとって南向きの書斎は珍しかった。「若い頃は書斎は北向きが好きだった。明る過ぎると、気が散るので、机の上だけ明るく、ほかは薄暗いというような窓の小さい部屋が好きで、我孫子

でも奈良でもそういう書斎を作ったが、年のせいで、今はさむざむした書斎は厭《いや》になった。奈良でも仕舞いには二階の南向きの六畳を書斎にし、北向きの書斎は夏だけしか使わなかった」（『私の書斎』）。書斎の好みも変わり、志賀は晩年に差しかかりつつあった。

名建築家・谷口吉郎設計の家と晩年

世田谷新町時代に交流を深めたのが、同じく世田谷に住んでいた広津和郎《ひろつかずお》である。戦中には会うたびに戦争の悪口を言いあうなかで親しくなっていった。後年、志賀は「本当に広津君はいい人だったな。晩年の友だちとしていちばん近かったね」、「齢とるほどだんだん広津君好きになったな」（『広津和郎氏の思い出』）と振り返っている。

戦後志賀は熱海大洞台《おおぼらだい》に住むが、この転居のきっかけも広津である。熱海に移っていた広津を訪ねた際、街に煌々《こうこう》と電気がついているのを見て、熱海に住む気になったという。五〇年代初頭、広津は松川裁判の被告たちを救援する仕事に取り組み始め、人の顔さえ見ればこの話をするというほど打ち込んでいく。一方、一九五三年に七〇歳となった志賀だったが、大洞台の家は急な坂の上にあり、六歳年下の康子夫人ともども坂の登り降りが辛《つら》くなってきていた。

五五年、終《つい》の棲家《すみか》となる東京都渋谷区常盤松《ときわまつ》四〇に転居する。我孫子や上高畑では自ら設計に関わった志賀だったが、この家の設計は建築家谷口吉郎に任せた。谷口は藤村記念堂、帝国劇場、東京国立近代美術館などの設計者として今日も知られる。一階は一五畳の居間兼食堂兼客間や八畳の日本間、二階は書斎、寝室、娘の居間などであったが、デザインの行きすぎを戒め、何とかすっきりと仕上げたいと考えた谷口の設計は志賀の住宅観とも合致したようだ。

この家の第一の見どころは門から玄関までの細長い通路である。これが能舞台の「橋がかり」のようになって敷地に奥深い感じを添え、さらに玄関との間に土庇《つちびさし》を設け、大谷《おおや》の塀《へい》で隣地との境界をさえぎることで、空間的な「ゆとり」が生じているという。この家の「序章」のような効果をもたらすこの小路を志賀は「大変効果的で、素人には到底考えつかないことだと思った」(『今度のすまひ』)と絶賛している。庭は谷口と美術史家の北川桃雄の共同設計で龍安寺の石庭を連想させるような石と砂利を多く使ったものだった。

この家でも、広津和郎との交流は続いた。松川裁判の援護のため志賀は何度もカンパをしており、広津和郎によると「二万円の前に、一万円宛二回出して頂いています」(一九五六年九月二六日志賀直哉宛て書簡)とのことである。公務員の初任給が九二〇〇円(一九五七年)という時代だから、かなりの額を何度も寄付していることがわかる。もちろん、金銭面だけで

なく、『中央公論』の松川裁判特集で巻頭言を書くなど文筆による協力もあったが、その中で強調されているのは裁判への疑問というよりも広津への信頼であった。「広津君が四年半も調書を検討していて、少しでも被告側に臭い所があれば、それを見落すような人では決してない。しかも、そういう点で疑問を持てば、それに頰被《ほおかぶ》りをして、あのようなものを書き続けられる人では絶対にない。私はそれだけでも広津君の書いていることは間違いないと信じている」(『立派な仕事』)。志賀は広津和郎の眼を信じたのだった。

後年、志賀は「『徳不孤』という言葉があるが、広津君はそういう徳をもっていた人なんだね」(『広津和郎氏の思い出』)と振り返っている。そして、この「徳は孤ならず」という言葉はまた、多くの人々がその住宅に集った志賀直哉自身にもあてはまるのである。

【出典・参考】
『志賀直哉全集』全二二巻、岩波書店、一九九八年一二月〜二〇〇一年三月
『志賀直哉全集別巻　志賀直哉宛書簡』岩波書店、一九七四年一二月
『網野菊全集　第三巻』講談社、一九六九年五月
『藤枝静男著作集　第一巻』講談社、一九七六年七月
『阿川弘之全集　第一五巻』新潮社、二〇〇六年一〇月
谷口吉郎「設計者の立場」(『芸術新潮』一九五五年九月)
週刊朝日編『値段の明治・大正・昭和風俗史(上・下)』朝日新聞社、一九八七年三月

No.20

Junichiro Tanizaki

谷崎潤一郎の住宅事情
転居を繰り返した家道楽

一八八六年東京市日本橋区蛎殻町（現中央区日本橋人形町）生まれ。東京帝国大学中退。在学中から異色の才が注目される。関東大震災を機に関西へ移住、作風の転換をみた。代表作に『痴人の愛』『春琴抄』『細雪』など。一九六五年没。

下町の生家と横浜の洋館

一八八六年、谷崎は「純粋に下町の江戸っ子」（『私の家系』）として東京市日本橋区蛎殻《かきがら》町に生まれた。生家は米相場の物価表の印刷販売を行う谷崎活版所を営み、後年作家という道へ進んだ理由にこの家業の影響も挙げている。阪本小学校時代には、本当の師といえるのは生涯を通じてこの人以外に一人もないと振り返る稲葉清吉先生との出会いがあった。文学への情熱を涵養《かんよう》した谷崎は東京帝大国文科へ進み、徐々に作家としての地位を確立していく。一九一五年に石川千代と結婚し、本所区向島新小梅町、小石川区原町、本郷区曙町《あけぼの》に住んだ後、気管が弱かった娘の鮎子《あゆこ》への配慮から小田原へ移り住んだ。

次の住まいから、谷崎のモダンライフが始まる。横浜市本牧《ほんもく》で住んだ家は洋館であった。この家は洋館だが和室もあり、台所やトイレなども日本風だったという。洋風生活を便利だと感じ始めていた谷崎は、台風の被害もあってさらに横浜市山手の洋館に移り住んだ。この家は「ちょっとした谷あいにある古めかしい平屋造りの洋館だった。東北を向いたヴェランダから眺めると、ホテルの方へ上って行く勾配の緩いだらだら坂に、こんもりと枝葉を広げた大木があって、その葉の繁みの間から丘の向うの赤い煉瓦《れんが》や白壁の家の見えるのが、そしてその坂路の上を時々ちらほらと西洋人の往き来するのが、何だかひどく日本離れのした光景で、遠い異郷に来ているような感じだった」(『港の人々』)という。

こうして横浜の洋館を満喫していた谷崎であったが、二三年九月一日、関東大震災で自宅を火災で失う。これを機にした関西移住が、創作においても、私生活においても大きな転機となった。

自ら設計した家と借金

関西移住後、京都、苦楽園、本山《もとやま》村北畑、岡本好文《こうぶん》園と移り住んだ谷崎は、武庫《むこ》郡岡本梅ノ谷の四五〇坪の土地と民家を買い取り、一九二八年秋、建物の西側に別棟を自身の設計で新築した。窓の戸の桟《さん》は中国風の模様彫り、西洋風のバスルームを備えるこの建物は、和・洋・中三つの様式が混交するものだったという。書斎は北向きにつくられ、冬も北向きの窓の下で仕事をしないと頭が冴《さ》えて来ないという谷崎の好みに沿ったものだった。谷崎はこの家に並々ならぬ情熱を傾けている。

私なぞも、先年身分不相応な大金を投じて家を建てた時、それに似たような経験を持っているが、細かい建具や器具の末まで気にし出したら、種々な困難に行きあたる。たとえば障子一枚にしても、趣味から云えばガラスを嵌《は》めたくないけれども、そうかと云って、徹底的に紙ばかりを使おうとすれば、採光や戸締まり等の点で差支《さしつか》えが起る。よんどころなく内側を紙貼りにして、外側をガラス張りにする。そうするためには表と裏と桟を二重にする必要があり、従って費用も嵩《かさ》むのである

（『陰翳礼讃』）

洋館を好んだ頃とは打って変わって、ガラスではなく紙という「趣味」を発揮している。この頃発表された『蓼喰《たでく》ふ虫』は伝統的な古典世界へ回帰する主人公の姿を描き、関西移住後の古典回帰として知られる作風の転換が見られるようになった。建築家の磯崎新《いそざきあらた》は『陰翳礼讃《いんえいらいさん》』について「この文章が日本の住空間内での陰翳を礼賛するあまり、（中略）日本の伝統的な座敷への郷愁をむきだしにしているのを好まない」と断りつつも、「彼の日本の建築空間の鋭い洞察と、光と影とがつくりだす美意識を発掘した点は、敬意を表さずにはいられない」（『闇の空間』）と評価している。

こだわりを重ねた岡本の住居であったが、土地に四万三〇〇〇円余、新築費用なども含めて六万円以上という費用は重くのしかかっていた。円本ブームの二七年前後、旧作をまとめた書籍が次々に刊行され、谷崎には一〇万円近い収入があったと推定されている。しかし、それでもこれらの出費を賄《まかな》うことはできなかったようだ。谷崎は二八年一〇月の時点で改造社に四万四〇〇〇円余もの借金がある。この借金は改造社版の『谷崎潤一郎全集』全一二巻の印税を前借りしたものだったが、この全集の売れ行きは予想を大幅に下回り、旧作の版権を改造社に押さえられてしまった。こうして、借金に借金を重ねながら原稿を書く生活が始まるのである。

結局、岡本の邸宅は売却するほかなくなる。理想どおりの間取りの家を建てたと思ったのも束《つか》の間、足かけ四年ほどでこの家は人手に渡ることとなった。この間、三〇年には谷崎が千代と離婚して佐藤春夫と千代が結婚し、翌年谷崎は古川丁未子《とみこ》と事実上結婚、岡本の家を出て高野山に籠っている。ただ、三三年には丁未子と離婚しており、慌ただしい私生活を送っていた。

「倚松庵」と『細雪』

一九三三年に発表された『春琴抄』は谷崎文学のひとつの到達点として知られる。同時代にも川端康成、正宗《まさむね》白鳥、小林秀雄らが絶賛し、掲載号の雑誌は二、三か月後になっても注文が入るというほどの反響を起こした。

佐助は現実の春琴を以て観念の春琴を喚《よ》び起す媒介としたのであるから対等の関係になることを避けて主従の礼儀を守ったのみならず前よりも一層己れを卑下し奉公の誠を尽して少しでも早く春琴が不幸を忘れ去り昔の自信を取り戻すように努め、今も昔の如く薄給に甘んじ下男同様の粗衣粗食を受け収入の全額を挙げて春琴の用に供したその他経済を切り

詰めるため奉公人の数を減らし色々の点で節約したけれ共彼女の慰安には何一つ遺漏のないようにした故に盲目になってからの彼の労苦は以前に倍加した。

（『春琴抄』）

作中の春琴と佐助の主従関係には、三一年頃からの根津松子との恋愛関係が反映している。谷崎から松子に宛てた「誓約書」には「私事一生の願を叶て頂き候上ハ永久に御高恩を不忘御寮人様の忠僕として御奉公申上げ主従の分を守り候」（一九三三年五月二〇日根津松子宛て書簡）と「主従」の文言がある。谷崎は、松子の妹の重子にも「一生身命を捧げて奉仕致すに足るような貴き御方を得て、その御方の支配に任せ、法律上ハ夫婦でも実際は主従の関係を結ぶことだと考えて居ります、私は、昔より御寮人様を崇拝いたして居りましたけれども唯《ただ》の一度も自分を対等に考えたことはございません、考えられないのでございます」（一九三三年一二月六日森田重子宛て書簡）と、松子（御寮人様）との主従関係を解説してみせていた。

三四年に刊行された『新版春琴抄』が売れ、同年の『文章読本』もベストセラーとなったことで経済的に一息つくことができた谷崎は、翌年松子と結婚する。三六年からは『源氏物語』の現代語訳に取り組むこととなり、それに専念するという意味もあって同年一一月に武庫郡住吉村反高林《たんたかばやし》一八七六へ転居した。この家の「倚松庵《いしょうあん》」という名は松子夫人に由来する。そして、現代語訳完結後に取り組んだのが『細雪《ささめゆき》』である。ここには松子夫人ら森田家四姉妹をモデルとした人物も登場し、倚松庵における生活が踏まえられている。

いったい此の家は大部分が日本間で、洋間と云うのは、食堂と応接間と二た間つづきになった部屋があるだけであったが、家族は自分達が団欒《まどい》をするのにも、来客に接するのにも洋間を使い、一日の大部分をそこで過すようにしていた。それに応接間の方には、ピアノやラジオ蓄音器があり、冬は煖炉《だんろ》に薪《たきぎ》を燃やすようにしてあったので、寒い時分になると一層皆が其方《そちら》にばかり集ってしまい、自然そこが一番賑《にぎや》かであるところから、悦子も、階下に来客が立て込む時とか、病気で臥る時とかの外は、夜でなければめったに二階の自分の部屋へは上って行かないで、洋間で暮した。

（『細雪』上巻）

ただ、戦時下における『細雪』の執筆は困難をきわめた。作中の華やかな生活が陸軍省報道部将校の忌諱《きい》に触れ、「時局にそわぬ」という理由で『中央公論』では掲載中止となる。それでも谷崎は書くことを止めず、私家版として『細雪』上巻二〇〇部を自費出版し知己朋友《ほうゆう》に配った。これがまた当局を刺激し、兵庫県庁の刑事の来訪を受けた。谷崎は敗戦を疎開先の岡山県津山で迎えるが、嶋中雄作宛て書簡には「ここにて越冬の覚悟をきめ『細雪』の完結に全力をそそぐつもりに候」（一九四五年九月二三日）という決意が述べられている。「拝

啓　とうとう平和が参り候」から始まるこの手紙には、自由な創作活動ができる時代が到来した喜びがあらわれている。

「潺湲亭」・「雪後庵」・「湘碧山房」

戦後の谷崎がまず居住地として選んだのは京都であった。その中でも特筆すべきは左京区下鴨泉川町五番地の「潺湲亭《せんかんてい》」である（この前に住んだ南禅寺下河原の家も潺湲亭と呼ばれており、区別するため「後の潺湲亭」とも言われる）。その生涯で幾度も転居を繰り返した谷崎がもっとも気に入っていたのがこの下鴨の潺湲亭であった。『夢の浮橋』に描かれた「五位庵」は後の潺湲亭がそのままに写されたものである。「五位庵の場所は、糺《ただす》の森を西から東へ横切ったところにある。下鴨神社の社殿を左に見て、森の中の小径《こみち》を少し行くと、小川にかけた幅の狭い石の橋があって、それを渡れば五位庵の門の前に出る」とあるように、下鴨神社のすぐ横に潺湲亭はあった。その内部は次のように描かれている。

表玄関の、三畳の襖《ふすま》を開けると八畳の間があり、その奥に十二畳の座敷があって、そこが一番の広間であった。そこはやや御殿風に造られていて、東から南へ縁が廻《めぐ》らしてあり、

欄干は勾欄《こうらん》風になっていた。南側はわざと日の光りを避け、棚を池の面の方へさしかけてあって、野木瓜《むべ》の葉が一ぱいに繁ってい、池の水がその葉の下を潜りつつ勾欄の際まで寄せていた。欄にもたれて眺めると、池の向うの木深いところから滝が落ち、春は八重山吹、秋は秋海棠《しゅうかいどう》の下を通って、暫《しばら》くの間せせらぎとなって池に落ちる。

（『夢の浮橋』）

この住宅のほか、京都の美食を好んだこともあって一度はこの地を永住の地と定めたというが、血圧は二〇〇を超え、高血圧によるめまい、手のしびれが年々悪化していた。谷崎は京都の寒さを避け、冬は熱海で過ごすようになる。五〇年に熱海市仲田八〇五（前の雪後庵）に別荘を購入しており、五四年には熱海市伊豆山鳴沢《いずさんなるさわ》（後の雪後庵）へ転居した。「雪後庵」という名前は『細雪』に由来する。ここは錦ヶ浦、網代《あじろ》、川奈をはじめ七つの浦々を望み、天城連峰、大室山、初島、大島等を眺めるという景勝の地であった。転居の理由は避寒であったが、夏に海から吹き込む風も気持ちがよく、よく午睡を楽しんだという。後の雪後庵での日々は、高血圧に悩まされた谷崎が老後においてもっとも健康だった時代であり、久々の創作となる『鍵』などが書かれた。

心臓発作を予防するために全家屋に冷暖房を完備した家を望んだ谷崎は雪後庵を人に譲り、六四年、湯河原町吉浜に家を新築、転居する。この家は「湘碧山房《しょうへきさんぼう》」と名づけられた。

最初に依頼した建築家は『陰翳礼讃』を繰り返し読み、その要諦を踏まえた図面を出したというが、松子夫人によれば、その頃の谷崎は昔とは異なる要望を持っていた。書斎は北側ではなく、南の窓から陽が充分に射す方がよいと希望したという。蜜柑《みかん》畑の中に建ち、相模湾が視界いっぱいに広がるこの家が、谷崎の終《つい》の棲家《すみか》となる。翌六五年、誕生日の晩《ばん》餐《さん》を楽しんだ後、最後までその住居にこだわりを持ち続けた生涯を閉じた。

【出典・参考】

『谷崎潤一郎全集』全二六巻、中央公論新社、二〇一五年五月～二〇一七年六月
谷崎松子『湘竹居追想』中央公論社、一九八六年一〇月
水上勉、千葉俊二『増補改訂版　谷崎先生の書簡』中央公論新社、二〇〇八年五月
千葉俊二編『谷崎潤一郎の恋文』中央公論新社、二〇一五年一月
千葉俊二「谷崎潤一郎『夢の浮橋』草稿の研究―その二「五位庵」の位相」（『早稲田大学教育学部学術研究国語国文学編』二〇〇三年二月）
野村尚吾『伝記　谷崎潤一郎』六興出版、一九七二年五月
たつみ都志『谷崎潤一郎・「関西」の衝撃』和泉書院、一九九二年一一月
明里千章『谷崎潤一郎　自己劇化の文学』和泉書院、二〇〇一年六月
磯崎新『磯崎新建築論集3　手法論の射程』岩波書店、二〇一三年四月

No.21

Ryunosuke Akutagawa

芥川龍之介の住宅事情
激動する時代の流れに臨む書斎

一八九二年東京市京橋区入船町（現中央区明石町）生まれ。小説家。東京帝国大学（現東大）卒。一九一六年、菊池寛らと雑誌『新思潮』を創刊し、『鼻』が漱石に激賞される。代表作に『羅生門』『地獄変』『河童』『或阿呆の一生』。一九二七年没。

下町の「文学好きの家庭」にて

芥川龍之介は、その住まいをとおして、絶えず時代の流れに向き合い続けた文豪だった。

下町の家で江戸趣味に親しんだ子供時代から、文化人たちの避暑地軽井沢で社会主義文献に取り組んだ晩年、そして大正から昭和へと激動する時代に対する「ぼんやりした不安」の中、自宅の書斎で自ら死を選んだ最期まで――。

文豪は、一八九二年、父新原敏三《にいはらとしぞう》と母フクの長男として、東京市京橋区入船町八丁目一番地（現中央区）に生まれた。だが、生後八か月の頃、母フクが突然、発狂した。そのため、龍之介は、フクの兄芥川道章《どうしょう》の家に引き取られることになった。道章と妻トモのあいだには子供がおらず、道章の妹フキが同居して人手もあったので、龍之介を育てるにはふさわしい環境だった。

道章の家は、江戸情緒を色濃く残す下町、本所区小泉町一五番地（現墨田区）にあった。芥川家は代々、江戸城内の茶室を管理し、将軍や大名たちを茶の湯で接待した奥坊主の家系。江戸時代の本所小泉町付近の地図にも、芥川家の記載がある。さらに、道章の妻トモは、細木香以《さいきこうい》の姪《めい》だった。香以は幕末の人で、新橋山城町で酒屋を営んでいたが、俳句や狂歌、書といった多彩な趣味を嗜《たしな》み、遊郭でも名の知れた大の通人だった。この香以の生涯には森鷗外も関心を寄せ、史伝『細木香以』（一九一七）を著している。これをきっかけに芥川は鷗外を訪ね、細木の読みは「ほそき」ではなく「さいき」だと知らせたり、香以の辞世の句を伝えたりした。

一八歳の時に新宿へ一家で引っ越すまで、芥川はこの本所小泉町の家で暮らした。その家庭の雰囲気を、芥川は後に『文学好きの家庭から』（一九一八）に記している。「文学をやる事は、誰も全然反対しませんでした。父母をはじめ伯母もかなり文学好きだからです。その代り実業家になるとか、工学士になるとか云ったらかえって反対されたかも知れません。」――こうした空気の中で、少年時代の芥川は、江戸以来の大衆的な絵入り小説本、草双紙に親しみ始め、徐々に滝沢馬琴、式亭三馬、近松門左衛門といった江戸の作家たちを本格的に読みこなすようになる。

こうした読書の一方、近所の遊び場も、江戸情緒を感じさせるものだった。小学生時代の芥川は、両国の回向院《えこういん》の境内でよく遊んだ。友達と石塔を倒す悪戯をして怒られたりもしたが、その墓地には、江戸の戯作者《げさくしゃ》山東京伝の墓や、有名な鼠小僧治郎吉の墓があった。また、身体の弱かった芥川少年が水泳を練習したのは、隅田川の下流、いわゆる大川端のあたりだった。芥川は、随筆『大川の水』（一九一四）で「大川の水の色、大川の水のひびきは、わが愛する『東京』の色であり、声でなければならない」と言っている。「自分は大川あるが故に、『東京』を愛し、『東京』あるが故に、生活を愛するのである」。

下町情緒豊かな大川の流れに臨む本所両国付近。その中でも、とりわけ深く江戸の教養を伝える「文学好きの家庭」芥川家。――そこにこそ、後の文豪の原風景があったのだ。

流行作家の書斎「我鬼窟」

一九一〇年、芥川が東京府立第三中学を卒業して第一高等学校（一高）に入学した年の秋、一家は新宿二丁目七一番地に転居した。芥川の実父新原敏三が支配人を務める牛乳販売業者、耕牧舎の経営する牧場の一角である。二年生になると、芥川は本郷の一高の寄宿舎に入るが、バンカラ風の寮生活が肌に合わず、一年間で退寮している。一九一三年、芥川は東京帝国大学英文学科に進学し、翌年には仲間と同人雑誌『新思潮』を創刊する。その秋に一家が引っ越したのが、北豊島郡滝野川町字田端四三五番地（現北区田端一－一九－一八）の新築の家だ。この家が、文豪終生の住まいとなる。

芥川は、大学を卒業した一九一六年から一九一九年まで、横須賀の海軍機関学校の英語教師を務めていた。この時期の芥川は、初め鎌倉の洗濯店の離れを借りていたが、後に勤務地により近い横須賀の下宿に移っている。一九一八年に塚本文《ふみ》と結婚すると、あらためて鎌倉大町字辻の小山別荘内に新居を定める。しかし、執筆活動に専念するため機関学校を退職した一九一九年には、再び芥川は妻とともに養父母のいる田端の家に戻る。以降、旅行や療養中の旅館やホテルでの生活を除いて、芥川はこの田端の家に住み続けることになった。
この頃、芥川は田端の家の書斎を「我鬼窟」と名づけた。「我鬼」は芥川の雅号で、自我の鬼、エゴを意味する。エゴというテーマは、『羅生門』（一九一五）以来、芥川の多くの小説の底を流れているものだ。このとき、芥川は、一高時代の恩師菅《すが》虎雄に揮毫《きごう》を頼んだ「我鬼窟」の額を書斎に掲げた。菅の本業はドイツ語学者だが、白雲の雅号をもつ書家でもあった。芥川の第一短編集『羅生門』（一九一七）の題字も、菅によるものである。

我鬼窟時代の芥川は、すでに文壇の流行作家になっていた。面会日の日曜になると、小島政二郎、佐佐木茂索、瀧井孝作、南部修太郎といった後進の作家たちが、芥川の家に集まってきた。多忙で来客を断りたいときなど、芥川は「忙中謝客」の札を門戸に掲げることもあった。その札には「おやぢにあらずせがれなり」という但《ただ》し書きが付いていたが、そこからは養父母と芥川夫婦がひとつの住宅に住んでいた、二世帯同居の生活状況が伝わってくる。

一九二一年、芥川は大阪毎日新聞の海外視察員として、四か月にわたる中国旅行に出かけた。中華民国の成立から一〇年、当時の中国は帝国主義列強に対する民族運動が盛り上がりを見せ、激動の時代を迎えていた。だが、そうした歴史的な中国の動きをよそに、芥川は上陸早々肋膜炎《ろくまくえん》にかかり、上海の里見病院に三週間にわたって入院する。その後、中

国各地を回って帰国してからも、芥川の体調は優れなかった。胃アトニーや痔《じ》に加え、神経衰弱も悪化していった。この時期、『藪《やぶ》の中』や『将軍』といった名短編を次々と発表しつつも、芥川は心機一転の必要を感じていたのである。

軽井沢つるや旅館、危機の日々

一九二三年、芥川は書斎の額を「我鬼窟」から「澄江堂《ちょうこうどう》」に掛け替えた。その文字は、芥川の主治医下島勲《しもじまいさお》によるものだった。下島は、空谷《くうこく》の号を持つ俳人兼書家でもあった。「我鬼」から「澄江」へ、落ち着いた、澄みわたった心境への芥川の憧れは文字の意味からも明らかだが、額の字の書風も、こうした芥川の憧れを映し出している。あくの強い力の籠った白雲の字から、すっきりと柔らかみを帯びた空谷の字へ――。

このように心機一転を図ろうとしていた芥川に、思いがけない危機が訪れた。一九二四年の夏、軽井沢のつるや旅館の離れに滞在中のことである。

その夏、軽井沢での芥川の交友は多彩だった。隣室に泊まっていた室生犀星《むろうさいせい》をはじめ、谷崎潤一郎、山本有三、堀辰雄といった文豪たちと芥川は交流した。浅間山の煙が見える部屋からの眺めも、芥川は気に入っていた。そんな中、彼の前に現れたのが、歌人でアイルランド文学者の片山広子（筆名松村みね子）だった。芥川より一四歳年上の彼女には、すでに夫も子供もいた。芥川は出発期の一九一六年に、広子の第一歌集『翡翠《かわせみ》』の書評で、「在来の境地を離れて、一歩を新しい路に投じようとしている」と述べて、その新鮮な歌風を評価していたが、軽井沢で実際に会って話してみると、その文学的才能に強く惹かれるものを感じたのだ。「彼は彼と才力の上にも格闘出来る女に遭遇した。が、『越し人』等の抒情詩《じょじょうし》を作り、僅《わず》かにこの危機を脱出した。」芥川は後に、自伝的小説『或阿呆《あるあほう》の一生』（一九二七）にこう書いている。「越し人」は、越《こし》の国の人の意味で、新潟に住む広子のこと。たとえば、『越し人』には、「むらぎものわがこころ知る人の恋しも。み雪ふる越路のひとはわがこころ知る」（私の心を理解できる人が恋しい。雪の降る越の国に住む人は私の心を知っている。）という歌がある。

　そのかたわら、軽井沢滞在中の芥川は、社会主義関係の書物を何冊も読んで勉強した。その頃は、一九一七年のロシア革命後の世界情勢を背景に、日本でも社会主義を志向するプロレタリア文学が盛り上がりを見せていた時期だった。そのような時代の流れの中で、ブルジョア作家という批判に曝《さら》されることもあった芥川は、自己の文学の方向性を見定めるため、当時最新の社会主義文献に取り組んだのである。

　たとえば、このときに読んだ、ドイツの社会主義者リープクネヒトによるマルクスの伝

記的回想は、晩年の代表作『玄鶴山房』（一九二七）の結末に小道具として登場する。「……それは小ぢんまりと出来上がった、奥床しい門構えの家だった」という描写で始まる『玄鶴山房』の家の間取りは、芥川の田端の自宅とよく似た設定になっているが、その離れの一室で、画家の堀越玄鶴は、自己の資産の防衛や妻妾《さいしょう》同居の家庭のいざこざに苦しみながら、肺結核で息を引き取る。その葬儀のおり、彼の婿の従弟《いとこ》の大学生が読んでいるのが、リープクネヒトなのだ。

このように、文学の面でも、実生活の面でも大きな危機に直面しながら、それを辛うじて切り抜けようとしていたのが、一九二〇年代半ば頃の芥川の状況だった。

鵠沼での療養、書斎での最期

時代の動きに敏感に反応し、読書をとおして最新の文学・思想を追いかけ続けた芥川の家に、次々と書物が増えていくのは当然の流れだろう。当時の田端の家の書斎の写真からは、机の周りに本がうずたかく積まれ、床の間はもとより、部屋の窓の半分くらいまで書棚で塞《ふさ》がれた様子がうかがえる。そのため、一九二四年の末、芥川は田端の家の庭の一角に、八畳と四畳半の書斎を増築した。これでようやく、和漢洋にわたるおびただしい数の蔵書が整理される場所ができたわけだ。

だが、その頃から、芥川の健康状態は悪化していった。一九二六年の初めには、神経衰弱による不眠症のため、湯河原の旅館中西屋に静養に出かけ、二月に一時帰京したのも束《つか》の間、四月には再び療養のため、家族と神奈川の鵠沼《くげぬま》海岸に移っている。鵠沼で芥川は初め東屋旅館に滞在したが、来客が多いため、七月には近所の「イの四号」の家に移った。この頃になると、不眠症ばかりでなく、幻覚や妄想知覚も芥川を苦しめるようになる。歌人で青山脳病院長の斎藤茂吉が治療にあたっていたが、病状の経過は思わしくなかった。「こう云う気もちの中に生きているのは何とも言われない苦痛である。誰か僕の眠っているうちにそっと絞め殺してくれるものはないか？」と『歯車』（一九二七）の主人公は訴えている。

一九二七年、東京に戻った芥川は、帝国ホテルに滞在して仕事を続け、改造社から出た『現代日本文学全集』の宣伝のため、大阪、東北、北海道、新潟などへの講演旅行もこなす。だが、文豪の最期は突然来た。田端の自宅に戻った芥川は、七月二四日未明、書斎で致死量の睡眠薬を飲んで自殺したのだ。遺稿『或旧友へ送る手記』（一九二七）には、自殺後に事故物件となるだろう田端の家の処置について、家族のために心配せずにいられない芥川の気持ちが綴られている。

僕の家族たちは僕の死後には僕の遺産に手《た》よらなければならぬ。僕の遺産は百坪の土地と僕の家と僕の著作権と僕の貯金二千円のあるだけである。僕は僕の自殺したために僕の家の売れないことを苦にした。したがって別荘の一つもあるブルジョアたちに羨《うらや》ましさを感じた。君はこう云う僕の言葉にある可笑《おか》しさを感じるであろう。僕もまた今は僕自身の言葉にある可笑しさを感じている。が、このことを考えた時には事実上しみじみ不便を感じた。この不便は到底避けるわけに行かない。

プロレタリア文学の隆盛の中で、ブルジョア作家という批判に耐えつつも、そのブルジョアにもなり切れない自身の位置。その苦しみを住宅事情に託しながら、文豪は自ら死を選んだのである。

【出典・参考】
『芥川龍之介全集』全二四巻、岩波書店、一九九五年一一月〜一九九八年三月
関口安義編『新潮日本文学アルバム13 芥川龍之介』新潮社、一九八三年一〇月
森本修『新考・芥川龍之介伝 改訂版』北沢図書出版、一九七七年四月
中田睦美『芥川龍之介と〈噂〉の女たち 秀しげ子を中心に』翰林書房、二〇一九年七月

No.22

Haruo Sató

佐藤春夫の住宅事情
書斎から「異形の花」を咲かせる

一八九二年和歌山県新宮町（現新宮市）生まれ。詩人、小説家、評論家。慶應義塾大学中退。雑誌『スバル』『三田文学』などに詩歌を発表。後に小説に転じる。代表作に詩集『殉情詩集』、小説『田園の憂鬱』、評論随筆集『退屈読本』。一九六四年没。

「日本人ならざる者」の生まれた場所

小説『田園の憂鬱《ゆううつ》』をはじめとする、文学史の型に嵌《は》まらない多彩な作品を創り出した佐藤春夫――この文豪の創造は、自らを「日本人ならざる者」と規定した作家が、日本文学の風土に咲かせた「異形の花」であったといえる。

　春夫は一八九二年四月九日、和歌山県東牟婁《むろ》郡新宮《しんぐう》町船町一一九に、父豊太郎、母政代の長男として生まれた。豊太郎は医師で、その地で佐藤医院を経営していた。一八九七年、春夫五歳の年、父は新宮町丹鶴《たんかく》七六九〇ノ一、同じく七六九四に病院を移転し、ここが春夫生育の家となった。春夫は、和歌山県立新宮中学（現新宮高校）在学中から創作を始め、『明星』『趣味』『文庫』『新声』『スバル』といった文芸雑誌に、主に短歌を投稿して掲載された。文学に熱中するあまり学校の成績はふるわず、不良生徒として留年させられたり、無期停学の処分を受けたりもした。校友会では盛んに演説し、生徒のストライキの首謀者と見なされたこともあった。

　中学時代の春夫の奔放な行動の背景には、新宮という町のもつ独特の性格がある。当時、新宮で医院を開業していた大石誠之助が、幸徳秋水たち無政府主義者の思想に共鳴して、東京から逃れてきた彼らに宿舎を提供していたのだ。こうした自由な思想をもった大石は、町の人々のために、東京で発行される新聞・雑誌を無料で閲覧できる縦覧所を開いていた。春夫も登下校の際そこに立ち寄り、最新の文学と思想を摂取したのである。

　春夫が新宮中学を卒業、上京後の一九一一年、大逆事件で大石は無実の罪を着せられて死刑となった。そのことを知った春夫は、詩『愚者の死』を発表して、少年時代に恩恵を受けた医師の死を悼んでいる。「千九百十一年一月二十三日／大石誠之助は殺されたり」と端的に書き出されるその詩は、「日本人ならざる者／愚《おろか》なるものは殺されたり」と反語的に言う。そして春夫は、「われの郷里は紀州新宮。／渠《かれ》の郷里もわれの町」と書いて、大石と自分との結びつきを、新宮という土地を媒介にはっきりと示している。あの大石が「日本人ならざる者」と呼ばれるなら、自分もむしろ「日本人ならざる者」の一人になろう。――その意識は、幾多の曲折を経ながらも、春夫の生涯を貫いたものだった。

一九二七年以来、春夫が住み続けた小石川区関口町二〇七（現文京区）の庭には、マロニエの樹があった。そのマロニエは、弟秋雄がウィーンから持ち帰った実――医学留学の帰りにポケットにこっそりひそませて日本に持ち込んだ実から、春夫が育て上げたものだった。戦後、亡くなった弟を偲《しの》びつつ、日本には根付きにくいとされるマロニエの「異形の花」の姿を、春夫は歌っている。「五月の陽ざし集るところ／広葉の木洩《こも》れ日まぶしく／葉がくれにマロニエ花咲きぬ／梢《こずえ》に窺《うかが》ひ見る異形の花白し」。そして、この詩「マロニエ花咲きぬ」（一九四九）は、「日本人ならざる者」の生まれた地、新宮への回想で終結する。「この花、園に実りなば　弟よ／採りて君が墓畔に種《う》ゑまほしきを／知らず　紀の国の暖かにすぎて／牟婁の郡《こおり》の海岸《うみぎし》にマロニエ花咲くやいかに。」――この花が実を付けたら、弟よ、君の墓のほとりに植えたいのに。紀州の地は暖かすぎて、牟婁郡の海岸にマロニエの花は

咲かないだろうか。「日本人ならざる者」が咲かせる「異形の花」。春夫の創作の底を流れるこの特色は、以下に見るように、彼の住宅事情にも共通するものであった。

「化け物屋敷」から観潮楼を見上げて

一九〇九年、新宮中学在学中の一七歳の秋、春夫は故郷を飛び出して上京し、評論家生《いく》田長江《たちょうこう》の家に身を寄せた。長江とは八月に新宮で開かれた講演会で知り合い、直後の関西方面の旅にも同行した仲だった。春夫は、あらかじめ葉書を出しておいて、千駄木林町の長江の家を訪ねて行った。その家は、彫刻家高村光雲の邸《やしき》の向かいにあり、かなめ垣の木戸をくぐると、右手に格子戸の玄関があった。平屋で、玄関が三畳に、四畳半の茶の間、まわり縁のある八畳の座敷兼書斎、他に四畳ほどの納戸という間取りだった。当時、文学者は郊外に八円か一〇円くらいの家を借りるのが普通だったというが、その家は四〇円から四五円程度で、新進気鋭の評論家としての長江の活躍ぶりがうかがえる。玄関の間には、書生として詩人の生田春月《しゅんげつ》がおり、貴重な文学書を見せてくれたり、東京の名所に案内してくれたりした。

この最初の東京滞在はわずか二週間で終わり、春夫はいったん故郷に帰るが、翌春中学を卒業すると、いよいよ本格的に東京での暮らしが始まることになる。上京した春夫は、しばらく長江宅に世話になった後、本郷区千駄木町三六の轟《とどろき》方に下宿した。後に春夫が「化け物屋敷第一号」と呼ぶ家である。この素人下宿は、路上から崖に架けるかたちで建てられており、道から見ると普通の二階建てだが、崖の陰、路面の下に、さらに三層があるという奇妙な造り。春夫は路面のちょうど下にあたる一室に住んだ。その部屋からは、下町の家並みが遠く忍ヶ岡の方まで見渡された。

もともと根津の遊女屋の寮として建てられたその家は、遊女が客と心中未遂の末ひとりで死んでからは、化け物屋敷として住む人もいなくなっていたのを、そんな噂《うわさ》など気にしない人が買い取って、貸し間にしていたのである。春夫はその部屋に「妖気」を感じたり、いやな夢を毎晩見たりするので、百日とは住まずに引っ越した。「しかし化け物は自分にはいつも大した害を及ぼしたこともない」と春夫は言う。「あるいは自分が化け物以上に化け物のせいかも知れない」(『青春期の自画像』一九四六)。

この「化け物屋敷」について、春夫がもうひとつ特記するのが、森鷗外の住む観潮楼《かんちょうろう》が目の前にあったことだ。その下宿の手洗の窓からは、ちょうど観潮楼二階の鷗外の書斎が見上げられた。深夜、春夫が便所に立つと、観潮楼の二階からは、いつも明るい電灯の光が洩れていた。「読んでいるのだか、書いているのだかは知らないが、老先生はまだ、こ

の深夜まで起きて何かして居るらしい。とわたくしは怪しむより先に、まず敬し、そうして驚いたものであった」（『詩文半世紀』一九六三）と春夫は、敬愛する先輩作家の生活のひとこまを初めて垣間見た感動を記している。このように、千駄木周辺に住む先輩作家たちの生活に触れるなかで、春夫の作家としての経歴がスタートするのだ。

『田園の憂鬱』の「その家」

「今年の作品で私の感心したものは唯《ただ》一つ。曰《いわ》く佐藤春夫氏の『田園の憂鬱』」（『娟々細々』一九一八）――当時の大家田山花袋をしてこう言わしめた小説『田園の憂鬱』は、春夫の文壇的出世作となった。春夫はその中で、一人の芸術家の不安と焦燥に裏打ちされた心象風景を、田園の風物の中に描き出している。

この作品は、複雑な書きかえのプロセスを経て成立したが、決定版『田園の憂鬱』（一九一九）の本文は、「その家が、今、彼の目の前へ現れて来た」という一文から始まる。原型となった『田園雑記』（一九一六）の「私はその家を借りることにした」という書き出し、つづいて『病める薔薇《ばら》』（一九一七）の「その家は、今、彼等の目の前に現われた」という書き出しからは、代名詞の人称や数、文末表現などに微妙な変化があるものの、具体的にどんな家かわからない「その家」を、いきなり読者に示して見せる方法は、初めから一貫していることがわかる。「その家」はどんな家だろう？　読者はそんな興味をもって、この先の本文を読み進めることになるわけだ。

芸術家夫妻が、案内者の女性の指さす方を見ると、「彼等の瞳の落ちたところには、黒っぽい深緑のなかに埋もれて、目眩《めまぐる》しいそわそわした夏の朝の光のなかで、鈍色《にび》にどっしりと或《あ》る落着きをもって光って居るささやかな萱葺《かやぶき》の屋根があった」という。主人公「彼」の抱く「息苦しい都会の真中にあって、柔かに優しいそれ故に平凡な自然のなかへ、溶け込んで了《しま》いたいという切願」を、ようやく満たしてくれそうな「その家」の姿。――このように「彼」と「その家」との関係が説明された後に、本文は再び「その家が、今、彼の目の前に現れて来たのである」と語って、いよいよ本格的に物語の世界へと読者を導いてゆく。

『田園の憂鬱』という物語の入口にある「その家」の素材になったのが、春夫が一九一六年七月上旬から住んだ神奈川県都筑《つづき》郡中里村中鉄《くろがね》一一一五の二（現横浜市青葉区）の家だ。この転居の少し前の五月下旬に、春夫は妻幸子とともに、東京から同じ村内の朝光寺に移ってきていた。数え二五歳を区切りに父からの仕送りが打ち切られることになっていた春夫が、一計を案じて実行したのが、この郊外への転居だった。中里村大字市ヶ尾字竹ノ下

の一四〇〇坪の安い土地を買い、それを故郷新宮の街中と同じ値段で父に買わせて、差益を生活費に宛てながら、創作に打ち込もうという計画である。

春夫は初め田園での農耕生活を夢み、新築の家の設計図を書いたりもしたが、それらが計画倒れに終わって、朝光寺から移ってきたのが、この『田園の憂鬱』の家であった。もとは村の豪農村田信十郎が建てた隠居所で、当時は鉄小学校長の村田柳蔵の所有だったが、内野賢治という村の顔役の計らいによって、春夫夫妻はここに住むことになったのである。

「私は、呻吟《しんぎん》の世界で／ひとり住んで居た。／私の霊は澱《よど》み腐れた潮であった」という、アメリカの詩人・小説家ポーの作品の一節をエピグラフに掲げ、「憂鬱」という気分のもつ詩情を、「その家」での「彼」の暮らしから最大限に引き出した、文豪の代表作『田園の憂鬱』――だが、その素材となった転居の背景には、作者春夫のもつ意外にしたたかな生活感覚があったのである。

「考えて一ぱい」になる書斎と、「気紛れ」に書くあちこちの部屋と

『田園の憂鬱』の家から再び東京に移り、転居を重ねていた春夫は、一九二七年三月、小石川区関口町（現文京区関口二－六－一六）の新築の家に引っ越した。関口町の家は、文豪自

ら設計の下図を書いたうえで、同じ新宮出身の芸術家西村伊作の弟大石七分《しちぶん》が設計した。同郷のよしみで春夫と親しかった西村は、一九二一年、神田駿河台に文化学院を設立、多彩な学者・芸術家を教授として迎えて、職業的教師によらない教養教育を目指したことで知られている。先述した大石誠之助の甥《おい》にあたる人物である。

春夫がこだわった洋館造りの家の間取りは、次のとおり。――玄関のホールを入ると、左手に書生室、右手にサンルームを見て、畳の間を付けた応接間。さらに奥に入ると、台所・食堂に四畳半と三畳の和室。二階には、書斎と寝室、八畳と三畳の和室があった。

この家で原稿を書くときの様子について、春夫は雑誌『住宅』に載った談話『家の中至る所窓の下即《すなわ》ち私の書斎』（一九三二）で語っている。「私は書斎としては小さな部屋が好きです」という春夫の書斎は、「四畳半の部屋の四隅を欠いた八角の部屋」。「大きな部屋では考えが散漫になり易《やす》い」と感じる春夫が好んだのは、「考えで一ぱいになるような小さな部屋の書斎」だった。

ただ、春夫はこの書斎でばかり執筆したわけではない。談話のタイトルにもあるとおり、春夫にとっては家の中どこでも、移動式の書斎だったのだ。

移動式とでも云いましょうか、あちらの部屋で書いたり、こちらの部屋で書いたりとい

った工合《ぐあい》で、全く気紛《きまぐ》れな書き方で、サンルームで十行書き、応接間で五行書き、あるいは書斎で書き続けたり、腰掛けていては窮屈だから、その隣りの日本間で寝転んで書く、といった風であります。

小さな書斎を「考えで一ぱい」にする創作のあり方と、家中のあちこちを移動する「気紛れ」な創作のあり方と。その二つの微妙なバランスの上に、数々の文豪の作品が生み出されたわけである。

その後、春夫が亡くなるまで住んだ関口町の家は、一九八九年、新宮に移築されて佐藤春夫記念館（和歌山県新宮市新宮一）となった。庭には今も、春夫が愛したマロニエの樹が、その枝を広げている。

【出典・参考】
『定本佐藤春夫全集』全三六巻・別巻二、臨川書店、一九九八年四月〜二〇〇一年九月
井村君江編『新潮日本文学アルバム59　佐藤春夫』新潮社、一九九七年九月
財団法人佐藤春夫記念会編『新編図録佐藤春夫—多様・多彩な展開』新宮市教育委員会・新宮市立佐藤春夫記念館、二〇〇八年三月
東雅夫編『たそがれの人間　佐藤春夫怪異小品集』（平凡社ライブラリー）平凡社、二〇一五年七月
山中千春『佐藤春夫と大逆事件』論創社、二〇一六年六月
河野龍也『佐藤春夫と大正日本の感性—「物語」を超えて』鼎書房、二〇一九年三月

No.23

Yasunari Kawabata

鎌倉で聞いた「山の音」から遠くはなれて

川端康成の住宅事情

一八九九年大阪市北区生まれ。小説家。東京帝国大学卒業。横光利一らと『文芸時代』を創刊。戦後は日本的美意識を結晶させた作品を発表。一九六八年ノーベル文学賞受賞。代表作に『伊豆の踊子』『雪国』『山の音』など。一九七二年没。

家も家庭もない

日本語を母語とする初めてのノーベル文学賞受賞者川端康成は、ギョロギョロした眼で周囲を拒むように見回しながら、人生をかりそめの旅のように過ごした作家である。

長く師弟の交わりをする三島由紀夫ですら、「川端氏のあのギョッとしたやうな表情は何なのか、殺人犯人の目を氏はもつてゐるのではないか」（「川端康成印象記」一九四六）と書いている。異様な眼の印象は絶大で、家賃を取り立てに来た家主の老婆に対して黙って座っているだけで追い返したり、書籍の打ち合わせで訪れた新人の女性編集者を一言も発せずに泣かせた挙句「どうしたんですか？」と聞いてみたり、家に入った泥棒をじっと見つめるだけで退散させたりと、エピソードにことかかない。

幼い頃から顕著であったすべてを見とおすようなギョロ眼は、自らすべてを見とおさねば生きられないというような体験、すなわちふるさとを持たず家も家庭もないという川端康成の自認から出た癖なのかもしれない。

血縁に早く死に別れた川端康成は、『十六歳の日記』ですでに、「親戚や学寮や下宿を転々しているうちに、家とか家庭とかの観念はだんだん私の頭から追い払われ、放浪の夢ばかり見る」と記した。一三歳で『文藝春秋』創刊号に発表した『葬式の名人』（原題『会葬の名人』）の冒頭は「私には少年のころから自分の家も家庭もない」であるし、晩年になっても「ふるさととはなんであろうか」（『私のふるさと』一九六三）と、川端は書き続ける。

大阪市北区此花《このはな》町に生まれた川端康成は、二歳になる前に父・栄吉と翌年に母ゲンと死別し、預けられた母親の実家大阪府三島郡豊川村でも七歳で祖母カネを、一四歳で祖父三八郎をうしなう。親戚筋の援助で経済的に困窮はしなかったものの、孤児なのだという自認は、川端康成の成長に影をおとすばかりか、のちの作風にも影響した。

ところが、にらみつけるようなギョロ眼からただ一人、全く逆の印象を受け取った人間がいた。初対面時に、「ちょっと陰気で寂しそうな感じの人だなと思いましたが、眼だけはとても生き生きした暖かそうな感じがする」と書いた夫人、川端秀子である。

「私には少年のころから自分の家も家庭もない」という康成が、家や家庭の一般的な経済観念や生活観念を持ち得なかったこと、結果として「質入れの名人」であることは、川端秀子の『川端康成とともに』（一九八三）に詳しい。そして夫人は、天才型の生活破綻者である康成を、「本人自身大きな赤ん坊でした」とあたたかく回想する。

帯に「ノーベル賞作家の知られざる素顔　細やかな夫婦愛を飾らぬ言葉で綴る愛の回想記。ともに過した48年間の思い出が、いま鮮やかに甦る」と記された『川端康成とともに』は、従来の小説家川端康成のイメージからすれば、まことに意外ずくめの書といわねばならない。

子供らしい遊びを知らないと秀子に聞いておはじきを買い、仕事をしない時は夫婦でよく一緒におはじきで遊んだなどという逸話を、多くの読者は知るまい。「女房が客好きでやたら接待するから。ぼくの一生は客に会うことで終っちまう、とか、うちはまるで宿屋

業だとか、さんざん私の悪口を言ったり書いたりするのですが、結局は御本人が『断らない人』」なのだという書きよう、新しもの好きでなんでも欲しがり気に入るとごっそりと買い込んでしかもどんどんそれを人にあげてしまうくせに「ぼくが一生こんなに働いて来ているのに、一枚の絵も買えないんだ」とむきになって悲しがると記すさまには、大きな赤ん坊をあやす母性も垣間見える。

終章で川端秀子は、康成という人間を端的に描く。

一言でいえば、浮世離れした人でした。およそ現実的ではありませんでした。でも世間様の言う現実に縛りつけられたり、現実にこびへつらったりということがありませんでしたから、かえって物がよく見え、物事の理をぐいとおさえることができたのではないかと思います。

あるいは川端康成は、家も家庭も、この妻秀子の中には見つけたのではないか。

希望の生活

一九三〇年の「私の生活(3)希望」(『新文芸日記』新潮社、一九三〇年)に、川端康成は答えている。

1、妻はなしに妾と暮らしたいと思ひます。
2、子供は産まず貰《もら》い子の方がいいと思ひます。
3、一切の親戚的なつきあひは御免蒙《こうむ》りたいと思ひます。
4、家は今の所、二階一間、下一間で用は足りますが、食べ物は贅沢《ぜいたく》で、同居の女は、教養の低いのがいいと思ひます。
5、自分の家は建てたくない代りに、月のうち十日は旅にゐたいと思ひます。
6、仕事は一切旅先でしたいと思ひます。
7、原稿料ではなく、印税で暮らせるやうになりたいと思ひます。せめて月末には困らないように——
8、風邪をひかず、胃腸が丈夫になりたいと思ひます。
9、いろんな動物を家一ぱいに飼ひたいと思います。

10、横になりさえすれば、いつでも眠れるやうになりたいと思ひます。

当時の住居は上野桜木町四九番地（一年足らずで同三六番地へ転居）で、小説『禽獣《きんじゅう》』に描かれたとおり犬や小鳥を飼っていた。のちの妻秀子と同棲《どうせい》はしていたが入籍はまだであり、旅先で原稿を書く習慣はすでにあった。つまりこれは、「希望」というより、川端康成の生活の「現状」といってよい。

希望であれ現状であれ、現在ならば、セクシャルハラスメントだパワーハラスメントだと追及されそうな回答に違いない。自分と同様に考え悩む他者との安定的な家族づきあいを拒絶し、家には興味がなく旅をして暮らせばよいが、おいしい食べ物とお金はいるし健康も欲しい……というのだから。

だが、このアンケートが記載されたページの上方には、川端康成と秀子、秀子の妹の君子という三人の写真が載る。例によって康成の眼はカメラをにらみつけているが、その手は秀子とともに膝元に座ったブチの犬を撫《な》でている。しかも、実子はいらない養子がよいとここで明言し、後に親戚から養女政子をもらって育てることにはなるのだが、実情は、この三年ほど前に秀子が流産をしていたのである。死児の顔を見た康成は「可愛い女の子だよ」と秀子に報告したというから、実子はいらないというよりも、血のつながった子供の話をするに忍びなかったのかもしれない。

川端康成が妻となる松林秀子と出会ったのは、一九二五年五月、小説家の菅《すが》忠雄宅であった。青森県八戸生まれの秀子の奉公先が市ヶ谷左内町《さないちょう》の菅宅、つまり川端康成にとっては文士仲間の家のお手伝いさんが秀子だったことになる。直後に菅忠雄は病気療養で鎌倉へ行き、留守番として秀子だけが残った左内町の家に、一九二六年四月頃に川端康成が引っ越してきた。主に伊豆湯ヶ島で執筆活動をしていて東京では寄宿先をしばしばかえていた川端に、菅が住居を貸したのである。

秀子の『川端康成とともに』にはこう記録する。


川端が私のところに引っ越してまいりますと、途端に横光さん、新婚早々の片岡鉄兵さん、池谷信三郎さん、石浜金作さんなどが毎日のように見えられて、話をしたり、めいめい勝手に原稿を書いたり、まるで梁山泊《りょうざんぱく》という感じでした。とにかく、毎日のご飯づくりが大変だったことを覚えています。『感情装飾』の出版記念会の時には、ここで勢ぞろいして出かけていきました。袴《はかま》が池谷さんのもの一つしかなく、結局、川端が借用して参りました。よく一同揃《そろ》って玉突きなどに出かけましたが、私もよく連れて行ってもらいました。とにかく、川端との「生活」はこんな賑《にぎ》やかな始まり方でした。

結婚に際して川端の生活の面倒を見ていた菊池寛から新婚のための金をもらいながら使い込んでしまったり、さらなる借金の申し込みのために菊池邸へ赴いて、何も言わずに菊池をフクロウのような目で凝視してついに金を手に入れたという逸話は、ご愛敬である。

秀子とともに暮らし始めてからも、川端康成はさかんに転居を繰り返し、湯ヶ島や熱海に長期滞在して作品執筆をしてもいる。その一方で年譜を見れば、作家としての川端康成が花開いたのも、秀子とともに暮らし始めてからであることははっきりとわかる。

独身時代の代表作が、二一歳の出世作『招魂祭一景』（一九二一）、学生時代の旅の記憶を何年もかけて世に出した『伊豆の踊子』（一九二六）まで。秀子との同棲後の代表作が、上野桜木町の近所の浅草を舞台とした『浅草紅団』（一九二九〜三〇）に始まり、新感覚派らしい新鮮な心理描写の『水晶幻想』（一九三一）に『抒情歌《じょじょうか》』（一九三二）、生と死を無造作に投げ出すような『禽獣』（一九三三）、芥川龍之介評の決定版『末期《まつご》の眼』（一九三三）、そして『雪国』（一九三五）。敗戦までを数えただけでもまだまだあるのだから、秀子とともにあった「家と家庭」の存在が、作家川端康成にどれだけ執筆をうながしたかは明らかだろう。

鎌倉文庫と鎌倉

旅と転居を繰り返した川端康成がもっとも長く住居を構えた地が、鎌倉である。友人であった林房雄に誘われて隣家、鎌倉町浄明寺宅間《たくま》ヶ谷《がやつ》へ移ったことに始まるが、三六歳のこの転居以降、住居は常に鎌倉にあった。

戦時色が強くなってさらに文士村の風情を強くした鎌倉で、敗戦直前に始まったのが鎌倉文庫である。紙の配給が追い付かずに文芸書が出せず、空襲で多くの本を失っていた当時、鎌倉文庫はまず貸本屋として成立した。その発案者が久米正雄と川端であり、高見順、小林秀雄、里見弴《とん》、大佛《おさらぎ》次郎、永井龍男、林房雄ほか多くの仲間が協力したという。鎌倉の文士づきあいの広さと密接さ、さらに本に飢えた読者への作者の思いが垣間見えよう。

敗戦後、鎌倉市二階堂三二五から長谷《はせ》二六四に転居した川端康成は、出版社へと成長させた鎌倉文庫の仕事をするかたわら、小説『雪国』を完結させるなど精力的に活動するが、もうひとつの転機も訪れる。文学グループ新感覚派の盟友であり、親友でもあった横光利一の死である。

国破れてこのかた一入《ひとしお》木枯にさらされる僕の骨は、君という支えさえ奪われて、寒天にくだけるようである。
君の骨もまた国破れて砕けたものである。このたびの戦争が、殊《こと》に敗亡が、いかに君の心身を痛め傷つけたか。ぼくらは無言のうちに新な同情を通わせ合い、再び行路を見まもり合っていたが、君は東方の象徴の星のように卒《にわか》に光焔《こうえん》を発して落ちた。君は日本人として剛直であり、素樸であり、誠実であったからだ。君は正立し、予言し、信仰しようとしたからだ。

葬式の名人の弔辞の中でも、もっとも知られた、もっとも悲痛な別れの言葉である。
そしてこう終わるのだ。

横光君　僕は日本の山河を魂として君の後を生きてゆく。

作家川端康成の日本回帰といわれる変化は、こうして、敗戦と敗戦の象徴として捉えられた横光利一の死によってやってきた。
一九六八年一二月一二日のスウェーデン・アカデミーで、川端康成がノーベル文学賞受賞記念講演を行った。もちろんタイトルは、「美しい日本の私」である。
「私」の美しいと思う日本の文化、とでもいうべきこの長い演説は、明恵《みょうえ》上人と西行との歌物語を引用する。西行いわく、自分の歌う自然はみな虚妄にすぎないが、それを虚空のような心で歌うとき、歌は仏教的な真理となるのだ。

日本、あるひは東洋の「虚無」、無はここにも言ひあてられてゐます。私の作品を虚無と言ふ評家がありますが、西洋流のニヒリズムという言葉はあてはまりません。心の根本がちがふと思ってゐます。道元の四季の歌も「本来ノ面目」と題されてをりますが、四季の美を歌ひながら、実は強く禅に通じたものでせう。

日本や東洋の美が、すべてを無常で可変な虚妄だと捉え受け入れる、禅の「空」(虚無)という境地へと通じている。川端自身の作品も、人間川端康成も、さらにはこの講演も、すべて虚無だといわんばかりではないか。
「僕は日本の山河を魂として君の後を生きてゆく」と読み上げた川端康成の、現実離れした達成であった。

谷戸で聞く山の音から離れて

戦前から戦中を書き継いだ川端康成、戦後文壇に生きた文豪として君臨した川端康成、日本語を母語とする初めてのノーベル文学賞作家の、代表作を挙げるのは難しい。だが、敗戦後、横光利一を亡くしてからの代表作は即答できる。小説『千羽鶴』（一九四九〜五一）と『山の音』（一九四九〜五四）だろう。

とりわけ、後者で「山の音」が初めて描かれる部分は、この作家の終《つい》の棲家《すみか》であり後半生を過ごした神奈川県鎌倉市長谷二六四（現鎌倉市長谷一－一二－五）の住居を描いて象徴的である。


八月の十日前だが、蟲《むし》が鳴いてゐる。

木の葉から木の葉へ夜露の落ちるらしい音も聞える。

さうして、ふと信吾に山の音が聞こえた。

風はない。月は満月に近く明るいが、しめっぽい夜気で、小山の上を描く木々の輪郭はぼやけてゐる。しかし風に動いてはゐない。

信吾のゐる廊下の下のしだの葉も動いてゐない。

鎌倉のいはゆる谷戸《やと》の奥で、波が聞こえる夜もあるから、信吾は海の音かと疑ったが、やはり山の音だった。

遠い風の音に似てゐるが、地鳴りとでもいふ深い底力があった。自分の頭のなかに聞えるやうでもあるので、信吾は耳鳴りかと思って、頭を振ってみた。

音はやんだ。

音がやんだ後で、信吾ははじめて恐怖におそはれた。死期を告知されたのではないかと寒気がした。

風の音か、海の音か、耳鳴りかと、信吾は冷静に考へたつもりだったが、そんな音などしなかったのではないかと思はれた。しかし確かに山の音は聞こえてゐた。

魔が通りかかって山を鳴らして行ったかのやうであった。


谷戸とは、海と小高い山とに挟まれた起伏の多い鎌倉に点在する谷状の場所を指す。

初老の信吾が、鎌倉の谷戸にある自宅で夜、山の音を聞き、死を思う。老いた妻と息子夫婦と出戻った娘との感情と関係がさまざまに交錯しつつ、山の音が静かに物語の底を流れる小説である。

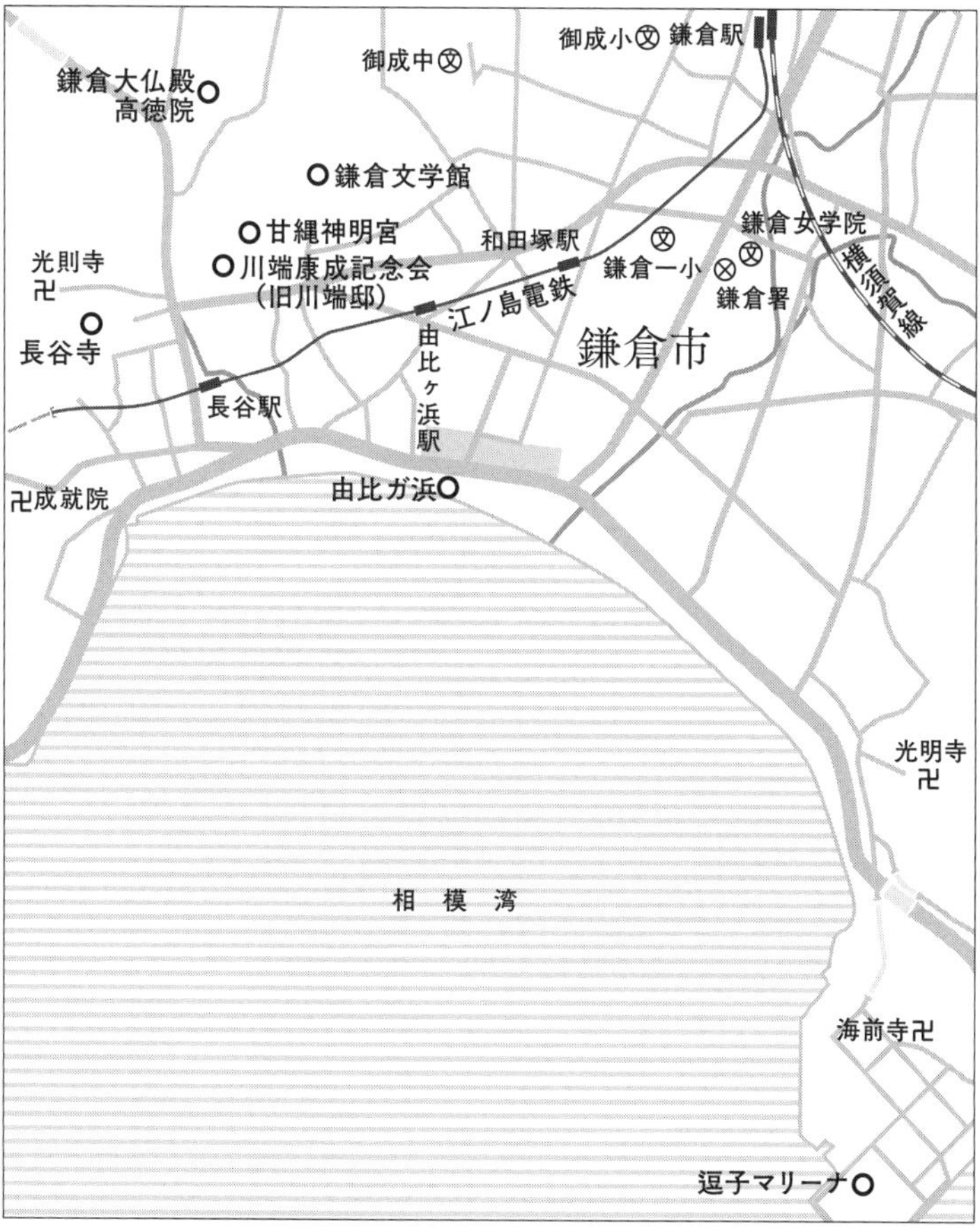

晩年をすごした鎌倉の邸宅と、死に場所となった逗子マリーナ。川端康成の終の棲家である神奈川県鎌倉市長谷264（現鎌倉市長谷1-12-5）の住居跡地には建物も現存する。同場は川端康成記念会とされているが、開館はまれである。邸宅から逗子マリーナのマンションまでは約3㎞。前者は山際で、後者は海を臨む。川端康成文学館としてはほかに、川端康成が育った大阪府茨木市上中条2-11-25がある。

『山の音』が書かれ始めてから二三年後、川端康成はガス自殺を遂げた。七二歳であった。自殺の理由はさまざまに取りざたされたが、いまだ明確ではない。ここでは川端の死の二年前、一九七〇年に自決した三島由紀夫について川端が記した文章をひこう。

三島君の死から私は横光君が思い出されてならない。二人の天才作家の悲劇や思想が似ているとするのではない。横光君が私と同年の無二の師友であり、三島君が私とは年少の無二の師友だったからである。私はこの二人の後にまた生きた師友にめぐりあえるであろうか。私は三島君の「豊饒《ほうじょう》の海」の第一部、第二部の出版に際して、讃嘆の広告文を書いた。私はこの長篇を「源氏物語」以来の日本小説の名作かと思ったのであった。――三島君の死の行動について、今私はただ無言でいたい。

自殺した師友を無言で送るという川端康成に反して、ひとつだけはっきりさせておきたい。ふるさとも家も家庭も持たなかったはずの川端康成は、彼を「大きな赤ん坊」として受け入れ理解した妻秀子との住居では死を選ばなかった、ということである。それは、「家も家庭」も必要なくなったということなのか、家族へ自分の後を生きていってほしいという願いゆえなのか。

川端康成の終焉《しゅうえん》の地は、鎌倉からほど近く、仕事場として買った神奈川県逗子市逗子マリーナのマンションの一室であった。

【出典・参考】

川端秀子『川端康成とともに』新潮社、一九八三年四月
川端康成『伊豆の踊子・温泉宿』岩波文庫、一九五二年二月
『川端康成　三島由紀夫　往復書簡』新潮社、一九九七年一二月
川西政明編『川端康成随筆集』岩波文庫、二〇一三年一二月
『日本現代文学全集66　川端康成集』講談社、一九六一年六月
『鑑賞日本現代文学15　川端康成』角川書店、一九八二年一一月
保昌正夫編『新潮日本文学アルバム16　川端康成』新潮社、一九八四年三月

No.24

Seicho Matsumoto

松本清張の住宅事情
ナメクジのはうバラックから浜田山の豪邸へ

一九〇九年生まれ、福岡県小倉で育つ。板櫃尋常高等小学校卒。『或る「小倉日記」伝』で一九五三年に芥川賞受賞、その後推理小説へ進み社会派ブームを牽引した。代表作に『点と線』『砂の器』『日本の黒い霧』など。一九九二年没。

小倉での半生と未知の土地への憧れ

松本清張は一九〇九年に生まれ、同年に生まれた作家には太宰治、中島敦、大岡昇平などがいた。ただ、清張の歩みは他の作家たちと大きく異なる。太宰・中島・大岡の三人は東京帝国大学に進学しているのに対し、松本清張の最終学歴は板櫃《いたびつ》尋常高等小学校卒だった。四一歳で作家デビューを果たすまでを、自ら「濁った暗い半生」と振り返っている。

清張の一家は、風呂焚《た》きをしている知り合いの老人を頼って下関から小倉へ移った。風呂の裏手にある六畳二間の家の一間を間借りして暮らした後、路地の奥にある板囲いのバラックに住む。この家は窓が一つしかないので昼間でも暗く、トタン屋根なので夏暑く冬寒かった。梅雨には床にナメクジが出てきて跡をつける。成績が良かったため進学の説得に来た担任の先生も、ナメクジの跡を見て受験勉強のことは言わなくなったという。家の前の小川には近くの製紙会社から出る廃液が流れ、その臭気が漂う町であった。

高等小学校二年の時には父の飲食店の調子も悪くなく、近くの雑貨屋の二階に祖母と二人で住んだ。「私は、小さいときから他人のだれからも特別に可愛がられず、応援してくれる人もなかった。冷え冷えとした扱いを受け、見くだす眼の中でこれまで過してきた。(中略)が、とくにひどい落伍《らくご》もしないで過せたのは、祖母がまぶってくれているようにときどきは考えたりする」(『骨壺の風景』)。「まぶって」は守ってという意味である。清張は祖母にはかわいがられた。

高等小学校卒業後、一五歳で川北電気小倉出張所の給仕となる。月給は一一円だった。しかし、一八歳の時に川北電気が倒産、学歴もなくなかなか職は見つからない。この頃は父の飲食店も傾き始め、清張の収入が必要だった。二〇歳前後でようやく小倉の印刷所の見習い職人となり、広告の版下を描いた。家に帰っても練習をする日々で、二三年には福岡市の嶋井精華堂印刷所で半年間修業し、技術を磨く。文学をやっている暇はなかった。一家の生活は清張の肩にかかっていた。「私は少年のころから未知の土地に憧れを持っていた。今から考えると、それは自分がどこへも行けない不自由な環境からの諦めからきていたと思う」(『黒い手帖』)。貧しい家の一人息子、旅への志向は家に縛られていることの裏返しである。まだ見ぬ土地への憧れから書店で田山花袋の紀行文を立ち読みしたりもした。

三六年に結婚し、翌年からは朝日新聞西部本社の嘱託として広告図案を描く。四二年に正式な社員として入社した。この頃に借りていた家は六畳の部屋が二間しかなく、老いて働くのが難しくなりつつあった両親とも同居していた。アジア・太平洋戦争には衛生兵として従軍。帰って来ると前に借りていた部屋は埋まっていた。黒原《くろばる》にある兵器廠《しょう》の職工住宅が空いていると聞きつけて行くと、二棟割りの家が一〇〇戸くらいあった。その中の、六畳、四畳半、三畳で、小さな庭もついた家に家族八人で住んだ。

戦後は箒《ほうき》の行商でしのいだ時期もあったが、四八年頃になると新聞社の仕事も戻ってくる。ただ、現地採用組に出世の見込みはない。そんな空虚な生活のなかで、『週刊朝日』の「百万人の小説」懸賞小説の募集を見つける。筋立てを考えたのは新聞社への行き帰り

だった。こうして書かれたのがデビュー作の『西郷札《さいごうさつ》』（一九五一）である。家では、家族が寝静まった後に原稿用紙に清書をした。妻子五人が寝る六畳と、父母が寝る四畳半の間の三畳に飯台を置いた空間が、松本清張の書斎だった。

武蔵野の名残りが残る街で

五三年、『或《あ》る「小倉日記」伝』によって芥川賞作家となる。今日では推理小説家として著名な清張だが、デビューから五年ほどは時代小説や評伝を中心に執筆していた。ただ、坂口安吾の選評は「この文章は実は殺人犯人をも追跡しうる自在な力があり、その時はまたこれと趣きが変りながらも同じように達意巧者に行き届いた仕上げのできる作者であると思った」と後の道行きを予見している。

同年、朝日新聞東京本社に転勤し上京。荻窪《おぎくぼ》の叔母の家に寄宿する。この叔母の家は後年次のように小説化された。「叔母の家は、杉並の奥の方にあった。そこは、まだ、ところどころ、武蔵野の名残りの櫟林《くぬぎ》があった。近くには、或る旧貴族の別荘がある。その邸《やしき》は、殆《ほと》んど、林の中に包まれていた。（中略）どの家も古い。狭い道が椹《さわら》の垣根の間を曲りくねっていた。初冬になると、この狭い小道の両端に落葉が溜まって、節子が歩くのを愉《たの》しませた」（『球形の荒野』）。清張が上京後に住んだのは、杉並区と練馬区という東京の西側ばかりである。

五四年七月、練馬区関町一丁目の借家を見つけ、家族を呼び寄せる。四畳半二間と六畳の家に一家八人が住んだ。五五年一二月発表の『張込み』から推理小説の方向へ進み、翌年朝日新聞社を退社し専業作家となる。この年の『声』には、関町の自宅からも近い田無《たなし》の風景が描かれた。「このあたり一帯は、まだ武蔵野の名残りがあって、いちめんに耕された平野には、ナラ、クヌギ、ケヤキ、赤松などの混った雑木林が至る所にある。武蔵野の林相は、横に匍《は》っているのではなく、垂直な感じで、それもひどく繊細である。荒々しさはない」（『声』）。ここにも武蔵野の名残りを見る一方、同作のなかでは畑が宅地に変わり、新しい住宅が建つようになっていることも見逃してはいない。雑木林と都市化の波のせめぎあいが行われている真っ只中にあるのが、清張の武蔵野である。

五七年には練馬区上石神井《かみしゃくじい》一丁目に家を新築した。ここにもまだ武蔵野の名残りは見られる。「夜の田園が展《ひろ》がっている。月の晩は、蒼白《あおじろ》い光が一面の畑を濡《ぬ》らし、遠くの森や木立が白い靄《もや》にぼやけた。（中略）満月が近づくにつれて光はいよいよ強く、木立の影はいよいよ濃い。往還に出るまでかなり長い防風林の径《みち》を行くと、その先にまた月の光が落ちている」（『たづたづし』）。清張が見たのは、武蔵野の「野」の最後の姿であった。

武蔵野の都市郊外化の可能性は一九三〇年前後から指摘されていたが、五〇年代は武蔵野がまさに消滅し、郊外そのものと化していく時代だった。清張は『移りゆく武蔵野』(『朝日新聞』一九六一年九月一〇日)に「近年、東京都の膨張が急激にこの辺に及び、至るところに団地や文化住宅が造られている。林はきられ、台地は削られ、美しい林層も次第に少なくなり、わずか八年前、人通りもなかった道には、自動車があふれている」と書いている。「野」はすでに失われつつあった。ただ、続けて「しかし、これも武蔵野の歴史であろう」と言うように、それをことさらに惜しんでいるわけでもない。松本清張は郊外化する武蔵野の記録者であった。

清張ブームの絶頂と豪邸

五八年に刊行された『点と線』は清張ブームを巻き起こし、多数の読者を獲得した。東武線の足利市駅の売店で『点と線』を買い、浅草駅に着くまで夢中になって読んだという水上勉《みずかみつとむ》もその一人である。水上は清張の上石神井の家を訪れたこともあった。六一年に清張が直木賞の選考委員となった時、最初の受賞作は水上勉『雁《がん》の寺』であった。授賞式では清張が委員代表としてあいさつしエールを送った。他の選考委員は敗戦以前から文筆活動をしていた作家ばかりだったが、五一年のデビューからわずか一〇年で選考する側へ回っている。ブームの波と注文に応える驚異的な執筆量で急速に地位を確立していったのだった。

この頃から清張は「社会派」と称されるようになる。『日本の黒い霧』では、下山事件や松川事件など占領下で起きた不可解な事件を推理した。これらの事件は当時もまだ終わってはいない。清張は六一年八月八日に仙台高等裁判所で松川事件の被告全員に無罪判決が出た際にも裁判を傍聴している。現地で撮られた写真には、清張のほか、広津和郎《ひろつかずお》、中野重治、水上勉の姿もある。作家たちの発言が社会を動かす大きな力となった。

六一年には杉並区上高井戸、京王井の頭線の浜田山駅と高井戸駅との間に豪邸を建てた。この浜田山の自宅書斎の様子は現在、松本清張記念館で見ることができる。六〇年度の高額所得者番付の作家部門では、松本清張が三八四二万五〇〇〇円で一位に躍り出た。映画俳優一位の森繁久彌が二七八八万一〇〇〇円、野球選手一位の金田正一が二〇七〇万二〇〇〇円だから、他の領域と比較しても遜色《そんしょく》ない。七一年には一億四五三八万円と、ついに一億円を突破した。物価の変動もあるが、二四年には月給一一円の給仕だった清張が、年収一億超へと駆け上がったのだった。

ただ、最初に働いた川北電気小倉出張所の記憶は、いつまでも清張の心の中に残ってい

た。最晩年の八九年には、川北電気時代を書いた『泥炭地』を発表している。この小説には「河東電気小倉出張所」の給仕である福田平吉が登場し、職場での日々が描かれた。「庶務係牧三郎は平吉を教育し監督する立場であったが、それは相当きびしかった。ときに酷烈であった。掃除のやり方が悪いとか、冬だと各人席に置く炭火の熾《おこ》しかたが手間どるとか、茶の入れようが拙《つたな》いとか、使いに行ってくるのに時間がかかりすぎるとか、気がきかないとか、始終睨《にら》みつけては叱言《こごと》を云った」(『泥炭地』)。清張は若い頃に受けた仕打ちを忘れることはなかったようだ。暗い感情を力に変えて生まれる強烈な黒いかがやきが、今日も多くの人を惹きつけ続けるのである。

【出典・参考】

『松本清張全集』全六六巻、文藝春秋、一九七一年四月〜一九九六年三月
『新編水上勉全集 第一六巻』中央公論社、一九九七年一月
郷原宏『清張とその時代』双葉社、二〇〇九年一一月
高橋敏夫『松本清張「隠蔽と暴露」の作家』集英社新書、二〇一八年一月
『地図で読む松本清張』帝国書院、二〇二〇年一二月
山本芳明『カネと文学』新潮社、二〇一三年三月
土屋忍編『武蔵野文化を学ぶ人のために』世界思想社、二〇一四年七月
週刊朝日編『値段の明治・大正・昭和風俗史(上・下)』朝日新聞社、一九八七年三月

軽井沢文壇には文豪しかいない？

軽井沢は狭い。とにかく、狭い。旧中山道に沿い群馬から長野へ向かい、碓氷《うすい》峠を越えた最初の宿場が軽井沢。次に沓掛宿《くつかけしゅく》（中軽井沢）、さらに追分宿（信濃追分）がくる。

カナダ人の宣教師アレクサンダー・クロフト・ショーによって明治期に再発見され、西欧人たちが行きかう多国籍の場となった軽井沢には、西欧を最先端と慕う芸術家たちもつどった。狭い場所に同好の人間が密集するのだから、自然に親密な交流が始まる。

彼らの宿は、「つるや旅館」。一八八六（明治一九）年に旅籠《はたご》から旅館へ転身したつるや旅館の常宿客には、正宗《まさむね》白鳥、室生犀星、芥川龍之介、谷崎潤一郎、菊池寛、堀辰雄、島崎藤村、志賀直哉らの名前が並ぶ。相部屋になった犀星と芥川龍之介が初対面で意気投合し、散歩をしたという逸話もできた。

避暑地として気に入り、別荘を持った作家も多い。室生犀星の苔《こけ》に囲まれた別荘、軽井沢で転居を繰り返す堀辰雄が『風立ちぬ』の結末部執筆時に借りた幸福の谷の別荘は川端康成のもので、有島武郎の心中した別荘もある。水上勉の晩年の住まいも軽井沢だった。

こうして日本近代文学史を彩る文豪たちの名が連なるのを見れば、中央で成功した文豪だけが軽井沢文壇への加入を認められたかのようだが、逆なのだ。文士が文士仲間を呼び、軽井沢という異郷で生活と執筆の場を共有し、文学論を戦わせた結果、日本近代文学史の一ページに記録されるべき軽井沢文壇は生まれ、集った者たちが文豪となった。

軽井沢は狭い。そして、文学好きの人を親密にさせるトポスである。

第4部

終《つい》の棲家《すみか》へ

正岡子規
Shiki Masaoka

泉鏡花
Kyoka Izumi

斎藤茂吉
Mokichi Saito

室生犀星
Saisei Muro

堀辰雄
Tatsuo Hori

水上勉
Tsutomu Mizukami

No.25

Shiki Masaoka

正岡子規の住宅事情
転々とした学生時代と根岸の病床

一八六七年伊予国温泉郡（現愛媛県松山市）生まれ。俳人、歌人。東京帝国大学（現東大）中退。病身ながら、俳句革新や短歌革新に尽力、雑誌『ホトトギス』では写生文にも注力した。代表的な著作に『俳諧大要』『歌よみに与ふる書』『病牀六尺』など。一九〇二年没。

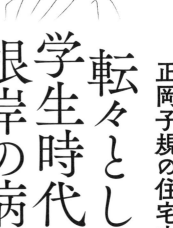

書生としての下宿暮らし

正岡子規の学生時代、「書生の下宿替への頻繁なるはいふまでもなきこと」だった（『筆まかせ』）。松山出身の書生だった子規もその例外ではなく、親戚や友人たちに支えられながら慌ただしく生活環境を変えている。

一八八三年六月、一五歳の子規は叔父である加藤拓川《たくせん》の勧めで郷里松山から念願の上京を果たす。まずは松山中学からの友人、柳原極堂《やなぎはらきょくどう》のいる下宿で数日を過ごすと、その後旧松山藩主久松邸（日本橋区浜町）の「書生小屋」に入り、汚く陰気な六畳二間で不親切な先輩たちと初めての自炊生活を経験した。またこの頃、漢学塾の須田学舎（赤坂区丹後町）にも一時期身を置き、母方の従弟《いとこ》である藤野古白《こはく》と同宿している。古白は喧嘩《けんか》の絶えない問題児で、子規はその監督役だった。

書生小屋を出た子規は、古白の父である藤野漸《すすむ》方（神田区仲猿楽町一九番地）に寄寓《きぐう》する。ここには松山中学の後輩、清水則遠《のりとお》が下宿しており、後には古白も同居することになった。大食をたしなめられたり、門前の掃除を命じられたりと、親類との同居は何かと肩身の狭いものだったという。この間、子規と清水は大学予備門（後の第一高等中学校予科）への入学を目指し、神田区淡路町の共立学校に通っている。

上京から一年が経ち、子規は藤野家とともに牛込《うしごめ》区東五軒町に移り住むと、二畳の玄関間に身を置いた。狭い部屋に本を散らかし、足の踏み場もない状態だったという。そうしたなか、子規は久松家の育英事業である常磐《ときわ》会給費生に選ばれ、月額七円を支給されることになる。当時の下宿料は四円程度が相場だったというから、窮屈な居候生活に終止符を打つ見込みが立ち、独立を望んでいた子規は大いに喜んだ。

図らずもすんなりと予備門に合格できた子規は、入学に合わせて神田区猿楽町板垣方に転居する。南向き二階建ての大きな下宿で、下宿料は賄《まかな》いや灯油代を含めて四円五〇銭だった。同級生の井林《いばやし》博政と相部屋となり、後には清水則遠も同室に転がり込む。机や本棚は奥の三畳間に押しやり、六畳間は寝室兼遊び場として使った。別の部屋には共立学校から一緒だった菊池謙二郎がおり、近所に下宿する柳原極堂も連日のように遊びに来た。

また、それまで政治や法律分野での立身出世を漠然と思い描いていた子規だったが、この頃から哲学を一生の目的として志すようになる（『筆まかせ』）。一方で、以前から文学への関心は持ち続けており、幼い頃から慣れ親しんだ漢詩文を作ることもあれば、坪内逍《しょう》遥《よう》の『当世書生気質《とうせいしょせいかたぎ》』を読んで感嘆することもあった。さらに、生涯にわたって付き合うことになる俳句を作り始めたのもこの頃からである。

気ままな下宿暮らしが続いた一八八六年四月、同居していた清水則遠が脚気《かっけ》の悪化で急逝する。突然身近な友人を亡くした子規はひどく落ち込んだ。旧友秋山真之《さねゆき》の励ましもあって何とか喪主を務めたものの、井林らも転居してしまい彼の周囲は俄《にわ》かに淋《さび》しくなった。その後いくつか下宿を移り住み、一八八七年四月に神田区一ツ橋にある第一高等中学校の寄宿舎に入る。入舎当初の寄宿料は九〇銭で、後に七〇銭に下がった。食費は一日一一銭

程度だったという。

常磐会寄宿舎の青春

一八八八年夏、子規は長命寺（本所区向島）の境内にある桜餅屋、月香楼《げっこうろう》の二階に身を寄せていた。この年の夏季休暇は帰省も旅行もせず、静かな環境で過ごしたかったのだという。部屋からは墨田川が見え、堤に上れば遠く富士山、筑波の山々を望めた。子規はこのとき作った漢文や漢詩、和歌などを『七草集』としてまとめ、それぞれの巻に草花の名を付けた。俳句を収めた萩《はぎ》の巻には、俗世間を離れた暮らしを詠んだ、こんな一句がある

――「世の塵《ちり》を水に流すか向島」。

休暇が明けると、子規は第一高等中学校本科への進学に伴い、本郷区真砂町の常磐会寄宿舎に入る。かつて坪内逍遥の私塾があった土地で、増築された寄宿舎は一八八七年に落成したばかりだった。敷地は約一〇三坪、舎室一二部屋と食堂、賄所を備えている。本郷台地から菊坂方面へと北に下る急な坂道、炭団《たどん》坂の上に建っているため、二階にある子規の居室からは町の様子が見渡せた。当時の子規は長い前書きのあるこんな句も詠んでいる。

常磐会寄宿舎二号室は阪の上にありて、家々の梅園を見下しいと好きなながめなり
梅が香をまとめてをくれ窓の風

当時の子規の印象では、寄宿舎のある本郷は学生にとって住みにくい町だったという（『筆まかせ』）。長らく帝大があった神田区では良質な文房具などが比較的安く手に入るうえ、近隣の店々も学生の扱いに長《た》けていた。一方、本郷に学生が増え始めたのは帝大が移転してきた一八八五年以降のこと。そのため子規が暮らしていた頃にはまだ学生に対して冷淡なところがあり、学生生活には何かと不便だったようだ。

ともあれ、この常磐会寄宿舎で子規は青春を謳歌《おうか》する。寄宿舎の狭い庭にはブランコや鉄棒が設置されていたが、子規たちはもっぱら近くの空き地での球技を好んだ。特に盟友の一人、竹村黄塔《こうとう》が入舎してからは野球に興じる機会が増えた――「まり投げて見たき広場や春の草」。

さらに一八八九年一月、同窓の夏目漱石との交流が始まる。落語の話題が最初のきっかけだったというが、子規が『七草集』を見せたことで互いに詩文の才能を認め合い、打ち解けた手紙のやりとりのなかで文学論を戦わせたりもした。

ところがこの年の五月、子規は初めて多量の喀血《かっけつ》を催した。このとき、「卯《う》の花の散る

まで鳴くか子規《ほととぎす》」などホトトギスの題で数十句の俳句を詠み、以後、「子規」という号を用いるようになる。ホトトギスは甲高い声で鳴き、口の中が赤いことから「啼《な》いて血を吐く」と言われていた。一週間ほど毎晩血を吐いて同室の新海非風《にいのみひふう》らに看病され、一〇月には静養のために不忍《しのばず》弁天境内の下宿（下谷区黒門町）に移った。下谷《したや》は本郷以上に書生向きではなく、周りは飲食店ばかりで下駄や傘、文房具を買うのも苦労したという。

年末に再び寄宿舎に戻ると、今度は竹村黄塔と同じ、二階の八号室に身を置いた。この頃から子規を中心に寄宿舎内で文学熱が高まり、五百木飄亭《いおぎひょうてい》や新海非風らと紅葉会を発足、翌一八九〇年には筆写雑誌『つゞれの錦』を作った。子規は俳句を周囲にも勧め、文学嫌いの舎監には非常に疎まれたという。そしてこの年九月、東京帝国大学哲学科に入学し、翌年二月には文学科へと転じることとなる。

母と妹と根岸の里で

一八九一年一二月、子規は駒込《こまごめ》区追分町に一軒家を借りた。騒がしい寄宿舎を離れて小説の執筆に専念するためだ。翌年初めに書き上げた小説『月の都』は、敬愛する幸田露伴の『風流仏《ふうりゅうぶつ》』に影響された格調高い作品だった。子規はこれを自らの出世作にしようと露伴本人に批評を乞うたが、結果は芳しくなく、出版にまでは至らなかった。この挫折は、子規が俳句や短歌といった韻文の世界に向かう大きなきっかけの一つとなった。

そして一八九二年二月、下谷区上根岸八八番地金井方の八畳間に移り住む。「上野の山《やま》蔭《かげ》にして幽趣ある」と評された「呉竹《くれたけ》の根岸の里」である（『江戸名所図会』）。「雀《すずめ》より鶯《うぐいす》多き根岸哉《かな》」――家の前の小路は鶯横丁と呼ばれ、春先になれば近隣の竹垣や庭先で鶯がよく鳴いた。近くには音無川も流れており、学者や文人の隠居にふさわしい閑静な土地だ。ただ、江戸の昔とは異なり一八八三年に開通した鉄道の騒音が間近に聞こえるようになっていた。転居当初、子規は五百木瓢亭宛ての葉書に「実の処《ところ》汽車の往来喧《かまびす》しく（レールより一町ばかり）ために脳痛をまし候」と書き、「鶯の遠のいてなく汽車の音」と句に詠んでいる。

子規がこの地を選んだのは、陸羯南《くがかつなん》の存在が大きい。羯南は子規の叔父加藤拓川の学友で、日本新聞社の社長である。子規も上京当初から面識があり、彼の紹介で根岸に移り住んだのだ。子規の下宿先は羯南の邸宅と狭い通りを挟んで隣同士である。子規はこの頃から新聞『日本』に紀行文や俳論を連載し始め、大学を中退して日本新聞社に入社することに決める。当初の月給は一五円。別の新聞社を紹介してもらえば倍以上の俸給も望めたが、それは断った。短い後半生を同社の社員として生き、自ら考えた墓碑銘にも「日本新聞社員タリ」の一句は欠かさなかった。

子規は就職と相前後して、松山から母八重と妹律《りつ》を東京に呼び寄せる。年が明け、月給は二〇円に上がったものの、一家を養うには不十分で、叔父の大原恒徳《つねのり》にしばしば資金援助を頼んでいる。一方、文筆活動は軌道に乗り始め、新聞『日本』に新たに俳句欄を設けた。この俳句欄から同郷の後輩、高浜虚子や河東碧梧桐《かわひがしへきごとう》らを輩出し、近代俳句の礎が築かれることとなる。

他方、一八九四年には子規を編集長とする家庭向け新聞『小日本』が創刊される。月給は三〇円に上がり、一家は上根岸八二番地（現台東区根岸二－五－一一）、羯南邸の東隣にある木造平屋建てに転居した。「加賀様を大家に持って梅の花」と詠んだように、この家はもともと旧加賀藩前田家の御家人用長屋で、八畳の座敷と後に子規の病室となる六畳間を備えている。上京以来転々と居所を変えた子規は、ようやくこの地に根を下ろした。

我が境涯は

萩咲て家賃五円の家に住む

『小日本』は半年足らずで廃刊し、子規は再び『日本』に戻ることとなる。またこの頃、日清戦争が勃発すると、終戦間際には子規も従軍記者として異国の地を踏んだ。ところが、行きの道中で古白がピストル自殺したとの報せを受け、さらには劣悪な還境がたたって帰国の船上で喀血、一時重体に陥ってしまう。その後療養を兼ねて松山に帰り、同地に赴任していた漱石としばしの同居生活を送った。

子規は松山からの帰京と前後して、『俳諧大要』や『明治二十九年の俳諧』、『俳人蕪村』といった主要な俳論を発表し、彼率いる「日本派」は俳壇の新興勢力として広く世に知られるようになる。また、柳原極堂が松山で俳句雑誌『ホトトギス』を創刊、発行所を東京に移してからは虚子が編集に当たった。さらに、『歌よみに与ふる書』で歌壇に一石を投じると、交友関係は歌壇にまで広がっていく。「小夜時雨《さよしぐれ》上野を虚子の来つゝあらん」――子規庵には上野の森を通って多くの友人知人が訪れ、句会や歌会、文章会に興じた。

そうした人々との交流に加え、子規の心を慰めたのは二〇坪ほどの小さな庭だった。「大方は寝たきりといふ境涯では、我《わが》十歩の庭園とそれに附随して居る空間とが如何《いか》に余を慰めるかは外の人の想像に及ばない所であらう」（『庭』）。自由に歩くこともできない子規にとって、病床からも見える庭の風景が何よりの楽しみだった。とりわけ、「花は我が世界にして草花は我が命なり」（『吾《わが》幼時の美感』）と語るように自然の草花を愛した。引っ越し当初は殺風景だった庭先にさまざまな植物が植えられていく。

家主が小松三本を植ゑてくれ、隣の嫗《おみな》が萩、芒《すすき》、薔薇《ばら》などをわけてくれたるを初めとし、入谷で買ふて来た菊を地におろすとか、阪本の縁日から提げて帰つた石竹《せきちく》を植ゑるとか、鶏頭、葉鶏頭、百日草抔《など》を人が持つて来てくれるとか、或《あるい》は南の田んぼへ摘草に往《い》たつい でにげん〱を根ながら持つて戻るとか、それこれしてとう〱草だらけの庭になつてしまつた。

（『庭』）

森鷗外がくれた百日草や、向かいの家からもらった数本の鶏頭、洋画家の中村不折《ふせつ》が植えていった葉鶏頭など、周囲の人々によって「十歩の庭園」にさまざまな草花がもたらされた。こうして「小園は余が天地」となり、「草花は余が唯一の詩料」となった。

さらに一八九九年の暮れ、子規の暮らしに大きな変化が起きる。虚子の計らいで病室の障子戸をガラス障子に替えたのだ。これにより暖かな日差しなかで庭の様子を望めるようになった。子規はその喜びを虚子や漱石への手紙に綴り、次のような一文を書いている。

果《はた》してあたゝかい。果して見える。見えるも、見えるも、庭の松の木も見える、杉垣も見える、物干竿も見える、物干竿に足袋《たび》のぶらさげてあるのも見える、其下《その》の枯菊、水仙、小松菜の二葉に霜の置いて居るのも見える、庭に出してある鳥籠も見える、籠の鳥が餌を

喰《く》ふのも見える、さうして一寸《ちょっと》尻をあげて糞《ふん》するのも見える、
（『新年雑記』）

見える、見える、見える――この一節はまだまだ続くが、絵画のような「写生」を文学にも求めた子規は、見えることによってますます創作意欲を掻《か》き立てられていく。「ガラス窓に上野も見えて冬籠《ごもり》」、「ガラス戸の外面《とのも》に咲けるくれなゐの牡丹《ぼたん》の花に蝶の飛ぶ見ゆ」。最晩年には糸瓜《へちま》棚が庭先に作られ、空から垂れる糸瓜が視界に加わった。辞世の句は、死の前日に詠んだ「糸瓜咲て痰《たん》のつまりし仏かな」、「痰一斗糸瓜の水も間にあはず」、「をとゝひのへちまの水も取らざりき」の三句。忌日である九月一九日は糸瓜忌と呼ばれる。

【出典・参考】

『子規全集』全二二巻・別巻三、講談社、一九七五年四月～一九七八年一〇月
柴田宵曲『評伝正岡子規』岩波文庫、一九八六年六月
野田宇太郎『定本文学散歩全集　第三巻』雪華社、一九六二年八月
復本一郎『子規とその時代』三省堂、二〇一二年七月
柳原極堂『友人子規』前田出版社、一九四三年二月
和田克司編『子規選集　第一四巻　子規の一生』増進会出版社、二〇〇三年九月

No.26

Kyoka Izumi

泉鏡花の住宅事情
玄関番としての青春、文人町での安住

一八七三年石川県金沢市生まれ。小説家。北陸英和学校中退。硯友社の尾崎紅葉に師事し、観念小説で注目される。幻想や怪異を取り入れた浪漫的な作風と流麗な文体で独自の境地を開拓した。代表作に『照葉狂言』『高野聖』『歌行燈』など。一九三九年没。

尾崎紅葉の玄関番として

一八八九年四月、泉鏡花は友人の下宿で初めて尾崎紅葉の小説『二人比丘尼色懺悔《ににんびくにいろざんげ》』を読み、深い感銘を受ける。本作は文学結社・硯友社《けんゆうしゃ》を率いる紅葉の出世作だった。この一冊との出会いが鏡花の人生を決定づけることとなる。金沢で暮らす一五歳の少年は、紅葉に崇敬の念を抱き、東京の地に想いを馳《は》せた。「我日本《わがひのもと》の東《あづま》には尾崎紅葉先生とて、文豪のおはするぞ」（『初めて紅葉先生に見《まみ》えし時』）。鏡花はこの前年に第四高等中学校の受験に失敗していたが、以後多くの小説を耽読《たんどく》、翌年になると自らも習作を試み、一〇月には小説家を志して上京する。しかし、紅葉を訪ねる決心はなかなかつかず、借金を重ねながら半年間で一三、四回も下宿を替えたという。

　上京からおよそ一年を経て、鏡花は牛込《うしごめ》横寺町にある紅葉宅を訪問する。紅葉自筆の表札が掛かる冠木門《かぶきもん》を潜り、枝垂《しだ》れ柳のある前庭を進むと、格子戸の玄関がある。静かに戸を開け、出てきた女中に面会を請い、通されたのは八畳の客間。しばらくすると、隣にある六畳の茶の間から紅葉の妻が顔を出し、二階に行くよう案内された。

　螺旋《らせん》の梯子段《はしごだん》を上った二階には八畳と六畳の二間がある。紅葉は奥の六畳間を書斎とし、南の縁側に向けて一閑張《いっかんば》りの机を置いていた。鏡花はこの部屋で初めて憧れの紅葉と対面し、恐縮しながら訪問の理由を伝えた。小説家を目指して上京したもののろくに本も読めず、生活の当てもなく、帰郷する前に一目会いたかったのだと。すると、紅葉は「お前も小説に見込まれたな」と笑い、「都合が出来たら世話をしてやってもよい」と応じた（『紅葉先生の追憶』）。

こうして鏡花は紅葉邸の玄関番となった。翌日には小さな机と本箱を携え、取次の間に移り住んだ。玄関の土間を上がってすぐ、西向きの薄暗い三畳間で、二畳分の畳を敷き、一畳分は板の間のまま使っていたという。

玄関番の仕事は客の取次だけではない。使い走りや朝晩の掃除、それに師匠の相手もしなければならない。紅葉が運動のために薪《まき》割りをすれば手伝い、趣味の弓術を始めれば矢を拾い、さらには凧《たこ》揚げやめんこにも付き合わされた。

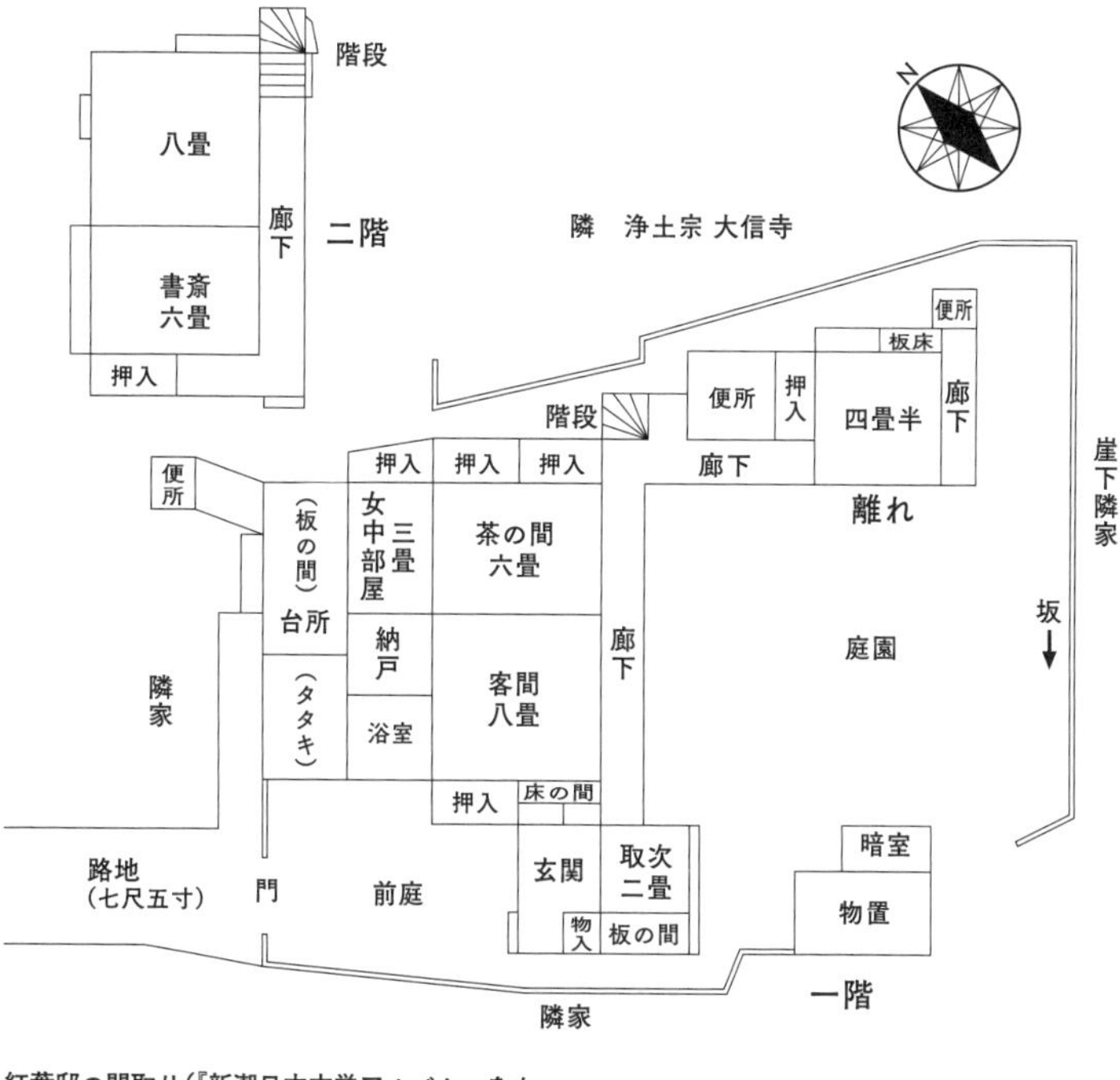

紅葉邸の間取り（『新潮日本文学アルバム』をもとに作成）。玄関脇の狭い取次の間が鏡花の居室。庭にはツツジやサルスベリ、ビワの木などがあった。

住み込みのため衣食住には困らず、毎月五〇銭の小遣いももらっていたが、煙草《たばこ》代には不自由することもあり、後に柳川春葉《やながわしゅんよう》が玄関番に加わると、一銭五厘の煙草を二人で分け合った。また、春葉とは家の者に隠れて夜中にこっそりと焼き芋を買いに行ったこともある。

玄関番として三年ほど過ごした一八九四年一月、郷里金沢の父が没し、修業中の身である鏡花が祖母や弟、妹の生活を背負っていかねばならなくなる。帰郷した彼は生計を立てる術《すべ》もなく、自殺を考えるほど思い悩んだ。しかし、紅葉や祖母の激励を受けて再度上京し、紅葉の添削を受けながら『予備兵』や『義血俠血《ぎけつきょうけつ》』を発表する。そして翌年二月、博文館の『日用百科全書』の編纂《へんさん》を手伝うため、大橋乙羽《おとわ》の家（小石川区戸崎町六一番地）に移り住んだ。乙羽はもともと硯友社の一員で、博文館の創業者である大橋佐平の婿養子として同社の経営を助けていた。鏡花はこの乙羽宅の二階で暮らしながら『夜行巡査』を執筆、同作は博文館が創刊したばかりの雑誌『文藝倶楽部《ぶんげいクラブ》』に掲載され、彼の出世作の一つとなった。

すずと神楽坂での暮らし

一年ほどで乙羽の家を去ると、鏡花は小石川大塚町五七番地に居を移し、郷里から呼んだ祖母きてと弟豊春（号は斜汀）とともに暮らし始める。また、輪島で芸妓《げいぎ》をしていた妹の

他賀《たか》を一時引き取ると、一八九九年頃には、手狭《てぜま》になった大塚町の家を離れて牛込区南《みなみ》榎《えのき》町二二番地に引っ越した。このあたりは木々が鬱蒼《うっそう》としており、昼間でも薄暗い。鏡花の住む古びた二階屋も李《すもも》の木に囲まれていたという。一階は二畳の玄関間と五畳間、六畳間の三間で、鏡花は狭い梯子段を上った二階の四畳半を書斎とした。北側の櫺子《れんじ》窓と向き合うように玄関番時代から使っている小机を据え、かたわらには火鉢と煙草盆が置いてある。壁に落書きされた俳句は句会の際に紅葉が書きつけたもので、鏡花の転居後も長く残されたという。この書斎から、『高野聖《こうやひじり》』や『湯島詣《ゆしまもうで》』といった名作が世に送り出されることとなる。

大塚町に暮らしていた一八九九年一月、鏡花は硯友社の新年会で神楽坂の芸妓、桃太郎を知る。彼女の本名は伊藤すず。「すず」は幼い頃に亡くした鏡花の母と同じ名前だった。『照葉《てりは》狂言』や『草迷宮』など、鏡花は小説の中で美しい母の面影を追い続けることになるが、そんな彼にとって、すずとの出会いは運命的だった。結婚を考えるほどの仲になると、一九〇三年一月、鏡花は家族を連れて牛込区神楽町二丁目二二番地、新築の二階屋に転居する。

この家へ行くには、まず牛込見附の方から神楽坂を上り、すぐ左手の横町に入る。少し歩いて右に曲がり、竹矢来を結った石垣沿いに歩くと黒塗りの門がある。その表門を潜った二軒目が鏡花の家だ。二枚格子の入口を入ると、御影石《みかげいし》の沓《くつ》脱ぎと欅《けやき》の式台が迎えてくれる。障子を開ければ四畳半の玄関間で、小さな開き戸を潜った隣が三畳の居間である。さらに襖《ふすま》の奥には床の間付きの六畳間があり、東側の縁側から小さな庭に出られるようになっている。二階の八畳間が鏡花の書斎で、西向きの窓には手摺《てす》り付きの物干し場があり、そこから神楽坂の通りや飯田町の停車場が望めたという。

転居して間もなく、鏡花は同郷の友人、吉田賢龍の計らいもあり、すずを自らの家に迎え入れる。だが、彼女と暮らし始めたことは師の紅葉には秘密にしていた。若輩の弟子が芸妓を抱えて暮らすなど、昔気質の紅葉が到底許すはずはない。神楽坂の家は横寺町の紅葉宅から六〇〇メートルほどしか離れておらず、鏡花は師の影に怯《おび》えながら暮らさなければならなかった。

後年の『婦系図《おんなけいず》』にはこの頃の体験が反映されている。作中、早瀬主税《ちから》は師の酒井に隠れて芸妓のお蔦《つた》と暮らしていた。紆余《うよ》曲折あって、酒井はその事実を知り、主税に厳しく詰め寄る――「俺を棄《す》てるか、婦《おんな》を棄てるか」。実際、鏡花とすずの同棲《どうせい》も二か月ほどで紅葉の知るところとなり、彼の逆鱗《げきりん》に触れてしまう。主税が酒井を選んだように、鏡花もすずと別れると約束、家を出ることになった彼女には紅葉から一〇円が手渡された。

ところが同年一〇月、紅葉は胃癌《いがん》のため三五歳の若さでこの世を去る。厳しくも敬愛す

る師匠の早すぎる死に、鏡花は深く心を痛めた。ただ、すずとの仲はひそかに続いており、紅葉の死後は再び神楽坂の家で世帯を持っている。亡き師の思いを汲《く》んで長らく籍は入れなかったものの、一九二五年末、鏡花を師と仰ぐ水上瀧太郎《みなかみたきたろう》の強い勧めにより、二人は入籍する。鏡花五二歳のことである。

逗子での幽居

すずとの同棲生活が始まる前年、一九〇二年の夏、鏡花は胃病の療養と避暑を兼ねて逗子にやってきた。東京から汽車で約三時間、当時のベストセラーである徳冨蘆花《とくとみろか》『不如帰《ほととぎす》』の舞台ともなった海辺の町だ。鏡花はまず従姉《いとこ》が滞在する地元の寺に止宿し、桜山街道沿いの一軒家（田越村桜山五七六番地）を紹介してもらう。小高い山沿いの斜面に建つ瓦葺《ぶ》きの家で、海までは一キロメートルほど離れている。八畳、六畳、四畳半の三間に台所、手洗、風呂場が付いており、新築のため出窓の格子戸の木もまだ新しい。鏡花は七輪と土鍋、ランプ、寝具といった最低限の生活道具を荷車に載せ、この家にやってきた。

台所より富士見ゆ。露の木槿《むくげ》ほの紅《あか》う、茅屋《かやや》のあちこち黒き中に、狐火かとばかり灯《ともしび》の

色沈みて、池子《いけご》の麓砧《きぬた》打つ折から、妹《いも》がり行くらん遠畦《とほあぜ》の在郷唄《ざいがううた》、盆過ぎてよりあはれさ更にまされり。

（『逗子だより』）

「池子」は桜山の北にある地名。高台の家からは西の方にある駅までの畦道がよく見える。一か月ほどの滞在ではあったが、この家にはすずが家事を手伝いに来てくれた。そもそもこのときの逗子暮らしには、紅葉のもとを離れ、同棲の準備を進める意図もあったようだ。

一度目の滞在から三年が経ち、すずと神楽坂に暮らしていた一九〇五年七月、鏡花は再び逗子に赴く。二月に祖母を亡くして体調を崩した彼は、胃病の転地療養として一夏を過ごすつもりだった。だが結局三年半もの間、週に二回ほど東京に通いながらこの逗子に滞在することとなる。今回は前に住んだ新宅ではなく、小さな二軒建ての長屋の一棟を借り（田越村大字逗子字亀井九五七番地）、その二階を書斎と定めた。当時の鏡花の境遇を反映するかのように、三年前の滞在時に比べると随分と今度は寂れた住まいだった。

雨は屋を漏り、梟《ふくろふ》軒に鳴き、風は欅の枝を折りて、棟の杮葺《こけら》を貫き、破衾《やれぶすま》の天井を刺さむとす。蘆《あし》の穂は霜寒き枕に散り、ささ蟹《がに》は、むれつゝ畳を走りぬ。

（『泉鏡花年譜』）

この頃の文壇では作家の人生観に根差した自然主義が全盛を迎えており、鏡花の幻想的な作風は勢いのある批評家たちから厳しく批判されていた。そうした逆境もあいまって、当時の鏡花は粥《かゆ》と芋しか喉を通らないほど衰弱していたが、すずや女中、若い書生が身の回りの世話をしてくれたお陰で何とか日々を暮らしていけた。また、逗子の穏やかな自然も、苦境に立つ鏡花の心を慰めてくれた――「逗子の浜辺、野原にはよく夕顔、常夏などが咲いてゐるが、これ等は東京では得られぬところである」（『夏の夕』）。

他方、文壇の主流から取り残されつつあったとはいえ、鏡花の作風を愛好する仲間たちは多く、東京で鏡花を囲む「鏡花会」を開いては彼を元気づけた。また鏡花自身、逗子で暮らす間も創作意欲は衰えておらず、この時期に『婦系図』や『草迷宮』を書き上げている。とりわけ『春昼《しゅんちゅう》』や『春昼後刻』は逗子を舞台としており、当時毎日のように参詣した岩殿寺《がんでんじ》の情景なども描かれている。

約三〇年住んだ「文人町」

逗子での生活を終え、東京に戻った鏡花は麹町《こうじ》土手三番町に居を構える。新居は大きな邸宅の崖下にある平屋で、家賃は三〇円。敷金は親交のあった笹川臨風《ささかわりんぷう》に工面してもらった。天井の高い三間ほどの小さな家だったが、夏場は耐えがたいほど暑く、湿気も非常に多い。大掃除の際に床板をはがすと床下に水が溜まっており、梅雨には畳のへりに茸《きのこ》が生えたという。

潔癖な鏡花はそうした不衛生な環境に耐えかね、一九一〇年五月、同じ麹町の下六番町一一番地（現千代田区六番町五）に転居する。今度は高台に位置するため日当たりはよい。鏡花も閑静な土地柄を気に入り、一九三九年九月に没するまで、二八年の歳月をこの家で送ることとなる。

この六番町の家は市ヶ谷と四谷の中ほど、四つ角の煙草屋を曲がってすぐの所にある。通りを挟んで向かいにある立派な邸宅は、有島武郎《ありしまたけお》、生馬《いくま》、里見弴《とん》の兄弟が暮らした有島邸だ。鏡花が越してきた当時は里見弴が住んでおり、関東大震災後には菊池寛がその一角を借り、文藝春秋社の社屋としていた時期もある。番町から麹町あたりには他にも与謝野晶子や島木赤彦、島崎藤村、武田麟太郎など多くの作家が暮らしたため、この一帯は後に「文人町」と呼ばれることとなる。なかでも、水上瀧太郎は鏡花を慕って彼の近所に引っ越し、久保田万太郎や里見弴とともに、鏡花の晩年まで親しく交流を続けた。

鏡花が暮らしたのは木造二階建ての瀟洒《しょうしゃ》な日本家屋。建坪はおよそ三五坪。鏡花の引っ越し当時で築一〇年以上経っており、以前は三味線の師匠が住んでいたという。家賃は初

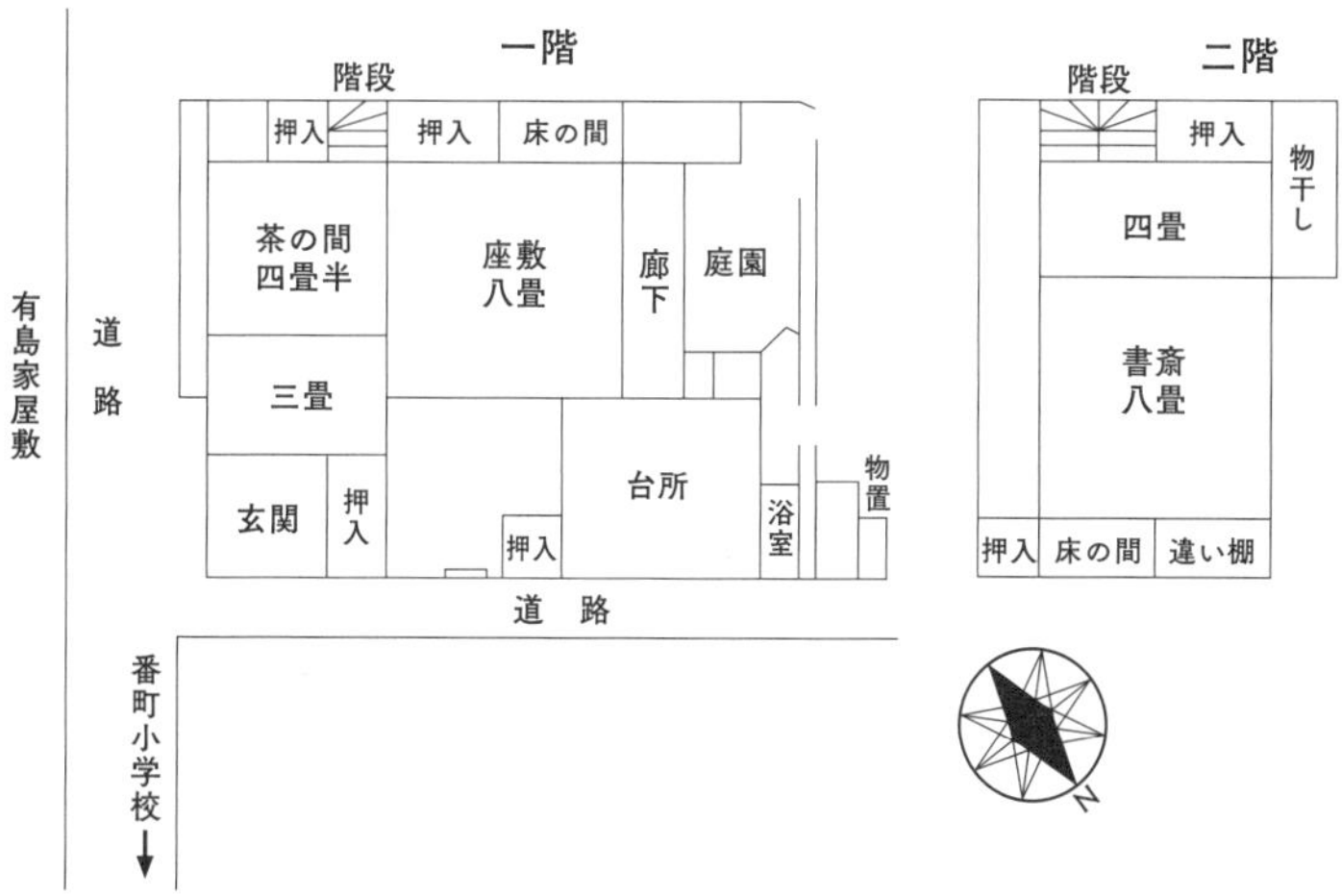

麹町の家の間取り（上、全集月報所収の泉名月「鏡花と住まい」をもとに作成）と書斎の泉鏡花（下、提供：泉鏡花記念館）。写真左手のガラス障子の側が有島邸のある通りに面している。

め一九円だったが、一時は五〇円に値上がりし、鏡花が没した一九三九年頃で四五円だった。

門や前庭はなく、玄関口がそのまま前の通りに面しており、格子戸からは中の様子が透かし見える。玄関にはガラス電灯が掛けられ、身の丈ほどになる観音竹の鉢植が置かれている。框《かまち》を上がると、障子一枚隔てて玄関の間。三畳の部屋に神棚が供えられ、側の柱には電話も設置されていた。その隣の四畳半が茶の間で、長火鉢と煙草盆を挟んで差し向かいで座れるようになっている。

この家では、当時としては珍しくランプを廃して電灯を引いていた。また、天井には雷除けのまじないとして大小のトウモロコシを何本もぶら下げ、天井板の隙間には埃《ほこり》が落ちてこないよう細長く切った障子紙を糊《のり》付けしていたという。鏡花は極度の潔癖症であり、いつもアルコール綿の入った容器を持ち歩き、煮えるほど熱したお燗《かん》を好み、生ものは決して口にしなかった。

茶の間の隣は八畳の座敷で、西側の障子を開けると二坪ほどの狭い庭に出られる。土手三番町の家から一枝手折《たお》ってきた卯《う》の花をはじめ、山吹や紫陽花《あじさい》、山茶花《さざんか》、南天などが植え込まれていた。また、庭の中央に木の灯籠で作った台を設置し、餌を撒《ま》いては雀《すずめ》が来るのを楽しんだという。

茶の間脇の急な階段を上ると、二階は四畳と八畳の二間。通りに面した南東側には欄干のある廊下が通っている。奥の八畳間が鏡花の書斎だ。廊下側のガラス嵌《は》め障子に文机《ふづくえ》を向けているため、ガラス越しに有島邸の庭が見える。左脇には季節を問わず火鉢を置き、その背後、部屋の北西側にある広い窓からは西日が差し込んでくる。北東面にある違い棚には紅葉の写真と博文館の紅葉全集が飾られており、毎朝必ず茶を供えては崇敬する師を仰ぎ続けた。

【出典・参考】

『鏡花全集』（第二刷）全二八巻、別巻一巻、岩波書店、一九七三年二月～一九七六年三月
秋山稔・須田千里・田中励儀・吉田昌志編『新編　泉鏡花集　別巻二』岩波書店、二〇〇六年一月
荒井巌『文人たちのまち　番町麹町』言視舎、二〇一九年一月
石川悌二『近代作家の基礎的研究』明治書院、一九七三年三月
泉名月『羽つき・手がら・鼓の緒』深夜叢書社、一九八二年一月
巌谷大四『人間　泉鏡花』東京書籍、一九七九年一二月
後藤宙外『明治文壇回顧録』（『明治文学全集99　明治文学回顧録集㈡』筑摩書房、一九八〇年八月）
寺木定芳『人、鏡花』武蔵書房、一九四三年九月
野口武彦編『新潮日本文学アルバム22　泉鏡花』新潮社、一九八五年一〇月
野田宇太郎『新東京文学散歩　上野から麻布まで』講談社文芸文庫、二〇一五年二月
松村友視・鈴木彩・富永真樹監修、慶応義塾図書館編『鏡花の書斎　「幻想」の生まれる場所』慶応義塾図書館、二〇一六年一〇月
吉田昌志「泉鏡花『年譜』補訂（十七）」（『学苑』九一七号、二〇一七年三月）
吉田昌志「泉鏡花『年譜』補訂（十八）」（『学苑』九二七号、二〇一八年一月）

No.27

Mokichi Saito

斎藤茂吉の住宅事情

歌人として、精神科医として

一八八二年山形県金瓶村（現上山市）生まれ。歌人。東京大学医科大学卒。正岡子規系の歌誌『馬酔木』、伊藤佐千夫の『アララギ』に参加、子規以来の「写生」を追究し、「実相観入」を提唱した。代表作に歌集『赤光』『あらたま』『白き山』など。一九五三年没。

青山脳病院での暮らし

アララギ派を代表する歌人、斎藤茂吉の住まいは本業である精神科医の仕事とともにあった。一八九六年、一四歳で遠縁の医師、斎藤紀一に引き取られて上京すると、彼が営む浅草区三筋町の浅草医院や、神田区和泉町の東都病院（一九〇三年に改築し帝国脳病院と改名）に寄宿した。その間、開成中学校から第一高等学校に進んで紀一の次女、輝子の娘婿となり、東京帝国大学に進学後は、紀一が新たに開いた青山脳病院（赤坂区青山南町五丁目）の一角に移り住むこととなる。

青山の町かげの田の畔《あぜ》みちをそぞろに来つれ春あさみかも　（『赤光』）

電車とまるここは青山三丁目染屋の紺に雪ふり消居《けを》り　（『あらたま』）

病院が建つ前、このあたりには野畑が広がっており、すぐ東隣の立山墓地にも墓石は少なかったという。それが茂吉の移り住む三年前に青山線が開通し、皇居堀端の三宅坂から青山四丁目までを結ぶようになる（青山三丁目はその沿線）。病院の敷地は約四五〇〇坪で、建坪は約二〇〇〇坪。周囲は赤煉瓦《あかれんが》の塀《へい》に囲まれ、本館は紀一の趣味を反映した総煉瓦造りの荘重な「ローマ建築」である。茂吉は病院の炊事場や裏口に近い病室看護棟の二階、六畳二間で生活し、帝大卒業後はここから勤務先である巣鴨脳病院（小石川区駕籠町）に通った。また、青山に移ってから七年、一九一六年には長男の茂太《しげた》が生まれるが、彼は同じ建物の一階で女中とともに暮らしていたという。

その後、茂吉が三年にわたる欧州留学から帰国する直前、青山脳病院は失火が原因で焼けてしまう。もともと借地だったうえ火災保険が失効しており、茂吉は病院再建に奔走することになる。ただ、塀の外に建てたばかりの新居はかろうじて火災を免れていた。

やけのこれる家に家族があひよりて納豆餅《もちひ》くひにけり　（『ともしび』）

かへりこし家にあかつきのちやぶ台に火焔《ほのほ》の香《か》する沢庵を食《は》む　（『ともしび』）

この三〇坪ほどの家は、帰国する茂吉らのために紀一が設計したものだった。入居当初はまだ火災の爪痕が残っており、焼けた天井の一部に紙を張って暮らしたという。

二階にある一六畳ほどの大広間が茂吉の寝室兼書斎である。愛書家である彼のため、周囲の壁面には天井近くにまで達する書棚が備え付けられ、室内にも複数の書架が並んでいた。一角には紙蚊帳《かみかや》を張った鉄製のベッドがあり、その頭側の近くには北向きの窓がある。茂吉は気が静まるという理由で北窓を好み、北風が強くなる時期には細かく千切った半紙で窓の隙間を丁寧に目張りした。また、床は板張りだが窓の傍《そば》にだけ畳を敷き、一閑張《いっかんば》りの勉強机を置いていたという。

一階の居間には火事のときに病院の応接間から持ち出したピアノが置かれ、次男、宗吉《そうきち》（北杜夫）には玄関脇の二畳間が、長女、百子と次女、昌子には別の四畳半が割り当てられた。三人は茂吉の書斎下にあたる七畳半を寝室としたが、家族が増えて手狭《てぜま》になっていったこともあり、後年には八畳二間と六畳二間、応接室、浴室を増築している。

病院の方はと言うと、近隣住民からの反対もあって再建の許可が下りず、火災からおよそ一年四か月が経ち、「青山脳病院」という名称のまま東京府荏原《えばら》郡松沢村松原で再開した。一方、バラックで診療を続けてきた青山では、松原の本院に対する分院の位置づけで、小規模な青山脳病科病院を新設する。茂吉は、不祥事が重なって警視庁から指導を受けた紀一に代わり四五歳で院長に就任、本院と分院で週一回ずつ診察を行った。一九三三年には輝子のスキャンダルがきっかけで夫婦は長らく別居することとなり、茂吉は青山で、輝子は松原の本院や親戚宅で暮らした。

汽笛、鉄の響き、鐘の音、長崎の住まい

遡《さかのぼ》ること一九一七年一二月、三五歳の茂吉は長崎にやってきた。恩師である呉秀三《くれしゅうぞう》に命じられ、長崎医学専門学校精神科の教授として単身赴任してきたのだ。ひとまず長崎市今

町の旅館「みどりや」に投宿した彼は、到着の翌朝、並び立つ山々に反響する汽笛の音を一首の歌に詠んだ。

朝あけて船より鳴れる太笛《ことぶえ》のこだまはながし並《な》みよろふ山　（『あらたま』）

長崎時代の茂吉は教員として多忙であり、赴任当初から長崎病院の精神科部長としても働いていた。また、仕事の合間に医学の研究を進めねばならず、『アララギ』に短歌を載せる機会は自然と減っていく。とはいえ、折々の歌を手帳に書き留めたり、時には自宅で歌会を催したりと歌とのつながりは絶えておらず、この頃の諸作は後年の歌集『つゆじも』に結実している。

みどりや旅館を出た茂吉は、市内の金屋町二一番地にある二軒長屋へと移った。古びた狭い長屋で、隣や二階の物音が間近に聞こえたという。さらに翌年の春には同じく市内の東中町五四番地の一軒家に転居、帰京するまでの約三年間をこの家で暮らすこととなる。

鉄を打つ音遠暴風《とほあらし》のごとくにてこよひまた聞く夜のふくるまで　（『つゆじも』）

長崎湾の西岸には三菱造船株式会社の造船所があり、対岸の東中町にも鋲《びょう》を打つ「力強い近代的な音響」（『作歌四十年』）が連日夜遅くまで聞こえてきたという。また、当時は市内に活動写真館ができ始め、茂吉が長崎に移る二年前には市電が開業し、長崎病院から築町《つきまち》までを結んでいた。

聖福寺《しゃうふくじ》の鐘の音ちかしかさなれる家の甍《いらか》を越えつつ聞こゆ　（『つゆじも』）

中町の天主堂の鐘ちかく聞き二たびの夏過ぎむとすらし　（『つゆじも』）

近代化が進む一方、市内には歴史ある寺々も点在していた。聖福寺は江戸時代から続く黄檗宗《おうばくしゅう》の寺院で、中町天主堂は一八九六年に建てられたカトリック教会。いずれも茂吉の家の近所にあり、大晦日《おおみそか》になると「周囲の群山に木魂《こだま》して、長崎ぢゆうの鐘が一度に鳴り出した」という（『寓居独語』）。

すぢ向ひの家に大工の夜為事《よしごと》の長崎訛《なまり》きくはさびしも　（『つゆじも』）

茂吉が住んだ家は、表に冠木門《かぶきもん》と煉瓦塀のある、各階二間の小さな二階屋だった。当初は女中との二人暮らしで、一階を女中部屋と居間にあてた。茂吉は急勾配の階段を上った二階、奥の六畳間に寝起きし、道路側の六畳間を書斎として使った。一坪ほどの狭い中庭には飛び石が五、六個敷かれ、隅に生える棕櫚《しゅろ》のほかに目立った草木はなかったという。

東中町に移ってから二か月ほど経ち、茂吉は妻の輝子を東京から呼び寄せる。道路に面した一階の六畳間には、彼女が弾くための貸しピアノが置かれた。だが、病院を離れた初めての夫婦生活は円満とはいかず、輝子は一〇月に東京へと帰ってしまう。彼女は翌年初めにも五か月ほど滞在して再び帰京、一一月に長男茂太を伴ってようやく長崎に落ち着いた。茂吉はスペイン風邪と喀血《かっけつ》に悩まされ、入院や転地療養でしばらく自宅を離れるが、後年の回想では三年余り暮らした東中町の家を、「私の生涯にとつても思出の深いところ」（『作歌四十年』）だと語っている。

長崎をわれ去りゆきて船笛の長きこだまを人聞くらむか

（『つゆじも』）

戦火から逃れて

茂吉が六〇歳を超えた頃、第二次世界大戦が勃発する。茂吉もまた「さだまりてほがらほがらと皇国《すめぐに》の勝《かち》の楽しさや死ぬとも好《よ》けむ」(『作歌四十年』)などと詠んで戦意を発揚したが、戦況は日に日に悪化していく。そうしたなか、上山《かみのやま》温泉の旅館「山城屋」を営む実弟の勧めもあり、茂吉は一二年間別居していた妻の輝子を青山に呼び戻すと、単身上山へと疎開した。ところが、山城屋は学童疎開を受け入れた後、陸軍軍医学校の病室として使うことになってしまう。結局、茂吉は郷里の山形県南村山郡金瓶《かなかめ》村に移り、生家の上隣、妹の嫁ぎ先である斎藤十右衛門方の蔵座敷を借りて暮らし始める。

蔵の中のひとつ火鉢の燠《おき》ほりつつ東京のことたまゆら忘る　(『小園』)

春のみづ山よりくだる音きけばただならぬ戦《たたかひ》の世のごとからず　(『小園』)

「燠」は赤くなった炭火のこと。十右衛門家はもともと庄屋で、茂吉も農作業を手伝うつもりだったが、不慣れな老体では役立てず、結局子守や庭掃除を手伝うに止まった。五月の空襲で青山の家が焼けると、六月には輝子と次女の昌子が合流、茂吉はこの地で家族とともに終戦を迎える。

焼けはてし東京の家を忘れ得ず青き山べに入《い》り来《きた》りけり　（『小園』）

終戦から半年ほど経ち、茂吉は県内の大石田に転居する。出征先から戻ってくる十右衛門の子供たちに部屋を明け渡すためだ。大石田には金瓶村に滞在中から歌会などでたびたび足を運んでいたので、土地の人々とも交流があった。昌子はすでに東京に戻っており、輝子も茂吉と前後して上山に移住し、その後間もなく帰京している。茂吉は初めて暮らす土地で、再び家族と離れた新生活を始めることとなる。

大石田町は最上川の流れる山形県中部の小さな町だ。当時の戸数はおよそ八三〇戸、人口は四六〇〇人程度。南には蔵王山を、北には鳥海山を遠望できる。茂吉はこの自然に囲まれた大石田の地で、晩年の秀作として名高い『白き山』に収められる歌々を詠んだ。

雪ふりて白き山よりいづる日の光に今朝は照らされてゐぬ　（『白き山』）

うつり来て家をいづればこころよく鳥海山高し地平の上に　（『白き山』）

最上川逆白波《さかしらなみ》のたつまでにふぶくゆふべとなりにけるかも　（『白き山』）

茂吉が移り住んだのは、旧家の地主である二藤部《にとべ》兵右衛門家の離れだった。一九二三年に建てられた立派な木造二階建てで、一階には一〇畳と四畳の二間が、二階には八畳と四畳の二間がある。茂吉は主に一階で暮らし、一〇畳間を寝室とし、四畳間を書斎として使った。二階の八畳間は北側の障子を開けるとガラス張りの出窓があり、次男の宗吉がこの部屋に二か月ばかり滞在している。鳥たちの鳴き声が聞こえることから、茂吉はこの離れ屋を「聴禽書屋《ちょうきんしょおく》」と名づけた。

照りさかる夏の一日をほがらほがら鶯《うぐひす》来鳴き楽しくもあるか　（『白き山』）

梟《ふくろう》のこゑを夜ごとに聞きながら「聴禽書屋」にしばしば目ざむ　（『白き山』）

大石田の冬は金瓶村よりも寒さ厳しく、積雪も多い。茂吉は転居の翌月から肋膜炎《ろくまくえん》を患って床に臥《ふ》せたが、二藤部兵右衛門や当地の歌人、板垣家子夫《かねお》に支えられて九月に回復、田沢湖や温泉地に遊び、東北巡幸中の天皇にも拝謁している。

大石田に二とせ住みてわが一世《ひとよ》のおもひであはくあとにのこりき　（『つきかげ』）

家族との新たな暮らし

東北の町よりわれは帰り来てあゝ東京の秋の夜の月　（『つきかげ』）

聴禽書屋を引き上げた茂吉はおよそ二年半ぶりに東京に戻った。妻、輝子と長男、茂太一家が前年から世田谷区代田《だいた》に暮らしており、茂吉もそこに身を寄せることになる。この家は、西荻窪《にしおぎくぼ》の不便な仮宅に耐えかねた輝子が探してきたもの。一人で三〇軒以上の物件を見て回るほど積極的だったが、転居の際には茂吉に無断で出版社から前借りし、また封鎖預金からも金を引き出したため、茂吉を大いに憤慨させたという。

当時の代田は郊外の閑静な屋敷町で、杉垣に囲まれた家々が並んでいた。茂吉が帰って

きた家は、小田急線世田谷代田駅から南へ坂を下った右手にある。もともとあった板塀は前の住人が戦時中に燃料として使ってしまい、引っ越し当初は家の様子が外からも覗《のぞ》けてしまったという。およそ建坪四一坪の二階建てで、一階は玄関横の洋間に始まり、八畳間、六畳間、三畳間、湯殿、台所があり、さらにその横にも六畳と四畳半を備えている。二階には八畳と六畳の二間があり、茂吉はそこを書斎と居室として使った。

われの住む代田の家の二階より白糖のごとき富士山が見ゆ　（『つきかげ』）

二階より下りてゆかざる一時間孫の走るおとしきりにすれど　（『つきかげ』）

大石田の疎開先から引き上げた茂吉にとって、一番の楽しみは前年に生まれた初孫、茂一と暮らすことだった。茂吉は幼い茂一を連れて毎日のように散歩に出かけ、小田急線の線路を隔てた小高い丘などによく足を運んだ。二人目の孫、章二も生まれて次第に手を焼くようになると、茂吉は二階に板障子を設置し、孫たちが書斎に入れないようにしたという。

代田に移り住んで二年が過ぎた頃、慶応病院の医局に勤めていた茂太が開業を決心する。

そのためには医院に適した新居を探さねばならない。茂吉も茂太とともに候補地を回り、最終的には新宿区大京町二二番地にある一八〇坪の土地を購入した。購入には代田の家の売却金や印税の前借りだけでは足りず、長らく住んだ青山の土地も売り払った。四谷大木戸の交差点に近いため自動車や都電の往来はあるものの、割合静かな環境である。

新築の二階屋は診察室や薬局をはじめ部屋数も多く、転居後ほどなくして裏庭に入院病棟も建てている。一九五〇年一〇月、まずは長男一家が引っ越し、軽い脳出血で一時歩行困難となっていた茂吉は、翌月、寝台車で運ばれてこの地に移り住むこととなる。

新宿の大京町といふとほりわが足よわり住みつかむとす　（『つきかげ』）

玄関から続く廊下の突き当たりに扉があり、その先に茂吉と輝子の部屋へと続く短い廊下がある。茂吉は二間のうち、廊下に面した四畳半を居間兼寝室とし、隣の六畳間を書斎として用いた。書斎は東面と南面に出窓があり、北側の壁一面には作り付けの本棚を設置している。

わが部屋の硝子《がらす》戸あらく音たてて二人の孫が折々来る　（『つきかげ』）

居間と廊下はガラス障子で隔てられ、そこから覗く庭先には青山の焼け跡に残った棕櫚や松を植え替えた。茂吉は杖を曳《ひ》いてこの庭を歩き、体調の優れている日は近所にある新宿御苑にも足を運んでいる。転居から一年ほどして茂吉は文化勲章を受章するが、ここが歌の道に生きた彼の終《つい》の棲家《すみか》となった。

【出典・参考】

『斎藤茂吉全集』全三六巻、岩波書店、一九七三年一月〜一九七六年四月
板垣家子夫『斎藤茂吉随行記—大石田の茂吉先生（上・下）』古川書房、一九八三年五月
小倉真理子『斎藤茂吉—人と文学』勉誠出版、二〇〇五年五月
北杜夫『茂吉晩年』岩波現代文庫、二〇〇一年四月
小泉博明『斎藤茂吉　悩める精神病医の眼差し』ミネルヴァ書房、二〇一六年三月
斎藤茂太『快妻物語』文藝春秋、一九六六年九月
斎藤茂太『回想の父茂吉　母輝子』中公文庫、一九九七年一二月
斎藤茂太『茂吉の体臭』岩波現代文庫、二〇〇〇年九月
柴生田稔『斎藤茂吉伝』新潮社、一九七九年六月
柴生田稔『続斎藤茂吉伝』新潮社、一九八一年一月
谷沢永一編『新潮日本文学アルバム14　斎藤茂吉』新潮社、一九八五年三月
藤岡武雄『斎藤茂吉　写真・資料で描く歌と生涯』沖積舎、一九八二年一二月

No.28

Saisei Muro

室生犀星の住宅事情

人と交わり、庭と語らう

一八八九年石川県金沢市生まれ。詩人、小説家。金沢高等小学校中退。上京と帰郷を繰り返しながら詩人として頭角を現す。萩原朔太郎と交流し、後に自伝的な小説も多数執筆した。代表作に詩集『抒情小曲集』、『性に眼覚める頃』『杏っ子』など。一九六二年没。

はじまりは犀川のほとりから

をさなきころより／われは美しき庭をつくらんと
わが家の門べに小石や小草を植ゑつつ／春の永き日の暮るるを知らざりき。

いま人となり／なほこの心のこり／庭にいでてかたちよき石を動かす。
寒竹のそよぎに心を覗《のぞ》かす、／われは疲れることを知らず。

（『童心』）

室生犀星にとって、庭は単なる住まいの一部ではなく、苦しい格闘の場であり、寂しい心の拠《よ》り所だった。そうした庭に対する執着の原点は、彼が幼少期を過ごした金沢市千日町の寺院、雨宝院《うほういん》の庭に遡《さかのぼ》る。

一八八九年、非摘出子として生まれた犀星は、生後間もなく養母の赤井ハツに引き取られる。彼女は雨宝院住職の室生真乗《しんじょう》と内縁関係にあり、寺の隣に暮らしていた。犀星は六歳で真乗の養嗣子《ようしし》になると、実家と渡り廊下でつながった雨宝院の庫裡《くり》で暮らし始める――「その古い庭には秋は深い落葉が埋れて、野分のかぜはいつも寂しく吹いてゐた」（『「故郷にて作れる詩」の終りに』）。

雨宝院の敷地は市内を流れる犀川の川べりにある。暴力的で厳しい養母のいる実家よりも、静かな古寺の庭こそが犀星の心安らぐ居場所だった。第二詩集『抒情小曲集《じょじょうしょうきょくしゅう》』の『覚書』では、幼少期に過ごした寺の様子をこう描く。

寂しき栂《つが》、榎《えのき》の大樹に寺領の四方はとりかこまれ、昼なほ暗き前庭のほとり極めて幽遠なり。その奥の間よりは直ちに犀川をのぞむ。美しき清流寺院の岸を灑《あら》ひて夏といへども涼しきことかぎりなし。川を隔てて、医王、戸室《とむろ》の山はては遠く飛騨《ひだ》の連峯《れんぽう》をも望むことを得。

犀星が思い描く庭には「寂しさ」や「幽遠」といった言葉が似つかわしい。雨宝院の裏手から石段を下りるとそのまま犀川の河原に出られるが、川の水は「瀬に砥《と》がれたきめのこまかな柔らかい質に富んでゐて、茶の日には必要欠くことのできないものであつた」(『性に眼覚める頃』)という。そうした柔らかな水で潤う土や石や木が、非摘出子としての鬱屈《うっくつ》した心を慰めてくれた――「つち澄みうるほひ／石蕗《つは》の花咲き／あはれ知るわが育ちに／鐘の鳴る寺の庭」(『寺の庭』)。

一九〇二年に長町高等小学校を中退した犀星は、義兄の紹介で金沢地方裁判所の給仕として働き始める。三年務めて雇《やとい》に昇格し、初めは二円五〇銭だった月給も三円一〇銭に上がった。この間、俳句を始めて句会にも参加し、地方の新聞にも自作が掲載されている。

さらに三年が経ち、犀星は金沢区裁判所金石《かないわ》出張所に転任する。本庁にも留まれたが、養母のいる実家を離れて自活の道を歩みたかった。金石は犀川の河口に位置する海辺の町。

犀星は御船町《おふねまち》と御塩蔵町《おしおぐらまち》の下宿を経て、本町二三番地にある尼寺、宗源寺に落ち着いた。二階の八畳三間を借り、部屋賃は毎月一円。転勤に伴い月給は六円となり、四年後の退社時には九円に上がっている。この町外れの尼寺で北原白秋の詩集『邪宗門』や詩誌『屋上庭園』を繙《ひもと》き、自らも『抒情小曲集』の詩稿を書き溜めた。後年の小説『海の僧院』に活かされるここでの日々を、犀星はこう振り返る――「まるで美しい詩集のあひだに部屋があつて、そこで活字と一緒に遊び戯れるやうな天の園生《そのふ》のやうなものであつた」（『泥雀の歌』）。

最初の上京は一九一〇年五月、二〇歳のこと。半年勤めた石川新聞を辞め、月給を握りしめて汽車に乗った。当時は米原《まいばら》経由で東海道線に乗ると、新橋まで二〇時間近くかかる。着京後は給仕時代の上司、赤倉錦風の家（下谷区上根岸町二七番地）にしばらく居候し、その後本郷区根津片町の下宿に移った。三畳一間で部屋代は一円五〇銭。以後、谷中三崎町や千駄木林町を転々としたが、引っ越しの車代を節約するために根津界隈《かいわい》を出ることはなく、机と寝具だけを携えて三畳間の安下宿を渡り歩いた。しかし生活は安定せず、一年ほどで失意と窮乏のなか帰郷することとなる。

朔太郎との出会い、田端での暮らし

「ふるさとは遠きにありて思ふもの／そして悲しくうたふもの」――犀星の詩群『小景異情』（『抒情小曲集』所収）の一節である。この詩は初め北原白秋主宰の詩誌『朱欒《ザムボア》』に掲載されたが、それに感銘を受けた萩原朔太郎から犀星宛てに激賞の手紙が届く。そして翌一九一三年二月、東京にいた犀星が前橋の朔太郎を訪ねて二人は初対面を果たす。互いの第一印象は良くなかったが、無一文の犀星は朔太郎が用意してくれた下宿に一か月近く滞在、その間に文学談議を交わして親交を深めた。犀星によれば、当時東京の貧しい詩人たちは下宿の払いが滞ると、生活に余裕のある地方の詩人のもとでしばらく過ごし、帰京後は前の下宿に帰らずそのまま新たな下宿に移ったという。犀星もその例に倣《なら》い、前橋での費用一切は朔太郎に任せて東京に戻り、新たに本郷千駄木町の下宿に入った。だが、その後再び生活は困窮、同年八月には金沢に戻っている。

一九一五年一〇月の上京以降はようやく放浪生活に終止符を打ち、東京に軸足を置いた生活が始まる。翌年六月には朔太郎とともに感情詩社を興して雑誌『感情』を創刊、犀星の下宿先（本郷千駄木町一二〇番地）を発行所とした。

さらにその翌月、後に一〇年以上の歳月を過ごすことになる田端へと居を移す。当時の田端は「田舎めいた青青しい生薑《しょうが》の畑と畑の続いた土地だつた」(『林泉雑稿』)。犀星が同地を選んだのは、長町高等小学校時代からの友人、吉田三郎が住んでいたためである。彫刻家である吉田もまた師の板谷波山《いたやはざん》を慕って田端に暮らしていた。犀星の転居以降も朔太郎や菊池寛、堀辰雄らが続々と移住、人が人を呼び、芸術家たちが集う田端は「文士村」と呼ばれるようになる。

犀星が最初に住んだのは、田

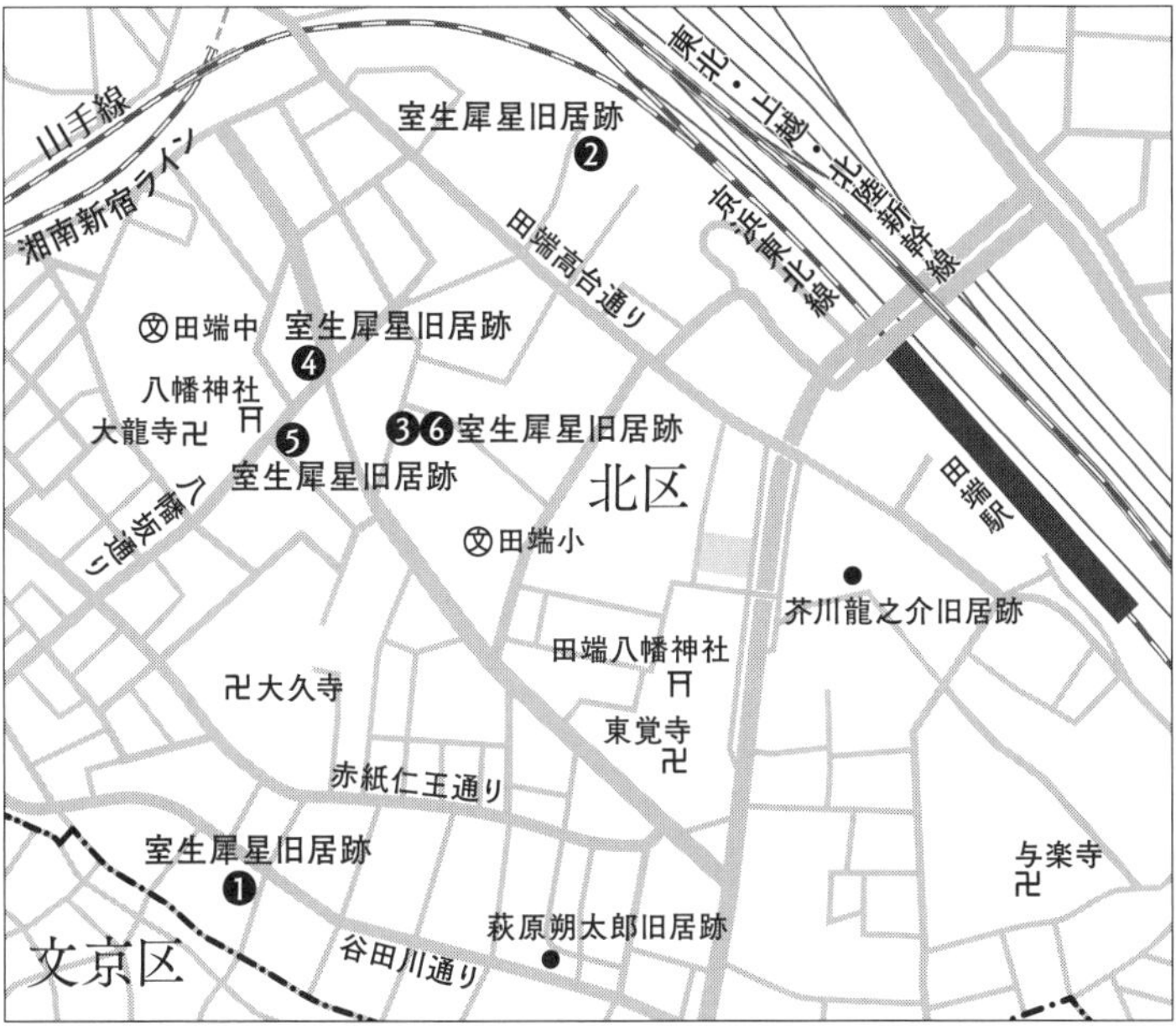

田端文士村界隈と犀星の旧居。犀星は田端で何度か転居しているが、❸と❻(523番地)には震災を挟んで長らく暮らした。

端一六三番地にある百姓家、沢田方の六畳間。下宿代は月七円で、『感情』の売り上げで細々と暮らしていけた。この家で暮らす間、犀星は第一詩集『愛の詩集』を一九一八年一月に自費出版する。印刷費は二六〇円だったが、定価一円二〇銭の初版四八〇部は一月も経たずに売り切れ、出資の二倍以上の収益をもたらした。同年二月には一時帰郷して浅川とみ子と結婚、九月に刊行した『抒情小曲集』も好評を博した。

結婚に伴い犀星は沢田家の離れへと居を移す。八畳と四畳半二間に縁側があり、一〇坪ほどの庭には向日葵《ひまわり》や山吹が花を咲かせた。家賃は六円。小さいが閑静なこの家で、犀星は新たに『幼年時代』や『性に眼覚める頃』といった小説を執筆するようになる。また、同じ田端に住む芥川龍之介とも知り合い、徐々に友人として距離を縮めていった。

その後田端駅に近い高台の家（五七一番地）を経て、一九二一年三月、今度は五二三番地に転居する。およそ六〇坪の敷地で、八畳の書斎に六畳の茶の間、三畳の納戸があり、後に小さな離れも設けている。転居後まもなく、長男の豹太郎《ひょうたろう》が生まれるが、溺愛《できあい》した我が子は一年足らずで病死してしまう。「わが家には子守唄はたと止みつつ／ひとびと物言はず／ものうげにうごくことなく／ただ溜息のみつき／きのふもけふも暮れけり。」（『溜息』）。亡児への哀惜は五編の小説と一編の詩集に刻まれた。この頃から犀星には厭世《えんせい》的な傾向が強まり、骨董《こっとう》や庭造りに関心を寄せ始める。

人は庭つくりの奥に触れようとして／石や木と格闘をする、
格闘はその人が庭をつくる間／永年に亘《わた》つて続く、
憩ひもなく休みもない、
その道に従《つ》くもののための苦しさが続く。

（『庭』）

一九二三年八月に長女の朝子が生まれ、その四日後、関東大震災が発生する。難を逃れた一家は金沢に移り、犀川の畔《ほとり》にある借家（川岸町一一）にしばし腰を落ち着けることとなる。

芥川の死を転機として

震災から一年半ほど経った一九二五年一月、犀星は単身上京して田端六一三番地に仮寓《かぐう》、翌月に六〇八番地で家族を迎えると、四月には五二三番地の旧宅が空いたためそちらに移った。その直後、盟友の朔太郎が近所に転居してきたので、毎日のように会って過ごした。また、堀辰雄や中野重治、窪川鶴次郎といった文学青年たちも出入りするようになり、彼らが雑誌『驢馬《ろば》』を創刊すると、犀星も発行費用の不足分を負担してやったという。

この頃、犀星は独り帰郷して天徳院の寺領一五〇坪を借り、思うままに庭を造った。妻宛ての手紙（一九二六年五月二二日付）では造園の予定をこう伝えている。「垣根二日、地ならし二日、石はこび二日、しき石しくため二日、木の植込三日、流れをとる小川二三日、仲々大変也」。

この庭でも石の存在は大きかった。四面に仏像が刻まれた角灯籠は金沢で入手したもの。「飛石は六十何枚かあつたが、それらには苔《こけ》が蒸しついて幼年の頃に庭で見た懐しい飛石に似てゐた」（『庭のわかれ』）という。犀星は言う、「石が寂しい姿と色とを持つてゐるから人間は好きになれる」（『庭をつくる人』）。彼は仕事に疲れるとこの庭に来て手を加え、さらには田端で造った離れも移築し、手放すまでに四、五千円もの大金を費やすこととなる。

田端の借家でも庭造りは進められ、「殆《ほとん》ど庭の中に隈《くま》なきまでに飛石を打ち、矢竹を植え、小さな池を掘り、郷里にある石を搬《はこ》」（『林泉雑稿』）んだ。また、一九二六年九月には次男の朝巳が生まれ、日々の生活に賑やかな彩りが加わった。だがその翌年夏、犀星は避暑のために訪れていた軽井沢で芥川の自殺を知ることとなる。

芥川の死から一年ほど経ち、犀星はその悲しみから逃れるように、一〇年以上暮らした田端を離れることにした。家族を連れて軽井沢や金沢で過ごした後、単身上京、雑司ヶ谷や駒込《こまごめ》で新居を探し歩き、馬込《まごめ》に住む朔太郎の妻、稲子の紹介で荏原《えばら》郡馬込町谷中

一〇七七番地に居を定めた。朔太郎の家までは徒歩一〇分程度の場所だ。台地に挟まれた谷中はかつて沼地だったため地盤が緩い。震災から間もないだけあって犀星としてもその点は気掛かりで、高台に移るまでの仮住まいと考えていたようだ。

この家は山王台地の西端にある石段の下に建ち、傍《そば》には溝川が流れていた。家賃は月四〇円と割合高い。家は三畳の玄関の間を中心に左側には六畳と八畳間があり、この二間を縁側が囲んでいる。また、棟の右側には四畳半と女中部屋、狭い風呂場がある。四畳半は書庫に使い、子供たちを入らせなかったという。また、玄関を左手に回ると柴折戸《しおりど》で二分された小さな庭に出られる。戸の側にある大きな南天をはじめ、松や八つ手、ツゲ、楓《かえで》、山茶花《さざんか》なども植わっていたが、前の家のように庭造りに打ち込むことはなかった。

初めての持ち家

谷中に暮らしている間、幼い二人の子供たちはよく体調を崩した。犀星はその原因が谷間の湿気がちな環境にあると考え、一九三一年四月、自宅の新築を検討し始める。費用を捻出するために蔵書の大部分を手放し、保険金を解約し、さらには天徳院寺領の庵と庭も売却した。そして一一月、大森区馬込町久保七六三番地（現大田区南馬込一－四九－一〇）に一五〇坪の土地を購入する。大森駅から車で五分、徒歩二〇分ほどの場所だ。犀星は家屋の建築中から周囲を垣で囲い、早くも庭を造り始める。彼自身「最後の庭」となる心積もりだったようで、毎日谷中の家から通っては準備を進めたという。

さらにこの間、軽井沢の大塚山麓に一〇〇〇坪の土地を借り、別荘を新築する。犀星は毎夏三か月余りを軽井沢の旅館や貸別荘で過ごしており、この地で芥川や堀辰雄、立原道造、川端康成らと親交を深めてきた。当時の軽井沢は洋館が多かったが、犀星が建てたのは小さな日本家屋だった。玄関脇には朴《ほお》の木が伸び、外壁は真白、深緑の杉苔が敷きつめられた庭には石の水鉢が置かれている。玄関の間は三畳で、八畳の書斎と四畳半の茶の間、庭の奥には客用の四畳半があり、後年には四畳の離れも作った。台所と風呂場に水道が引かれているため便利がよく、第二次大戦中には約四年にわたってこの別荘に疎開している。

軽井沢に別荘を建てた翌年、東京でも「こほろぎ箱といつた方が適当な小さな家」（『泥雀の歌』）が完成する。道路に面しているのは敷地の西側のみで、周囲に住宅はほとんどない。東隣には切り立った赤土の崖の上に萬福寺の墓地があり、その崖を隠すように椎《しい》や松などで茂みを作った。家の裏手にあたる北側は、小窓のある大谷石の塀《へい》で囲われている。その向こうは転居前からある蕪《かぶ》畑だ。南隣はもともと竹藪《たけやぶ》だったが、後年隣家が建てられた際には、庭の景観を損ねないよう垣の上に椿《つばき》を植えたという。

　敷地の南半分は広々とした庭で、家屋は北寄りに建っている。建坪は約三〇坪。犀星自ら図面を引いたという。南向きの玄関を中心に棟の東西に居室が配され、通り縁から庭に出られるようになっている。東側には八畳の書斎と次の間があり、玄関を挟んで西側には八畳の茶の間、六畳の子供部屋、女中部屋が配される。庭にこだわる反面家事には疎かったようで、台所は狭く、水道も引かれていないため、井戸端の手押しポンプで水を汲《く》まなければならなかったという。南西寄りの表門から御影石の

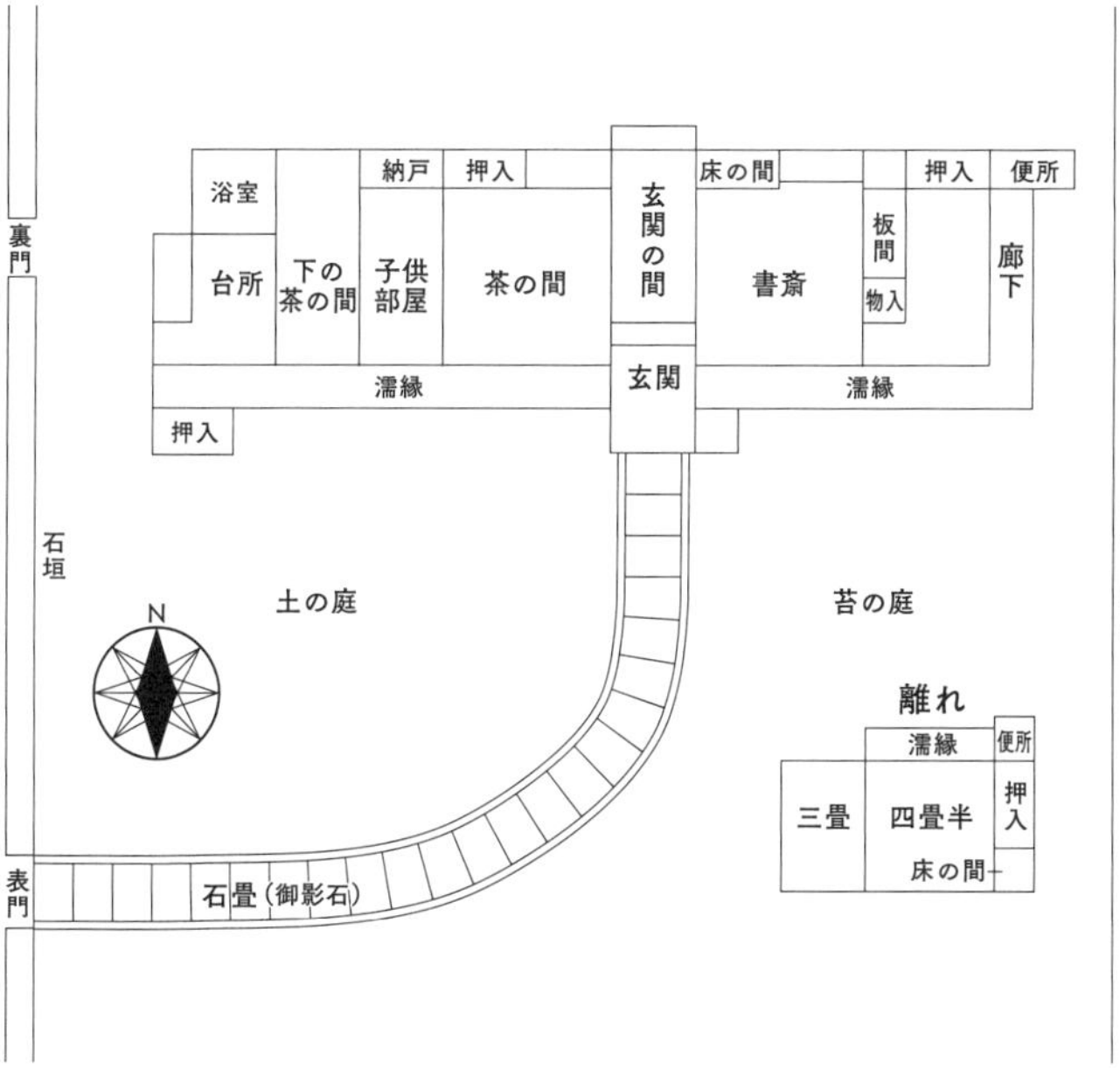

大森馬込の家の間取り（市川秀和「室生犀星における「終の住まいと庭」」をもとに作成)。広々とした庭は石仏や庭木によって調和が保たれていたが、晩年の犀星はとりわけ土と垣に愛着を持った。

石畳が玄関まで続いており、庭全体を左右に区切っている。茶の間などに相対する左側の庭は土を基調とし、石の水盤などを埋め込んだ「土の台座」が設けられた。一方、書斎などの前の庭には苔を敷き、四方仏《よほうぶつ》の水鉢が置かれた。側には金沢から移した岡あやめや杏《あんず》も植わっており、その向こうには四畳半と三畳間のある離れも建てた。犀星は大きな仕事を終えるごとに庭に手を加え、生涯庭との対話を続けた。

私は庭とけふも話をしてゐた／私は庭の肩さきに凭《もた》れてうっとりとしてゐた
私は庭の方でも凭れてゐることを感じた／私は誰よりも深く庭をあいしてゐた
私は／私は庭にくちびるのあることを知ってゐた

（『春の庭』）

【出典・参考】

『室生犀星全集』全一二巻・別巻二、新潮社、一九六四年三月〜一九六九年一月
市川秀和「室生犀星における「終の住まいと庭」」（『室生犀星研究』三二号、二〇〇九年一一月）
近藤富枝『田端文士村』中公文庫、一九八三年一〇月
近藤富枝『馬込文学地図』中公文庫、一九八四年六月
葉山修平監修『室生犀星事典』鼎書房、二〇〇八年七月
本多浩『室生犀星伝』明治書院、二〇〇〇年一一月
室生朝子『大森　犀星　昭和』リブロポート、一九八八年四月
室生朝子『父犀星と軽井沢』毎日新聞社、一九八七年一〇月
室生朝子『花の歳時暦』講談社、一九八四年一一月
室生犀星文学アルバム刊行会編『切なき思ひを愛す――歿後50年記念出版』菁柿堂、二〇一二年三月

No.29

Tatsuo Hori

堀辰雄の住宅事情

母のいた向島から、第二のふるさと軽井沢へ

一九〇四年東京市麹町区(現千代田区)生まれ。小説家。東京帝国大学卒業。芥川龍之介とのかかわりを『聖家族』へ結晶。結核のため作家人生のほとんどを療養に費やした。代表作に『美しい村』『風立ちぬ』など。一九五三年没。

軽井沢という異郷

高原の風に描きかけのカンバスをあおられながら、語り手の青年にもたれる少女。「風立ちぬ、いざいきめやも」とつぶやき、少女の肩を抱く青年。

Le vent se lève, il faut tenter de vivre.――フランスの詩人ポール・ヴァレリーの「海辺の墓地」の一節をエピグラフに掲げ、「風立ちぬ、いざいきめやも」という堀辰雄自身の絶妙な訳語に彩られた代表作『風立ちぬ』は、一九三六年から発表が始まった。堀辰雄は三二歳で、前年に婚約者であった矢野綾子を亡くしたばかりだった。

草原、白樺《しらかば》の木立、水車の路……俗世から切り離されたかのような軽井沢高原での恋は、一瞬ゆえの鮮烈なきらめきをはなち、それに続く静かな病と死の描写を引き寄せた。肺病に侵されてゆく恋人節子のかたわらで、愛を育みながら病を受け入れるほかなかった語り手は、節子を失った後に再び思い出の軽井沢へ戻り、幸福の谷《ハッピーバレー》と称された万平ホテル裏手の別荘地帯で、孤独な冬ごもりをする。「おい、来て御覧、雉子《きじ》が来ているぞ」。死者の幻の吐息を近く聞き、仕種を身近に感じ、死者に呼びかける語り手と、彼をとりまくガラス細工のような繊細な冬の描写は、現実離れした幻のように美しくはかない。「人々の謂《い》うところの幸福の谷――そう、なるほどこうやって住み慣れてしまえば私だってそう人々といっしょになって呼んでも好いような気のする位だ」。

小説『ルウベンスの偽画』、『聖家族』、『美しい村』、『風立ちぬ』、『菜穂子《なおこ》』、『ふるさとびと』。堀辰雄の小説の舞台は、浅間山を望む宿場町の軽井沢から旧中山道沿いに沓掛宿《くつかけしゅく》(中軽井沢)、さらに追分宿(信濃追分)と、密接につながっている。実際、堀辰雄は主要作の多くを軽井沢で書いた。たとえば、『風立ちぬ』の語り手が山ごもりした山荘が、執筆時期に借り受けていた幸福の谷に実在した川端康成の別荘であったように。

東京の酷暑に辟易《へきえき》したカナダ人の宣教師アレクサンダー・クロフト・ショーによって故郷のトロントと似た清涼な地として「発見」され、明治期に整備されたこの約一〇キロにおよぶエリアは、現在でも人々でにぎわう有数の避暑地である。東京から新幹線に乗って一時間たらずの高原は、豊かな自然の中に別荘が立ち並ぶ場であるとともに、東京からの日帰り客にとっても手近な非日常を提供している。

しかし、堀辰雄が室生犀星《むろうさいせい》を訪ね初めており立った、一九二三年の軽井沢は、とびきりの非日常であった。一八九三年に日本初のアプト式ラックレールを用いて急峻《きゅうしゅん》な碓氷峠《うすい》を鉄道が通って碓氷馬車鉄道が廃止され、明治末には信越線が高崎新潟間を走るようになり、大正に入ると草軽《くさかる》軽便鉄道が草津と軽井沢を結んでいた。とはいえ、東京から手軽な旅とはいえぬおよそ半日の道のりの先には、まさしく異郷が広がっていた。

親友の神西《じんざい》清宛ての葉書に、堀辰雄は書く。「まるで活動写真のようなものだ。道で出遭うものは、異人さんたちと異国語ばっかりだ」。下町に育った一八歳の堀辰雄には、軽井沢がどれほど特別な地に見えたことだろう。

下町育ちの生粋の江戸っ子だった

避暑地を舞台にした繊細な心理描写で、美しくもはかない物語を立て続けに書く堀辰雄は、ほぼ同時に、『幼年時代』や『花を持てる女』と題したエッセイでかつての記憶を記してもいる。

私は自分の幼年時代の思い出の中から、これまで何度も何度もそれを思い出したおかげで、いつか自分の現在の気もちと綯《な》い交ぜになってしまっているようなものばかりを主として、書いてゆくつもりだ。そして私はそれらの幼年時代のすべてを、単なるなつかしい思い出としては取り扱うまい。まあ言ってみれば、私はそこに自分の人生の本質のようなものを見出したい。

私は四つか五つの時分まで、父というものを知らずに、或《あ》る土手下の小さな家で、母とおばあさんの手だけで育てられた。しかし、その土手下の小さな家については、私は殆《ほとん》どなんの記憶も持っていない。

唯《ただ》一つ、こういう記憶だけが私には妙にはっきりと残っている。――或る晩、母が私を背中におぶって、土手の上に出た。そこには人々が集って、空を眺めていた。母が言った。「ほら、花火だよ、綺麗《きれい》だねえ……」みんなの眺めている空の一角に、ときどき目のさめるような美しい光が蜘蛛手《くもで》にぱあっと弾けては、又ぱあっと消えてゆくのを見ながら、私はわけも分からずに母の腕のなかで小躍りしていた。

（『幼年時代』）

堀辰雄は一九〇四年一二月に東京麹町《こうじ》区平河町（現千代田区平河町）で、東京地方裁判所の監督書記であった堀浜之助を実父として誕生した。浜之助は広島藩の士族の生まれで、国もとに本妻がいたものの、志気《しげ》を東京の妻として嫡子辰雄をもうけた。ところが、本妻こうの上京により、二歳の辰雄は母志気に連れられ生家を出た。本妻に子が望めなかった堀家は、辰雄を籍に残したが、その後ほとんど交流を持つことはなかった。

志気はまず向島小梅町の妹の家に寄宿し、翌年には向島土手下の水戸藩下屋敷梅田別邸（現隅田公園）裏で煙草《たばこ》屋を開く。山の手の「立派な門構えの、玄関先に飛石など打ってあるような屋敷」（『花を持てる女』）で生まれた辰雄は、こうして下町で育つことになる。零落した町人の家に生まれた志気は、少女時分から家計を支えてきた勝ち気な手腕で幼子を養ったが、辰雄が四歳の時に彫金師上条松吉と再婚し、向島須崎町（現向島二丁目）へ越す。彫金師の頭として工房と弟子を持つこの養父は、辰雄に深い情をかけ、経済的にも不自

隅田川を臨む下町と向島の旧居跡。母志気が煙草屋をいとなんだ旧居跡（現墨田区向島1- 7）は、道むかいの隅田公園内の案内板でそれを知ることができる。須崎町の旧居跡（現墨田区向島3-36）にも、養父松吉と堀辰雄の写真入りの案内板がおかれている。

由をさせなかった。「父も母も、江戸っ子肌のさっぱりとした気性の人であったから、そのまま私のことでは一度も悶着したこともないらしく、誰の目にもほんとうの親子と思われるほどだった」とエッセイ『花を持てる女』にはある。辰雄は自分だけが上条姓ではなく堀姓であることを不思議に思っていたものの、母と松吉の間がこじれて跡継ぎのいない家に養子に出された過去があるのだと思い込み、二三歳で松吉と死に別れるまで、実の父と疑わなかった。上条松吉も、実の親と信じて甘える辰雄をかわいがり、「あいつもかわいそうといえば、かわいそうだが、まあ自分にはこんなにうれしいことはない」と言い、だから自分が死ぬまでは本当のことを息子に言わないでほしいと親類に語ったという。

江戸っ子肌の両親に愛され、工房の若い衆に囲まれた少年は、第一高等学校に入学後寄宿舎生活に入るまで、水辺の下町、墨田区向島の活気を吸って育つ。「猫ぢや、猫ぢや」と端唄『おっちょこちょい節』を踊り唄って家族に見せ、勇ましい剣舞写真も残す堀辰雄は、下町育ちの生粋の江戸っ子だったのである。

関東大震災で母を失う

エッセイ『花を持てる女』は、母の死から一九年、かつ生誕の秘密を知るきっかけとな

った養父の死から三年半たって、こう書きだされた。

私はその日はじめて妻をつれて亡き母の墓まいりに往《い》った。

圓通寺というその古い寺のある請地町《うけじまち》は、向島の私たちのうちからそう離れてもいないし、それにそこいらの場末の町々は私の小さい時からいろいろと馴染みのあるところなので、一度ぐらいはそういうところも妻に見せておこうと思って、寺まで曳舟《ひきふね》通りを歩いていって見ることにした。私たちのうちを出て、源森川に添ってしばらく往くと、やがて曳舟通りに出る。それからその堀割に添いながら、北に向うと、庚申塚《こうしんづか》橋とか、小梅橋とか、七本松橋とか、そういうなつかしい名まえをもった木の橋がいくつも私たちの目のまえに現れては消える。ここいらも震災後、まるっきり変わってしまったけれども、またいつのまにか以前のように、右岸には大きな工場が立ち並び、左岸には低い汚い小家がぎっしりと詰まって、相対しながら堀割を挟《はさ》んでいるのだった。くさい、濁った水のいろも、昔のままといえば昔のままだった。

（『花を持てる女』一九四二『文学界』）

溺愛《できあい》してくれた母志気を、堀辰雄は一八歳で亡くす。関東大震災の時、逃げる途中で家族と離れてしまった志気は火炎旋風にまかれ、自宅近くの土手から隅田川へ飛び込み水死したのだった。それは、「ほら、花火だよ、綺麗だねえ……」とつぶやいた土手からそう遠くはなかったろう。

『花を持てる女』というタイトルは、生け花をする若かりし頃の志気の写真からきている。それは見慣れた母の写真とは思えないほど美しく、しかも、ただ美しいというばかりか、あだっぽい芸者の姿に見えたために印象に残った。だが、母が芸者だったかもしれぬのを、「江戸の古い町家のあわれな末路の一つを見いだし、何か自分の生い立ちにも一抹の云いしれず暗い翳《かげ》のかかっているのを感ずるが、しかしそれはそれだけのことである、――もしそういうものが私の心をすこしでも傷ましむるとすれば、それは私の母をなつかしむ情の一つのあらわれにすぎないであろう」と書き、「私はこんな場末の汚い墓地に眠っている母を何かいかにも自分の母らしいようになつかしく思」うと記すのだった。

エッセイ『花を持てる女』が雑誌に載った時期から見て、母の墓へ妻多恵を伴ったのは、結婚から四年、父の死から三年半ほど後のことである。突然にもぎ取られた母も、彼女の過去の暗さも、自身の生い立ちも、それらすべての現場となった向島も――すべてをなつかしく抱きとめ、ごみごみと薄汚れた下町への愛着と重ねるためには、堀辰雄にとってかなりの時間が必要だったのである。

そしてそんな時間と同じく堀辰雄に必要だったのが、ふるさと下町でない場所、異国の

ような非日常の地、軽井沢であった。

母のいたふるさとから、母のいるふるさとへ

関東大震災直後、若い友を気にする犀星は、しかし故郷の金沢へ帰らねばならなかった。そこで犀星は、堀辰雄を芥川龍之介に託す。先輩詩人としての犀星との関係と、小説『聖家族』へ結晶する芥川との短い師弟関係は、軽井沢での避暑を毎年の恒例行事にさせた。さまざまな言語がとびかう国際的なトポス軽井沢は、新たな潮流を作り出そうとする文化人をもひきよせていた。室生犀星、萩原朔太郎、芥川龍之介、川端康成……多くの文人が、この地を愛し、さほど広いとはいえない浅間山麓の高原に集っていた。母を失った青年は、この特異で活気あふれた高原での新たな人間関係と、文学へのさらなる傾倒によって慰められたのに違いない。

一九二三年の冬に発病した肋膜炎《ろくまくえん》をそののち幾度もぶり返し、療養生活を余儀なくされた堀辰雄は、にもかかわらず、意欲的に作品を発表し続ける。『ルウベンスの偽画』も、最初の作品集『不器用な天使』も『聖家族』も『恢復期《かいふくき》』も、喀血《かっけつ》と入院と療養生活のサイクルの中で書かれた。プルーストやモーリアック、リルケらの影響下に生まれた繊細な

筆致は、自他の死を孤独に凝視しながらも、陰惨さから遠く、あくまでも透明で明るい。

「死のかげ」を背負ったからこそ、一九歳の夏に軽井沢で出会った矢野綾子との濃密な関係は活きいきとし、未来の「生」への渇望をいだかせた。力強いファウストの独白を引用して始まる小説『美しい村』に描かれた季節であった。

ところが、二人一緒に入院した富士見高原療養所で、綾子だけが亡くなる。婚約者の死に殉じようとするかのように始まった厳冬の軽井沢での冬ごもりは、またしても文学、小説『風立ちぬ』の完成と、追分で知った加藤多恵との新たな関係によって癒されていく。

そんな多恵との新居もまた、軽井沢であった。もちろん、軽井沢での冬越しは困難をきわめたから、堀夫婦も療養先の鎌倉で短い借家暮らしを経験し、東京杉並の夫人の実家の庭に家も建てた。しかし――。

しかし堀辰雄は、終焉《しゅうえん》の地として追分を選び、最後の居を構えることになる。

軽井沢の隣町の追分は、三部作『菜穂子』『楡《にれ》の家』『ふるさとびと』の舞台で、間近に浅間山を望む地である。

興味深いのは、前二部のサイドストーリーとしてなった、小説『ふるさとびと』。「おようがまだ二十かそこいらで、もう夫と離別し、幼児をひとりかかえて、生みの親たちと一しょに住むことになった分去《わかさ》れの村は」と始まる物語のヒロイン「およう」に、堀辰雄の

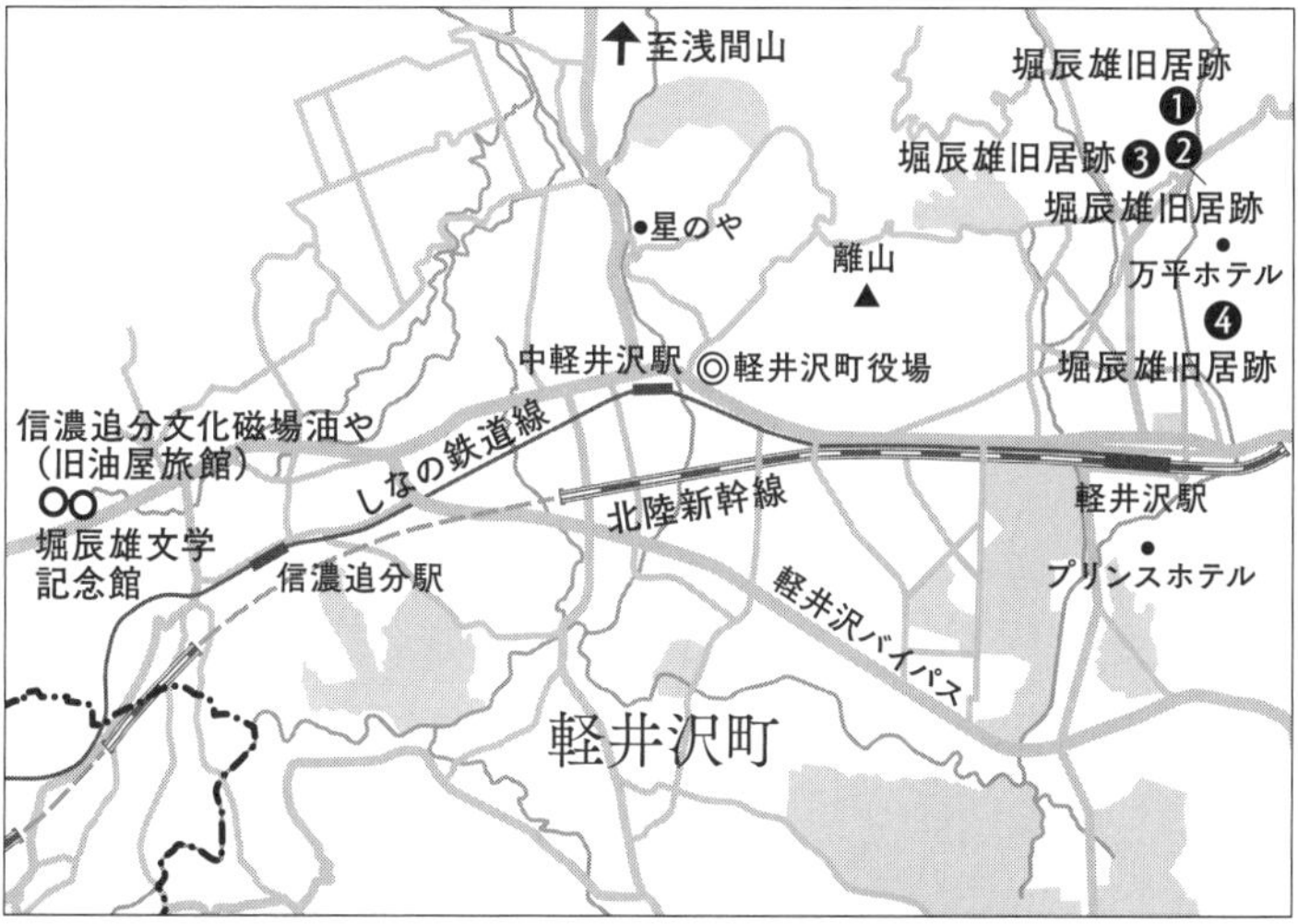

旧軽井沢から追分にいたる堀辰雄の旧居跡(上)と、堀辰雄文学記念館内にある追分の邸宅(下、提供: 堀辰雄文学記念館)。東京と浅間山麓を行き来して暮らした堀辰雄は、軽井沢の中でも別荘を転々とした。JR軽井沢駅から北に広がる三笠エリア、すなわちTHE軽井沢ともいえる旧軽井沢だけでも4度移転している。終の棲家となった追分の邸宅には現在、堀辰雄文学記念館(軽井沢町大字追分662)が併設されている。書斎のある母屋のみならず、写真左に見られる離れの書庫も公開されており、北側には浅間山がそびえる。

母志気の面影が見えることである。おようは、裕福な避暑客ではなく、没落した宿屋の娘であり、嫁ぎ先で苦労したあげく出戻り、働きながら病弱な子供に手を焼く若い母親なのだ。しかも芥川龍之介とその恋人片山広子をモデルとした森と三村夫人、さらに、堀辰雄自身も投影された都築《つづき》明と、ヒロインおようは一瞬の交錯を果たす。

芥川と出会い文壇に躍り出た自らを、物語の中でだけでも母親に見せたかった、そして浅間山麓の高原に母も連れてきたかった、と考えるのは空想的にすぎるであろうか。おそらくそうではあるまい。

こうして長編小説『ふるさとびと』において、母のいたふるさと向島と、母を失った堀辰雄がもっとも長い時間を過ごした浅間山を臨む第二のふるさとがつながったのである。

堀辰雄の文学的頂点ともされる『菜穂子』三部作を『ふるさとびと』で終えた三九歳の堀辰雄は、翌年の大喀血の後、追分で絶対安静の療養生活に入る。初めは仮寓《かぐう》にすぎなかった追分生活だが、最後の一年一〇か月を過ごす新居まで建てることになった。開放的な書斎にとられた病床から浅間山を眺めるのが、堀辰雄最期の日課であった。この住宅は、しなの鉄道信濃《しなの》追分駅の北側の堀辰雄文学記念館の中に現存する。

中村真一郎や川端康成、折口信夫《しのぶ》、立原道造、中野重治らを迎え、軽井沢文壇の中心となった堀辰雄のもとには、長い闘病の時期にも多くの作家たちが訪れた。少年時代からの

親友神西清も、駆け付けた。犀星が「姫こおろぎ」と呼んだ紅顔の青年は、作家として頭角を現した二〇代初めからその死にいたるまで、誰からも信頼され言祝《ことほ》がれる高原文壇のホストであり続けたのである。

若かりし頃の母の面影を追分に登場させた『ふるさとびと』刊行から八年後、大半を病床で過ごした堀辰雄は、四八年の春、第二のふるさと追分で没した。

川端康成、中村真一郎、室生朝子（犀星の娘）、中野重治、加藤道夫らの捧げる黙とうが、浅間山を背にした写真に残っている。

【出典・参考】

『日本現代文学全集76　堀辰雄集』講談社、一九六一年七月
堀辰雄『風立ちぬ・美しい村』新潮文庫、一九五一年一月
堀辰雄『菜穂子』岩波文庫、一九七三年四月
小久保実編『新潮日本文学アルバム17　堀辰雄』新潮社、一九八四年一二月
『堀辰雄』ちくま日本文学、二〇〇九年九月
堀辰雄文学記念館カタログ

No.30

Tsutomu Mizukami

水上勉の住宅事情
闇のなか、郷里の竹の音が聞こえる

一九一九年福井県大飯郡（現おおい町）生まれ。小説家。立命館大学中退。戦後、私小説『フライパンの歌』で出発するが、長く小説から離れ、後に『雁の寺』で直木賞を受賞。代表作に『飢餓海峡』『五番町夕霧楼』など。二〇〇四年没。

心の奥にはいつも竹があった

人はそれぞれ、一本の樹木を生涯の暦の底に秘して涙を託するものだ

六七歳の水上勉にこういわしめた樹木は――竹である。

実存を問う沈重な第一次戦後派の時代に、私小説『フライパンの歌』で苦笑の軽妙さをくりだし、混乱と貧困の時代に喝采をもって受け入れられた水上勉。『霧と影』『海の牙』『飢餓海峡』など、松本清張と並ぶ社会派推理作家として一世を風靡《ふうび》し、『雁《がん》の寺』『五番町夕霧楼』『越前竹人形』など人間を描く名手となった水上勉。産後すぐに発覚した次女直子の二分脊椎症に端を発して、障がいのある人々に目を向け、はげまし、社会の歪《ゆが》みの是正を願う社会活動家ともみなされた水上勉。文壇随一の美男子と呼ばれ、文士芝居の花形であった水上勉。作家を柱に全人的な活動を行い、文壇内外で常に注目を集め続けた水上勉こそ、「最後の文豪」といってよいだろう。

しかし、というよりだからこそ、水上勉の生と生の場所は、変転に変転を重ねないわけにはいかなかった。「最後の文豪」は、あるべき住環境を渇望し続け、そして、そこにはいつも竹と竹藪《たけやぶ》があった。

竹藪へのひそかな恨み

僕は竹藪にひそかな恨みを抱いていた。というのは、生まれた家の周囲が、よその藪で、

三方囲まれていて、五月ともなると、筍《たけのこ》は何百本と生えていたが、地主でないから、これを掘りおこすことも、喰うこともゆるされなかった。年中竹藪のおかげで陽をさえぎられるため、屋根はしめって青草が生え、くさりも早く、暗い家暮らしだったけれど、竹の恵みにはあまり浴さなかったのである。

（「若竹のころ」一九八六）

水上勉の第一の「住宅」は、飢えの恨みとも結びつく、他人からの借りものであった。福井県大飯《おおい》郡本郷村大字岡田区第九号の三番地。「乞食谷《こじきだん》」と呼ばれる地のすぐ上方、目と鼻の先に墓所を抱く集落にあって、水上家はとりわけ貧しかった。借り受けた木小屋は壁も満足に機能せず、家主の所有する竹藪は日光を奪った。遊蕩《ゆうとう》癖のある父親はなかなか帰らず、家計を支え得ないばかりか、大工の腕を自宅の修繕へ振るおうともしない。盲目の祖母と六人兄弟（そのうち一人は夭逝）は、小作に出る母かんの細腕によって命をつないだ。九歳の勉少年が、徒弟として京都の臨済宗相国寺塔頭瑞春院《しゅうこくじたっちゅうずいしゅんいん》へ出されるのは、だから、口減らしのためだった。寺の小僧ならば食べることもできよう、就学も出世も望めよう。若狭《わかさ》本郷駅の改札口まで送ってきた母かんが、すまないというように自分へ向けてお辞儀をしたと、水上勉は繰り返しくりかえし書いている。

瑞春院は、同志社大学を挟んで京都御所の北に敷地を広げる、相国寺の脇寺《わきでら》である。檜《ひのき》

や楓《かえで》が豊かに植え込まれた庭園には、こぢんまりした滝と池が配され、現在でも緑多く静寂を守る。

京都のにぎわいと相国寺の大きさに圧倒された勉少年は、美しく化粧し着飾る住職の妻に今から母親代わりだと宣告されて、さらに面食らう。しかも、妻帯を許されぬはずの当時の禅寺にあって、「だいこく」は臨月であった。母を楽にしたいと生家を離れた少年は、厳しい修行とオムツまで洗う子守生活に泣き、食卓でも一切れのグジ（甘鯛）をも分け与えられない「差別」に空きっ腹を持て余し、「ねじられた子」（『わが六道の闇夜』）となって、わずか三年を待たずに瑞春院を脱走する。

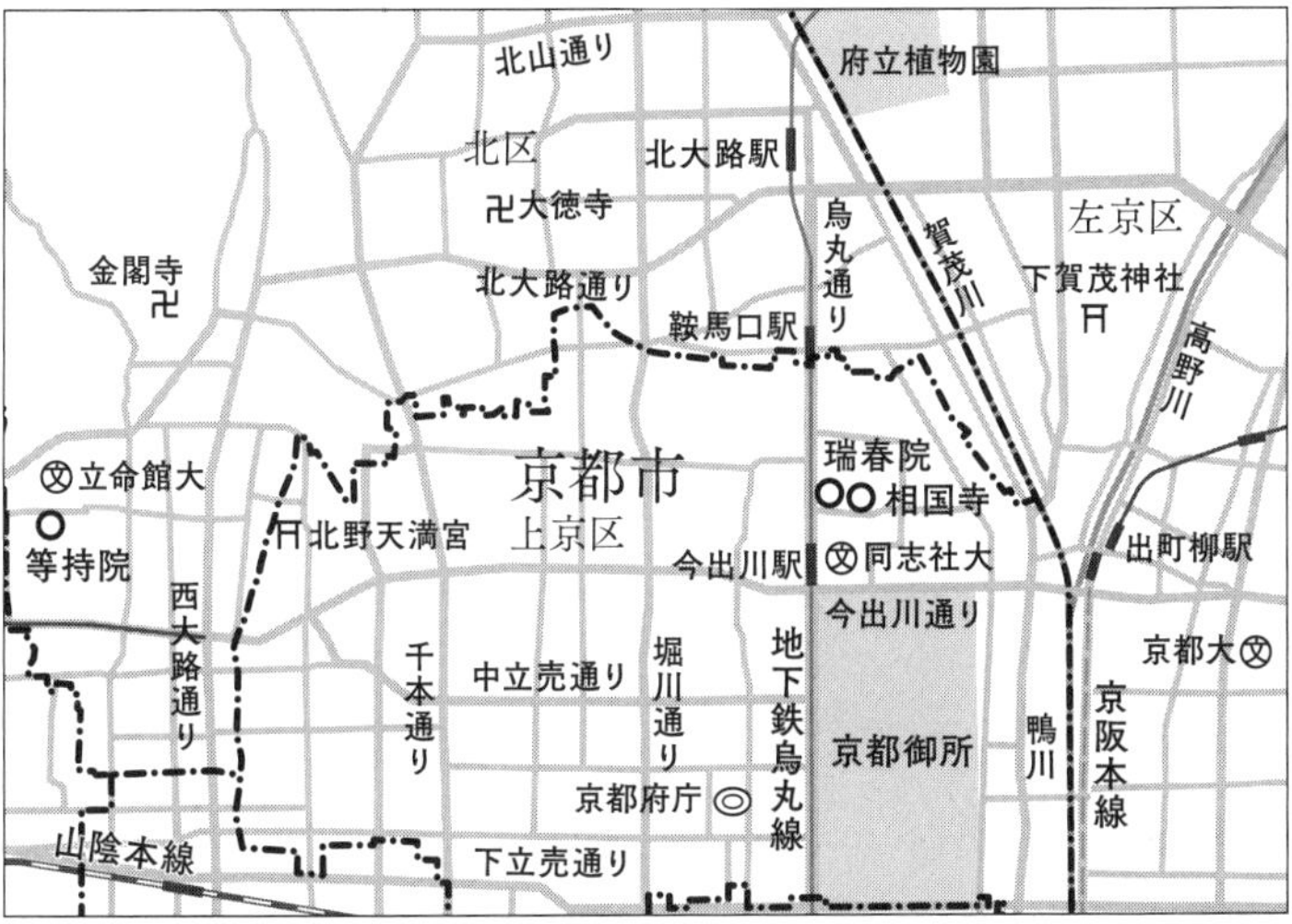

小僧として幼い日をすごした洛中の北側。京都御所の北方、相国寺の境内にある塔頭瑞春院（上京区相国寺門前町）は、小説『雁の寺』の舞台となった。次に小僧となった等持院（北区等持院北町63）も、通った立命館大学も、ごく近いエリアにある。

後に小説『雁の寺』へと結晶するこの鬱屈《うっくつ》の場、静かな庭園ではなく「丈高い孟宗《もうそう》藪」（「京の竹」一九七五年）に囲まれた場として水上勉に記憶される瑞春院は、またしても他人の庭、他人の竹藪、安住しえぬ借りの「住宅」であった。

満州滞在三か月で喀血、若狭での療養生活

瑞春院から脱走したところで、水上勉は生家へ逃げ帰るわけにはいかない。貧困が一二歳の彼を、再度、衣笠山《きぬがさやま》等持院の小僧にした。だが、この禅寺にも自らの居場所を見出し得なかった少年は、花園中学校卒業後間もなく還俗《げんぞく》。むぎわら膏薬《こうやく》を売りながら立命館大学に通うが、一年もたずに退学。京都府の満州開拓少年義勇軍の応募係として宣伝業務にあたるうちに、自らも満州へ行ってみる気になった。

「職業紹介所の試験に応募した私はパスした。給料は、現地へ行くと八十円ぐらいくれるということだった。因《ちな》みに、府庁の給料は、『雇職』で、十八円だった。八十円といえば、田舎の小学校の校長の給料ぐらいあった。その誘惑と、支度金の二百円に魅かれて、私は、その年の九月に渡満する移民団に参加した」。一九三八年当時の教員の初任給は五〇円前後、二〇二〇年では二二〇万ほどであるから、今の貨幣価値にして支度金と初任給で

一〇〇万円以上を支給されたという満州移民団は、生活を立て直そうとする若者にはさぞかし魅力的だったろう。千本天久《てんきゅう》のビールと、馴染みになっていた五番町の女性の花代に、支度金を使い切ったと書く（「千本木丸太町付近」）。

だが、渡満は、水上勉の変転をさらに加速させた。差別に人一倍敏感だった青年は、中国人の苦力《クーリー》を使う仕事を嫌悪し、それに慣れていく周囲を嫌悪し、気候の違う満州でもともと丈夫でなかった身体を壊す。満州滞在三か月にして喀血《かっけつ》、後に数度病むことになる肺結核であった。否応なく若狭の母のもとに引き取られた彼は、頼れる「住宅」とはいいがたい生家で成人の肉体を養われつつ、現実から逃げるように文学作品へ没頭し小品を書き始めた。

初めて所有し得た「住宅」

かつて文学青年がこぞって、東京を目指した。情報と知を媒介する大小の出版社が乱立し、書き手の共同体であるとともに読み手の共同体でもある同人誌が泡沫《ほうまつ》のごとく現れては消えた東京が、「中央文壇」と呼ばれた頃の話である。水上勉も二一歳で上京し、東京での赤貧生活を開始する。記者や編集者を経験し、戦況悪化で福井へ疎開し国民学校の教師をつとめ、軍馬を飼育する京都の部隊に召集、除隊、終戦。再上京後も出版編集業を続けながら文学活動を続け、宇野浩二らから口述筆記の名手として重宝がられた。

しかし一方では、籍を入れることのなかった女性との第一子（窪島誠一郎）を養子に出し、疎開先で生後間もない女児を亡くし、生活苦からキャバレーに出した妻に逃げられて幼い長女蕗子《ふきこ》をひとりで育て、肺結核を再発して喀血し、時には酔って酒場に蕗子を置き忘れ……無頼派さながらの火宅である。

その火宅を苦笑いの調子で柔らかく描く私小説『フライパンの歌』を脱稿したのは、一九四八年。小説家の列には加わったものの、生活に追いまくられ、児童文学の翻案で糊《こ》口《こう》をうるおし、業界新聞を転々、服飾雑誌の男性モデル、洋服の行商と、職を選ぶ余裕はなかった。

もちろん、借家生活も続いた。神田鍛冶町《かじちょう》、浦和白幡《しらはた》町、弓町、東大農学部前、真砂町、青柳町、文京区富坂、松戸市下矢切、小石川初音町。転居の時期がはっきりしない下宿先も多く、腰を落ち着ける間もない流浪生活は、まるで旅人である。『朝日新聞』社会面に連載した『東京図絵』が文庫化された際（『私版　東京図絵』一九九九）、「東京を野良犬のように転々としてくらした」と自ら書くのも、無理はない。

初めて、水上勉が自ら「住宅」を所有したとみられるのが、新しい妻叡子《えいこ》を得て、『霧

と影』や『海の牙』が直木賞候補となり、文壇に返り咲いた一九六〇年。豊島区高松町に五〇坪の土地付きの新築一軒家、代金二五〇万円の「住宅」を持った水上勉は、四一歳になっていた。当時の給与所得者の平均年収が三〇万円、二〇一五年度が四二〇万円なので、この住宅の価格は現在の感覚で三五〇〇万円といったところだろうか。先の連載エッセイ『東京図絵』に、「以前から頼まれているK社の書下ろし作品を徹夜で書き上げれば前渡ししてもらえるという約束があって、このころから、ぼちぼち自転車操業ともいうべき、借金、仕事、仕事、借金という悪循環の暮らしが始まりかけていた」と回想する筆致の饒舌《じょうぜつ》さは、多分に満足を含んでいる。K社とは、この年に『海の牙』『火の笛』を立て続けに上梓《じょうし》した河出書房新社であろう。

成城の竹藪

『雁の寺』で直木賞作家となり、『霧と影』が映画化され、『銀の川』『決潰《けっかい》』『棺《ひつぎ》の花』『野の墓標』を刊行した一九六一年。『飢餓海峡』連載、『死の流域』『雁の死』『虫の宴』『眼』の刊行に、『雁の寺』が映画化された一九六二年。不動の社会派推理作家はすでに、謎解きではなく「人間」とりわけ、「小さなもの、弱いもの、貧しいもの、苦しむもの、憤るもの」

をめぐる人間模様を「犯罪」によって際立たせる稀有《けう》な人間描写の作家になっていた。

「人間」を書くことへの執心は、師匠宇野浩二のアドバイスもあったが、間違いなく、自身の貧困と変転そして失望とともに学んだ仏教からくる持ち前の社会観であったといってよい。同時代かつ同ジャンルの大家松本清張が社会の中央に巣くう巨悪の暴露者なら、「小さなもの、弱いもの、貧しいもの、苦しむもの、憤るもの」を抱きとめ寄りそうことで社会の闇を指し示した暗闇の伴走者か。純文学の繊細な描写を持つ多作なストーリーテラーとして、文壇づきあいの悪いというよりそもそも人嫌いの松本清張からも一目置かれた水上勉は、この時点で戦後大衆文学、否、戦後文学の花形に躍り出ていた。

そんな折に妻叡子が妊娠、次女直子が誕生する。二分脊椎症の娘を高松の家で育てがたいと判断した水上勉は一九六三年、四四歳で世田谷区成城六丁目の「住居」へ再度屋移《やうつ》りする。今度は「東宝映画の監督さんでHという人の持ち物で、売りに出ていた」（『私版 東京図絵』）物件、小田急線成城駅から徒歩で三分という好立地であった。「ホテルや旅館で仕事をするくせになっていた私には居宅に執着する理由はなかったのだが、こんどの家は庭も広くて階下四部屋、二階二部屋の間取りも気に入った。しかし、成城と聞くと、高級住宅地のイメージがつよく、『おれも偉くなった気がするなあ』といった怖《お》じ気も生じないとは言えなかった」。

この成城の家の庭は旧平塚らいてふ邸の裏庭に通じていたことが転居後に判明し、平塚邸にあった桜の巨木ごと地所を買い取った水上勉は、その桜を大切に守るとともに、「門から玄関までのアプローチに孟宗竹を三〇本、京都から植木屋さんに移植してもらった。その竹林に紅椿《べにつばき》の二種も植えた。一本は五弁、他の一本は、ひとひらずつ落ちる八重である。両方とも真紅だったので、よく根づいた孟宗竹の間に、冬じゅう花を散らせるのを眺めて暮らした」。初めて持った、自らの竹藪である。

同年に生家に残した母のため、六畳の部屋を新築すべく若狭に送金もしている。「老いた母は六十五になって、はじめて、自分の寝所をえて正月をむかえる境遇になった」(「私の正月」)と書く水上勉は、しかし同じエッセイを、「私は、この元旦があけたら旅に出ようと思う。あてどのない旅である。正月は、もっとも私を孤独におとしいれる」と結んでいる。

成城の一等地に二軒分の地所を有する「住宅」で念願の竹藪を茂らせ得ても、貧しさから逃走する性《さが》は、水上勉を普通の暮らしに馴染ませなかったのだろうか。多作をとおりこして乱作期の「文豪」は、各地のあるいは都内の宿を転々とし、後には軽井沢に仕事部屋を構え、学童期を暮らした京都では百万遍にも勉強部屋を持つようになってさえ、「住宅」に落ち着くことがない。

軽井沢での土を喰う日々

一九七九年刊行の『軽井沢日記』の冒頭には、「狐の冬」と題されたエッセイがある。ゴルフ場で生け捕られた子狐に母狐が毎晩会いに来るらしい、父親狐のことは知らないが餌探しの間に子を人間に捕られた親狐は地獄の思いであろう――「雨がふると発熱する子を抱えて、私はその治療費を捻出するために働かねばならないのである。軽井沢で冬ごもりするのも、資料の書籍をもちこんでしまったためでもあるが、しかしこれも、地獄を逃げてきている半分の口実であることは確かなのだ。母子がどうあろうと、父親は、働かねばならない」。障害に加えて前年に追突事故にあって病院通いが絶えない直子を思い、自身を親狐に仮託しつつ、水上勉は出稼ぎ生活を続けた。

もっとも長かった出稼ぎの場は、軽井沢である。

避暑地として名高い高原でも、水上勉は何度も別荘を転々とした。六本辻、レマン湖と名付けられた新開発の軽井沢レイクガーデン、南ヶ丘、南原《みなみはら》に隣接する塩沢通り……。東京との行き来に便利で、冬場は人影もまばらな軽井沢は、たしかにカンヅメになるには適切な出稼ぎ場所に違いない。

そんな軽井沢でももっとも長い時間を過ごした仕事部屋、一九七六年頃から数年は越冬の場ともし、その後一五年間の春夏秋を過ごした「住宅」は、南ヶ丘にあった。国道一八号線と軽井沢バイパスに近いこの地は、南原と並ぶ屈指の高級別荘地である。

とはいえ、この南ヶ丘で水上が行ったのは、便利を避けあえて薪で煮炊きする生活であった。幼い日の寺暮らしでつちかった手腕が発揮された写真付きのエッセイ、精進料理本のような『土を喰《く》ふ日々』（一九七八）に詳しい。第一期の個人全集が中央公論社から刊行開始となり、『壺坂幻想』『寺泊《てらどまり》』の執筆時期と重なり、『金閣炎上』の上梓も迫る時期であるから、時間と手間という意味では贅沢《ぜいたく》だが、その実きわめて質素な、里芋の皮も惜しむまさに「土を喰う日々」である。一見貧しい土を喰う生活は、一九七〇年代終わりのものであることを思えば、過剰になりゆく文明への自然に根差したアンチテーゼだったのだろう。

他方、塩沢通りに面して一九七七年に建てられた山荘は、元朝日新聞社の牧野尚一撮影の写真（窪島誠一郎『雁と雁の子　父・水上勉との日々』）から推測して、第一子窪島《くぼしま》誠一郎との再会場所と思われる。この地所はそもそも、直子のように障がいのある子供たちの施設として購入されたものだが、自然豊かな避暑地に障がい者施設はそぐわないという隣家の反対にあったため、退職した牧野尚一氏らへ分譲しつつ、残した約一二五平方メートルの庭付き家屋を応接間としたり自作を公演する文学座をはじめとした集団などへ開放したりするしかなくなった。同地は後に、縁続きでもあった演出家の木村光一夫婦に譲られ、木村光一からフランス料理店エルミタージュ・ドゥ・タムラへわたり現存している。

いつも故郷若狭の竹と竹藪があった

狐やリスと親しく暮らし、松にこぶし、栗《くり》の木立を見上げ、浅間山麓を眺めた水上勉は、軽井沢にも竹を植えようと腐心する。竹製の文楽人形劇「越前竹人形の会」に使う竹を欲した水上勉は、尺八づくりもした父や木挽《こび》きの祖父を回想しながら、竹に語り掛けた。「たのむから、活着《かっちゃく》してくれよ。そうでないと、せっかく、お前さんたちを、松井田からトラックで碓氷《うすい》峠で運んだ甲斐がないからな……金もかかったんだから」（「樹との対話」一九八二）。一本一万円の竹を一三本移植したと詳細に書き残す水上勉からは、常に心にかかっていた「金銭」と「竹」、両方への関心、すなわち貧困の記憶が読みとれよう。が、何度試みても寒冷地に竹は根づかなかった。

だから、一九八五年、郷里に「若州《じゃくしゅう》一滴文庫」を建設したとき、こう書くことになる。

ぼくは、こんど、もし、村へ帰って、ぼくの家をもてるような境遇になったら、家まわ

りに竹を植えたいものだと考えたのだった。もちろん、竹人形をつくってきた理由も、それとまったく関係がないとはいえぬけれど、自分の藪をもちたいという思いは切実だった。

　一滴文庫が建った時、その入口の両側に孟宗と真竹を混植したのは、その夢を果たしたかったためだが、植木屋さんは、そんな施主の心がわからないから、どうしてもっといい庭づくりをしないのか、と、無造作な竹の移植をわらった。わらわれて、私はかなしかった。

　人はそれぞれ、一本の樹木を生涯の暦の底に秘して涙を託するも

郷里おおい町と若州一滴文庫。水上勉の生地である福井県大飯郡本郷村大字岡田（現おおい町岡田）は、起伏にとんだ肥沃とはいいがたい、しかし自然の多く残る山地である。佐分利川を下れば、青戸入江から若狭湾へ出られる。そんな郷里に水上勉が建てた若州一滴文庫の「若州」とは、若狭の別称である。

のだ。植木屋さんには説明はせずに、ただだまって、無造作だといわれることばをきいていたが、その竹藪の端に皮を煮てモチにするための水車小屋をつくった時、植木屋さんは、せめて、その水車の周りを、見ばえのあるものにしようと高価な石組みの水路をあしらってくださった。それはありがたい恵みではあったが、ぼくには竹藪に石の庭はそぐわなく思えたのと、拾った皮を煮てつく作業場ゆえ、ドレッシィな庭づくりには疑問がわいた。

（「若竹のころ」一九八六）

他家のものであった竹藪に囲まれて育ち、京都の竹藪の下で苦労した水上勉の「生涯の暦の底」には竹がある。貧困を耐えた母へと直結する故郷の竹――「私の父や祖母にかぎらず、竹からはなれてあり得るはずもなかった。遺体の埋まった場所にさえ、竹は、あたたかく、雪をかぶって、その仏の頭上に立っていた」（「在所の竹」一九八二）と、母の死の翌年に書かれねばならなかった竹である。水上勉にとっての竹は、「他人の竹藪」か「自分の竹藪」かではなく、母の温かな記憶とともにある、生の原点に立ち、今もすっくと立ちつづける竹だった。

晩年の水上勉からの贈物、若州一滴文庫（福井県大飯郡おおい町岡田33-2-1、提供：若州一滴文庫）。若州一滴文庫の「若州」が若狭の意ならば、「一滴」は「曹源一滴水」という禅宗の言葉からきている。すなわち、一滴の水から流れが始まるように一滴の水をもおろそかにはしない、という言葉である。流れ伝わる思想を指すこの語で、同郷の僧、釈宗演（現高浜町出身）らを顕彰するとともに、水上勉は、原子力発電所を誘致してしまわねばならなかった貧しい故郷の人々へ文化と芸術の場を贈る想いをあらわした。本を読みたくても買えない少年少女たちに、蔵書を開放したい。「どうか、君も、この中の一冊から、何かを拾って、君の人生を切り開いてくれたまえ。たった一人の君に開放する」と、若州一滴文庫のパンフレットには記される。開架式の図書館、竹人形館、くるま椅子劇場などからなり、水上勉の資料館としての役割にくわえ、地域の文化拠点ともなっている。

竹を愉しんだ晩年

一九八九年、七〇歳にして心筋梗塞に襲われ、心臓の三分の二を壊死《えし》させてしまった水上は、軽井沢の「住宅」を売り払い、同じ長野県北佐久郡の北御牧村《きたみまき》（現長野県東御市）、勘六山へ越した。身体のために、霧のまく寒冷地ではなく温暖な所へ行く必要があったと水上はいう。山というより丘といった方がよい勘六山は、再会後に窪島誠一郎が長野県上田市にオープンした信濃《しなの》デッサン館と無言館から車で三〇分ほどの場所にあるため、暖かい場所へ越したかっただけとは限らない。が、いずれにしても勘六山には、赤松が茂り、丘の下の方にはハチクの竹藪があった。「何か老いてから手仕事がはじめたかった。それには中国の風に習って、竹皮を煮て餅にし、紙に漉《す》くというかんたんな工程の作業を計画していて、そのためのアトリエを建てるのも、笹しか生えなかった軽井沢時代からの夢だった」（『精進百撰』一九九七）。

一三〇〇坪ほどにもなる終焉《しゅうえん》の地勘六山で水上勉は、集った芸術家たちに囲まれ、竹を切って紙を漉き、絵をかき、骨壺を焼き、普及しかけていたパソコンやプリンターにスキャナーを駆使して文章や絵を竹紙に印刷した。軽井沢時代からの、否、物心ついてからの

夢は、叶ったのだろうか。

五四歳までの半生記を『わが六道の闇夜』（一九七二）に記録した水上勉は、「私は今日も六趣の世界を手さぐりで、闇夜を生きている。仏さまも神さまもまだ見たことがない」と続けたが、それから三一年、二〇〇四年八五歳まで生きた。自らの業で生死を繰り返す六つの世界を意味する「六趣」は、輪廻《りんね》するあらゆる生を包括する考え方である。

竹藪は地下茎でつながった一個体であり、五〇から一二〇年に一度花をつけたとき、藪全体が寿命を迎えるときく。花の咲いた竹藪は全体が枯れ、次に生え始める竹は新しい一個体なのだと。人間よりもはるかに長い間合いで成長し、広がり、次の代へと生を受け渡す竹に、「文豪」は端的な輪廻を見たのだろうか。

彼が凝視し続けた「闇夜」には、きっと、竹の音が聞こえていたに違いない。

風に泣き、雪に折れ、かすかな葉音を絶やさない竹の音が――。

【出典・参考】

水上勉『わが六道の闇夜』読売新聞社、一九七三年九月
水上勉『土を喰ふ日々　わが精進十二ヶ月』文化出版局、一九七八年一二月
水上勉『軽井沢日記』三月書房、一九七九年七月
水上勉『私版京都図絵』作品社、一九八〇年五月
水上勉『生きる日々　障害の子と父の断章』ぶどう社、一九八〇年七月
水上勉『試みの自画像6　水上勉による水上勉』青銅社、一九八二年一月
水上勉『年々の竹』立風書房、一九九一年一一月
水上勉『心筋梗塞の前後』文藝春秋、一九九四年五月
水上勉『精進百撰』岩波書店、一九九七年二月
水上勉『私版　東京図絵』朝日文庫、一九九九年二月
水上勉『電脳暮し』哲学書房、一九九九年四月
『水上勉全集』全二六巻、中央公論社、一九七六年六月～一九七八年一一月
『新編水上勉全集』全一六巻、中央公論社、一九九五年一〇月～一九九七年一月
週刊朝日編『値段の明治・大正・昭和風俗史（上・下）』朝日新聞社、一九八七年三月
週刊朝日編『値段史年表　明治・大正・昭和』朝日新聞社、一九八八年六月
窪島誠一郎『雁と雁の子　父・水上勉との日々』平凡社、二〇〇五年八月
大木志門・掛野剛史・高橋孝次編『水上勉の時代』田畑書店、二〇一九年六月

おわりに——時代と作品を結ぶ「住宅」という場

この本は、新型コロナウイルスの流行下でつくられた。外出自粛の状況の中で、資料の収集などもできるかぎり自宅に居ながらにして行わなければならず、ものを書く環境としての住宅、ということを否応なしに考えさせられた時間だった。

だが、それだけでなく、本書の執筆中には身近な学生などから、収入の途を絶たれて家賃が払えない、これまでの住まいから引っ越さなければならない、という話も耳にした。もちろんそれは、コロナ下で突然降って湧いたことではなく、これまでに蓄積してきた問題が、コロナ流行を機に、誰にでもはっきり目に見えるかたちをとったのだ。

人が生きるためのもっとも基本的な生活手段のひとつである住宅。——「住宅問題」は、古くて新しい問題である。

住宅は、文豪が社会とつながる基点であるとともに、作品を産み出す場でもある。この本をとおして、文豪たちがどのように同時代の現実とかかわりあったのか、そしてその中からどんな作品を産み出したのかを知ってもらえたら、と思う。

作品からの引用は、見やすいように太ゴシックになっている。それらの文章からは、文豪たちの住宅をめぐる生活のあり方を知ることができると同時に、それぞれの文豪の表現のあり方も、うかがうことができるはずだ。改めて引用文を読み返してもらえると嬉しい。

本書の執筆には、研究者としてはきわめて若い以下の四名の仲間たちがあたった。監修者は、三島由紀夫の研究はもとより水上勉やサブカルチャー研究、現代演劇評論まで幅広く手掛ける田村景子。執筆者として、正岡子規、高浜虚子、河東碧梧桐といった日本派を中心とする近代俳句の実証的研究に業績のある田部知季。メディアとジャンルという新しい観点から、主に一九五〇年代の松本清張の研究に取り組む吉野泰平。田山花袋と周辺作家を主な対象に、海外文学受容と描写理論に関する研究を行ってきた小堀洋平。

最後に、本書の編集に当たられた笠間書院の山口晶広さんに、厚く御礼申し上げたい。執筆にあたって、ともすると研究者風に硬くなりがちな私たちの文章が、広く一般の方々にわかりやすいものとなるよう、山口さんは粘り強く方向づけてくださった。

著者を代表して　小堀洋平

文豪たちの住宅事情

2021年 5月10日　初版第1刷発行

編著者　田村景子

著者　小堀洋平

田部知季

吉野泰平

イラスト　長池悠佳

発行者　池田圭子

発行所　笠間書院

〒101-0064

東京都千代田区神田猿楽町2-2-3

電話03-3295-1331

FAX03-3294-0996

ISBN 978-4-305-70939-4

アートディレクション ― 細山田光宣

装幀・デザイン ―― 鎌内文（細山田デザイン事務所）

本文組版 ―――― キャップス

印刷／製本 ――― 大日本印刷

https://kasamashoin.jp

編著者

田村景子（たむら・けいこ）

No.2・16・23・29・30・column.03担当

1980年群馬県前橋市生まれ。早稲田大学第一文学部卒業。早稲田大学大学院博士後期課程修了。博士（学術）。現在、和光大学准教授。主な著書に『三島由紀夫と能楽―「近代能楽集」、または堕地獄者のパラダイス』（勉誠出版）、監修本として『文豪の家』『文豪の風景』（エクスナレッジ）など。

著者

小堀洋平（こぼり・ようへい）

No.1・13・14・15・17・18・21・22担当

1986年埼玉県生まれ。早稲田大学第一文学部卒業。早稲田大学大学院文学研究科博士後期課程修了。博士（文学）。同大学助手・次席研究員（研究院講師）、皇學館大学助教・准教授を経て、現在和洋女子大学准教授。主な著書に『田山花袋　作品の形成』（翰林書房）。

田部知季（たべ・ともき）

No.5・6・7・11・25・26・27・28・column.01担当

1989年宮城県生まれ。早稲田大学文学部卒業。早稲田大学大学院文学研究科修了。博士（文学）。日本学術振興会特別研究員DC1、同PDを経て、現在、早稲田大学講師（任期付）。主な論文に「明治俳壇の喧囂な終局―虚子の俳壇復帰とその時代―」（『日本近代文学』2020.11）など。

吉野泰平（よしの・たいへい）

No.3・4・8・9・10・12・19・20・24・column.02担当

1990年静岡県生まれ。早稲田大学文学部卒業。早稲田大学大学院文学研究科博士後期課程修了。博士（文学）。現在、早稲田大学他非常勤講師。共著書に『〈戦後文学〉の現在形』（平凡社）など。主な論文に「松本清張「黒地の絵」と「実話」の変遷―「事実」の「書き方」の試行―」（『社会文学』2017.2）など。